I0632709

Veröffentlicht von
DREAMSPINNER PRESS

5032 Capital Circle SW, Suite 2, PMB# 279, Tallahassee, FL 32305-7886 USA
www.dreamspinnerpress.com

Dies ist eine erfundene Geschichte. Namen, Figuren, Plätze, und Vorfälle entstammen entweder der Fantasie des Autors oder werden fiktiv verwendet. Ähnlichkeiten mit lebenden oder verstorbenen Personen, Firmen, Ereignissen oder Schauplätzen sind vollkommen zufällig.

Ben und das Glück im Unglück
Urheberrecht der deutschen Ausgabe © 2015 Dreamspinner Press.
Originaltitel: The Nothingness of Ben
Urheberrecht © 2012 Brad Boney
Original Erstausgabe. November 2012
Übersetzt von Valentine Brocas.

Umschlagillustration
© 2012 L.C. Chase.
http://www.lcchase.com

Die Illustrationen auf dem Einband bzw. Titelseite werden nur für darstellerische Zwecke genutzt. Jede abgebildete Person ist ein Model.

Alle Rechte vorbehalten. Dieses Buch ist ausschließlich für den Käufer lizenziert. Eine Vervielfältigung oder Weitergabe in jeder Form ist illegal und stellt eine Verletzung des Internationalen Copyright-Rechtes dar. Somit werden diese Tatbestände strafrechtlich verfolgt und bei Verurteilung mit Geld- und oder Haftstrafen geahndet. Dieses eBook kann nicht legal verliehen oder an andere weitergegeben werden. Kein Teil dieses Werkes darf ohne die ausdrückliche Genehmigung des Verlages weder Dritten zugänglich gemacht noch reproduziert werden. Bezüglich einer entsprechenden Genehmigung und aller anderen Fragen wenden Sie sich an den Verlag Dreamspinner Press, 5032 Capital Cir. SW, Ste 2 PMB# 279, Tallahassee, FL 32305-7886, USA oder unter www.dreamspinnerpress. com.

Deutsche ISBN. 978-1-64080-024-3
Deutsche Buchausgabe. August 2017
Deutsche eBook Ausgabe. 978-1-63476-282-3
Deutsche eBook Erstausgabe. Marz 2015
v 1.1

Gedruckt in den Vereinigten Staaten von Amerika.

BEN UND DAS GLÜCK IM UNGLÜCK

BRAD BONEY

Für Stephen Nowak,
wo immer du bist.

1

SIEBEN TAGE vor Weihnachten verließ Ben Walsh sein Büro in Manhattan und machte sich über die 44. Straße auf den Weg zu seiner Wohnung in Hell's Kitchen. Er ging am St. James-Theater vorbei, in dem seit letztem Frühling *American Idiot* aufgeführt wurde. Während sich das Publikum für die Donnerstagsvorstellung einfand, dachte Ben über sein aktuellstes Dilemma nach.

Es war nur noch eine Woche bis Weihnachten und er hatte immer noch keine Ahnung, was er seinem Freund David schenken sollte. Sie waren seit sieben Wochen zusammen. David war sexy, lustig und kam mit seinen Freunden aus – Ben hatte keinen Grund, sich zu beschweren. Aber wieso war sein Kopf jedes Mal leer, wenn er versuchte, sich ein Geschenk für ihn zu überlegen?

Ben war wieder länger im Büro geblieben. Er arbeitete für Wilson & Mead, eine der besten Anwaltskanzleien der Stadt. Als sein iPhone in seiner Tasche vibrierte, zog er es hervor und schaute auf den Bildschirm. Eine SMS von Colin. Er tippte auf den Bildschirm und las die Nachricht.

Wir treffen uns bei M & J. 8Uhr. Bring David mit.

Ben sah auf die Uhr. Sieben Uhr dreißig. Er hatte David noch nicht angerufen. Obwohl sie seit Thanksgiving fast jede Nacht zusammen verbracht hatten, wollte Ben nicht vorschnell annehmen, dass David mitkam. Mit einem weiteren Antippen des Bildschirms rief er David an, der nach einem kurzen Moment abnahm. Ben grinste, als er die tiefe Stimme hörte.

„Hey, Großer. Ich habe gerade an dich gedacht."

„Wirklich?", antwortete Ben und fuhr sich mit den Fingern durch sein dunkles Haar, während er den Theatergästen auf dem Gehweg auswich. „Ich hoffe, es waren schmutzige Gedanken."

„Ein paar."

David war achtunddreißig, etwa zehn Jahre älter als Ben, und arbeitete als Pilot. Als ehemaliger Soldat strahlte er eine natürliche Männlichkeit aus, die alle, Ben eingeschlossen, super sexy fanden.

„Wir sind heute Abend bei Martin und Johnny zu einer Weihnachtsfeier eingeladen."

„Planen deine Freunde eigentlich nie im Voraus?", stichelte David.

„Nein, nie. Tut mir leid. Ich bin nur noch dieses Wochenende in der Stadt, bevor ich mich auf die Reise mache. Sie wollen sich wohl frühzeitig und anständig verabschieden."

„Reise? Ach, du meinst Texas. Aber Silvester bist du zurück, oder? Ich will 2011 mit dir begrüßen."

„Ja, ich bin hier. Also, bist du heute Abend dabei?"

„Na klar. Ich bin auf jeden Fall mit von der Partie."

„Super."

David klang wie jemand, der sich zu Beginn einer Beziehung noch nicht zu sagen traute: *„Pass auf, ich bin echt müde und habe heute keine Geduld mehr für deine Freunde."* Ben blieb an der Ecke 8. Avenue stehen. Er fühlte sich seltsam, irgendwie unwohl. Er blickte auf. Die Ampel war kaputt.

Er sah, wie auf gelb grün folgte.

Vorsicht. Gehen.

Anstatt rot.

Vorsicht. Stopp.

Leuchteten die Lichter in umgekehrter Reihenfolge? Er trat auf die Straße, nur um ängstlich wieder zurückzuspringen.

„Hey Ben, bist du noch da?"

David hatte ihm eine Frage gestellt. Er schaute wieder hoch. Die Ampel funktionierte wieder normal, also überquerte er die Straße.

„Ja, ich bin hier. Entschuldige, all die Green-Day-Fans hier haben mich abgelenkt. Was hattest du gefragt?"

„Kommst du bei mir vorbei oder treffen wir uns dort?"

„Dort. Colin hat acht Uhr geschrieben und ich bin sowieso schon spät dran."

„Alles klar. Dann sehen wir uns da."

„Danke, bis gleich."

Ben tippte auf den roten Knopf auf dem Display und schob das Telefon wieder in die Tasche. Je näher er dem Hudson kam, desto stärker wurde der Wind. Er zog die Schultern hoch, um sich warm zu halten, aber es funktionierte nicht. Er schaute nach oben und sah, dass der Himmel lila war. Würde es schneien? Er spürte eine erneute Veränderung in sich, genau wie zuvor. Er schaute zur Ampel, als er die 9. Avenue erreichte. Alles wirkte normal. Er schluckte, sein Mund war trocken. Er holte eine halb leere Flasche mit einem Sportgetränk aus seiner Trainingstasche, um einen Schluck zu trinken.

Er fühlte, wie das Handy in seiner Tasche erneut vibrierte. Vermutlich Colin, der sich fragte, wo er blieb. Er nahm es heraus und schaute auf den Bildschirm. Die Nummer begann mit 512 – der Vorwahl von Austin – aber er konnte sie nicht zuordnen. Er nahm das Gespräch sofort an.

„Ben Walsh."

Er trank einen weiteren Schluck aus der Flasche und steckte sie danach wieder in die Tasche. Der Wind wurde stärker.

„Hallo, Ben. Ich bin Pfarrer Davenport. Wir kennen uns noch nicht, aber ich bin der neue Priester am katholischen Universitätszentrum. Ich rufe aus dem Seton-Krankenhaus an."

Ben stand an der Kreuzung und steckte einen Finger in sein linkes Ohr, um besser hören zu können.

„Ben, es hat einen Unfall gegeben."

„Was für einen Unfall?"

„Deine Eltern waren beteiligt. Sie waren auf dem Heimweg auf der Schnellstraße und wurden von einem Lastwagen gerammt … Ben, ich weiß nicht, wie ich es dir sagen soll. Die Ärzte haben getan, was sie konnten, aber … sie waren beide zu schwer verletzt. Sie haben nicht überlebt, Ben. Es tut mir leid, deine Eltern sind von uns gegangen. Du solltest mit dem nächstmöglichen Flug nach Hause kommen. Deine Brüder brauchen dich."

Die Geräusche der Stadt verstummten und um Ben kehrte absolute Stille ein. Er blickte auf. Wieder blinkten die Lichter der Ampel in umgekehrter Reihenfolge. Er hörte eine Stimme in seinem Kopf, die Stimme seines Vaters, der ein Lied sang, an das er sich aus seiner Kindheit erinnerte. Eins von den Eagles? Er war sich ziemlich sicher, dass es eins von den Eagles war. „New York Minute." So hieß das Lied.

Bens Gesicht fühlte sich heiß an und er hatte Probleme mit dem Atmen. Er konnte spüren, wie sich die Erde bewegte, während er still auf dem Bürgersteig stand. Irgendwann würde er wissen, was zu tun war, wen er anrufen und wohin er gehen musste. Oder er würde aufwachen und feststellen, dass Pfarrer Davenport Teil eines schlechten Traums war. Eine Schneeflocke fiel auf seine Nase. Bald wurden aus einer Flocke drei, dann zehn, dann zehntausend, bis ihn ein weißer Blizzard einhüllte und er bis auf die Knochen fror. Durch das Schneetreiben hörte Ben die körperlose Stimme des Pfarrers aus dem winzigen Lautsprecher seines Telefons.

„Bist du noch da, Ben? Kannst du mich hören? Ben? Ben?"

2

DIE TRAUERMESSE fand zwei Tage später in der Kirche statt, die Bens Eltern jeden Sonntag besucht hatten. Ben saß neben seinen Brüdern in der ersten Reihe. Er war seit Jahren nicht mehr in der Kirche gewesen. Er kam mit dem homophoben Mist nicht klar, der mit dem katholischen Glauben einherging, mal ganz abgesehen davon, dass er generell so seine Zweifel an der Sache mit Gott hegte. Als er zugestimmt hatte, zum Studium in Austin zu bleiben (als hätte er eine Wahl gehabt), war sein Kirchenaustritt eines der Zugeständnisse gewesen, die er seinen Eltern abringen konnte. Das zweite war, dass er aus dem Haus aus- und in die Garagenwohnung im Garten einziehen durfte, die bis dahin an Studenten vermietet worden war.

Ben blickte zu seinen Brüdern. Die Gene seiner Eltern hatten sich wirklich in bewundernswerter Einheitlichkeit durchgesetzt. Sie hatten alle vier dunkle Haare, schwarze Augen und helle Haut, genau wie ihr Vater. Alle hatten kantige, gut aussehende Gesichter. Sie bekamen ständig Kommentare zu ihrer Ähnlichkeit zu hören, obwohl Ben zehn Jahre älter war als Quentin, der mit sechzehn Jahren der zweitälteste war. Es folgte Jason mit fünfzehn, dann Cade, mit zwölf Jahren der Jüngste. Als Ben sie so betrachtete, fiel ihm auf, dass Quentin einen Haarschnitt nötig hatte, Jason seit dem letzten Weihnachtsfest sehr gewachsen war und Cade sich dauernd umdrehte und zu den hinteren Reihen blickte.

„Sitz still", schimpfte Ben.

Quentin funkelte ihn an. „Lass ihn in Ruhe. Er sucht wahrscheinlich nach Travis."

„Wer ist Travis?"

Quentin warf ihm nur einen finsteren Blick zu.

In seiner Jugend hatte Ben seine Brüder als kleine Nervensägen empfunden. Zehn Jahre lang war er Einzelkind gewesen, und das gerne. Abgesehen davon war er schon in der Highschool, als Quentin in den Kindergarten kam und Cade noch Windeln trug. Infolgedessen verstanden die drei sich bestens und Ben … naja, er gefiel sich in der Rolle des abwesenden älteren Bruders. Travis musste wohl ein Klassenkamerad von Cade sein.

Nach der Messe ging der Gottesdienst auf dem Friedhof weiter. Ben und seine Brüder wurden in einer großen, schwarzen Limousine gefahren, die das Beerdigungsunternehmen zur Verfügung gestellt hatte. Ben hatte mit den Beerdigungsvorbereitungen kaum etwas zu tun gehabt; die Schwester seiner Mutter, Julie, hatte alles organisiert. Auf dem Friedhof standen die Särge seiner Eltern Seite an Seite über der Grabstätte, die sie schon vor Jahren gekauft hatten. Ben blickte über die Menschenmenge. Sein Vater war als Englischprofessor an der University of Texas sehr bekannt gewesen. Die Studenten verehrten William Walsh; sie waren in Scharen gekommen, ebenso wie die Mitglieder der Fakultät, die Angestellten des Fachbereichs Englisch und dazu die komplette Familie und der Freundeskreis seiner Mutter. Mindestens dreihundert Menschen hatten an der Messe teilgenommen, und ungefähr halb soviele standen jetzt am Grab. Als Ben den Blick über die Gesichter der Trauernden schweifen ließ, fiel ihm ein Mann seines Alters auf, der sich im Hintergrund hielt, aber durch sein rotes Haar aus dem Meer von schwarzen Anzügen und Kleidern hervorstach.

Cade bewegte sich rastlos hin und her. Plötzlich versuchte er sich von Quentin loszureißen, doch der hielt seine Hand fest. Ben sah, wie Jason und Quentin einen Blick wechselten, als würden sie telepathisch kommunizieren. Jason deutete schweigend mit dem Kopf in Richtung des rothaarigen jungen Mannes. Quentin folgte Jasons Blick; seine Gesichtszüge entspannten sich verständnisvoll, und er ließ Cades Hand los. Cade ging an den Särgen vorbei auf den Rotschopf zu. Pfarrer Davenport betete weiter, schwenkte rasselnd das goldfarbene Weihrauchfass und besprenkelte die Särge mit Weihwasser.

Ben neigte sich Quentin zu.

„Wo geht er hin?"

„Bleib locker, großer Bruder. Er will nur einen Freund begrüßen."

Ben beobachtete, wie Cade zu dem Rotschopf trat und ihm die Hand entgegenstreckte. Der junge Mann ergriff sie und ließ sich mitziehen, als Cade wieder zurückkam. Er sah aus wie ein Kellner in Arbeitsstiefeln, schwarzen Polyesterhosen und einem kurzärmeligen weißen Hemd. Das milde texanische Klima machte tagsüber eine Jacke unnötig. Der Rotschopf deutete ein Lächeln an und Ben zwang sich, es zu erwidern. Er schaute Quentin fragend an, aber dieser ignorierte ihn und hielt stattdessen den Blick weiter auf Pfarrer Davenport gerichtet.

Als der Gottesdienst am Grab beendet war, streckte Ben seine Hand aus und stellte sich vor.

„Ich bin Ben Walsh."

Der junge Mann wandte sich ihm zu und schüttelte Ben die Hand. „Travis Atwood." Seine langsame, schleppende Sprechweise verriet den Texaner. „Tut mir leid, ich wollte nicht stören. Hab' mich bemüht, auf Abstand zu bleiben. Damit ihr unter euch sein könnt."

„Wer bist du?", fragte Ben. Es klang streitsüchtiger als beabsichtigt.

„Herrgott, Ben", grollte Quentin.

„Schon okay, Q. Er kennt mich ja nicht. Er will euch nur beschützen."

„Wow", sagte Quentin. „Du weißt noch weniger über ihn als er über dich."

„Ich bin ein Nachbar", erklärte Travis. „Ich wohne direkt gegenüber. Hab ein Zimmer bei der alten Mrs. Wright gemietet. Deine Familie war sehr nett zu mir."

Klingt ganz nach Papa, dachte Ben. *Der hat sich um jeden Streuner gekümmert.*

„Verstehe."

„Das bezweifle ich", murmelte Quentin, als sie sich auf den Weg zurück zum Auto machten. Cade zog Travis hinter sich her.

„Travis fährt mit uns zurück", verkündete Cade.

Ben sah Travis an und versuchte, ihm seine Besorgnis zu vermitteln. Travis blieb stehen, legte Cade die Hände auf die Schultern und sah ihm ins Gesicht. Er hockte sich hin, um auf Augenhöhe mit dem Jungen zu sein. Ben sah sich um. Die Trauernden verließen den Friedhof, aber einige beobachteten, was sich zwischen Travis und Cade abspielte.

„Pass auf, kleiner Mann. Ich hab' meinen Truck hier, also fahre ich allein nach Hause. Aber ich komm' danach rüber, und wir sehen uns spätestens in ein paar Minuten. Versprochen."

Ben wartete einen Moment, dann griff er nach Cade, um ihn zum Weitergehen zu drängen. Er wollte hier keine Szene machen.

„Lass mich los", widersetzte sich Cade.

„Cade, nicht jetzt."

„Doch. Jetzt. Was ist passiert? Ich verstehe es nicht. Wie konnte das passieren?"

Die Trauer übermannte den jüngsten Walsh und er begann zu weinen. Es war nicht das laute, plärrende Heulen eines Kindes, sondern das unterdrückte Schluchzen eines Jungen, der das Ausmaß seines Verlustes einfach nicht begreifen kann.

„Cade", schnauzte Ben, „nicht hier. Ab jetzt zum Auto. Mir reicht's."

Jason stand schweigend und verblüfft da und machte große Augen bei Bens kaltherziger Reaktion. Quentin schüttelte den Kopf, als sei er kein bisschen überrascht.

„Also wirklich, Großer. Könntest du dich vielleicht dieses eine Mal *nicht* wie ein Arschloch benehmen? Nur heute, Mann. Mehr wollen wir doch gar nicht."

Quentin hockte sich hin und nahm Cade in die Arme. Aus den Augenwinkeln sah Ben in einigen Metern Entfernung Julie stehen, bereit zum Einschreiten, falls er die Situation nicht rasch unter Kontrolle bekam. Er atmete tief durch. Offensichtlich hatten sie hier ein Problem, seine Brüder und er; ob es nun nur an Quentin lag oder alle drei betraf, würde er ein andermal klären müssen. *Weg des geringsten Widerstandes,* sagte er sich.

„Travis, würdest du mit uns fahren? Bitte. Wir können nachher noch mal hierher zurückkommen und deinen Truck holen, falls das nicht zuviel verlangt ist. Ich weiß, ich war nicht hier und ich weiß auch nicht, warum ausgerechnet du so wichtig bist, aber da es nun einmal offensichtlich so ist … bitte bleib. Bei Cade."

Travis richtete sich auf und lächelte Ben an.

„Sehr gerne, Sir."

Ben lachte – zum ersten Mal, seit er den Anruf bekommen hatte. Er hatte geglaubt, es würde Monate dauern, bis er wieder lachen könnte. Seine Brüder lachten mit ihm, sogar Cade.

„Hast du mich gerade *Sir* genannt?"

„Ja, Sir … Ich meine, Ben. Ich habe deinen Vater Sir genannt und du … Ich weiß nicht. Kommst mir eben vor wie ein Sir."

„Wie ein Sir? Ich bin sechsundzwanzig."

„Oh", sagte Travis, offensichtlich überrascht. „Meine Güte, mir war nicht klar, dass wir gleich alt sind. Du bist auch Jahrgang '83? Du kommst viel älter rüber."

„Das liegt an dem Stock in seinem Arsch", flüsterte Quentin Travis zu, während er in die Tasche griff und sein Handy herausholte. Er lächelte, während er eine SMS las. Er strich sich eine Haarsträhne aus den Augen und tippte energisch eine Antwort. Ben musste – schon wieder – erst mal tief durchatmen. Das konnte er später mit Quentin klären.

„Also was ist, können wir?" Ben legte einen Arm um Jason und steuerte alle Richtung Auto. „Cade, Travis kommt ja jetzt mit uns, also gehen wir, ja?"

Cade antwortete nicht, ließ sich aber von Quentin und Travis in die Mitte nehmen und wegführen. Julie und die übrigen Trauergäste entspannten sich und machten sich ebenfalls auf zu ihren Autos. Sie fuhren schweigend zurück zum Haus. Ben und Travis saßen einander gegenüber. Travis schaute aus dem Fenster, Cades Hand fest in seiner. Ben schaute Travis an. *Attraktiv*, dachte er. *Sehr attraktiv.* Travis warf ihm einen Blick zu und verzog einen Mundwinkel zu einem halben Lächeln. Er hatte graue Augen, rotblonde Wimpern und ungefähr zehn Sommersprossen auf der Nase. Ben hätte sich mit ein Meter einundachtzig nicht als „groß" bezeichnet, aber Travis war wirklich klein, höchstens ein Meter siebzig. Ben mochte kleinere Männer. Er senkte den Blick und sah, dass Travis Dreck unter den Fingernägeln hatte. Oder war es Öl?

Als sie zum Haus zurückkamen, drängten sich Besucher in Wohn- und Esszimmer. Bergeweise Essen türmte sich auf jeder verfügbaren Stellfläche in der Küche. Ben verbrachte die nächsten Stunden damit, sich Geschichten anzuhören und gleichzeitig ein Auge auf seine Brüder zu haben. Bei letzterem war Travis ihm eine große Hilfe; die Jungs blieben den ganzen Nachmittag über in seiner Nähe und unterhielten sich leise mit ihm. Gegen Abend machten die Gäste sich auf den Heimweg, und um sieben waren dann nur noch die Walsh-Brüder, Travis und Julie im Haus.

„Ich habe Robert mit den Mädchen schon nach Hause geschickt", sagte Julie, die mit ihrem Mann und ihren beiden Töchtern in Dallas lebte. Sie hatte inzwischen sämtliche übrig gebliebenen Speisen mit Folie abgedeckt und in den Kühlschrank geräumt. „Wenn es euch recht ist, bleibe ich bis Montag. Wir haben einen Termin beim Notar wegen des Testaments. Ich könnte natürlich auch in ein Hotel gehen, aber wir müssen noch besprechen, was … ihr wisst schon …"

7

Ben fiel ihr ins Wort.

„Bitte, Julie. Es ist uns mehr als recht, wenn du bis Montag bleibst. Allerdings müsste ich jetzt Travis zu seinem Truck zurückfahren. Der steht noch am Friedhof."

„Kein Problem, ich bleibe hier bei den Jungs."

„Danke. Für alles."

„Gern geschehen, Ben." Sie rang sich ein schmales Lächeln ab.

Auf dem Weg nach draußen schnappte sich Ben die Ersatzschlüssel zum SUV seiner Mutter vom Schlüsselbrett neben dem Kühlschrank. Aber als er mit Travis in der Einfahrt stand und sich umschaute, fiel es ihm wieder ein. Natürlich. Mit dem SUV hatten sie den Unfall gehabt.

„Scheiße", sagte er kopfschüttelnd. „Ich hab' die falschen Schlüssel erwischt. Warte mal einen Moment."

Er lief zurück ins Haus und holte stattdessen die Schlüssel für den Pick-up seines Vaters. Sie schnallten sich an und machten sich auf den Weg zum Friedhof. Eine Zeit lang sagte keiner ein Wort, bis Ben schließlich die Initiative ergriff.

„Tut mir leid, dass ich vorhin so unhöflich war. Das war keine Absicht. Ich war die letzten paar Jahre nicht oft hier."

„Keine Sorge. Ich versteh' das. An deiner Stelle hätte ich mich auch gefragt, was der komische Typ von meinen Brüdern will. Aber wegen mir brauchst du dir keine Gedanken zu machen. Ich bin vor ungefähr sechs Monaten bei Mrs. Wright eingezogen."

„In die Garagenwohnung?"

„Nee, ich hab' bei ihr im Haus ein Zimmer gemietet. Es ist billig und ich glaube, sie hat gern jemanden um sich herum. Deinen Vater habe ich kennengelernt, als ich mal donnerstags den Müll rausgetragen habe. Er ist einfach von Natur aus freundlich."

„Ja. Ist mir bewusst."

„Wir haben uns auf dem Gehweg eine Weile unterhalten …"

„Und dann hat er dich zum Essen eingeladen … Den Rest kann ich mir schon denken."

„Genau. Die letzten paar Monate war ich ganz schön oft in dem Haus. Sie haben mich aufgenommen … fast wie ein eigenes Kind."

„Das habe ich schon oft erlebt. Sie sind …" Ben fiel auf, welche Zeitform er verwendete. „Entschuldige. Sie waren sehr warmherzig. Für seine Studenten war mein Vater immer da. Während meiner ganzen Kindheit durfte ich mitansehen, wie er einen nach dem anderen unter seine Fittiche genommen hat. Wäre schön gewesen, wenn er sich auch mal so um mich gekümmert hätte."

„Ich bezweifle, dass du das nötig hattest."

„Wie bitte?"

„Guck dich doch mal an. Du bist Mister Erfolgreich. Toller Super-Anwalt aus New York City. Anscheinend hat dein Dad ja alles richtig gemacht."

Sie mussten an einer Ampel anhalten, sodass Ben Travis anschauen konnte.

8

„Redest du eigentlich mit jedem so?"

„Wer redet hier wie mit wem? Mein Papa ist abgehauen, als ich fünfzehn war, und meine Mama ist mit mir kreuz und quer durch Texas gezogen, einem Kerl nach dem anderen nachgerannt, bis sie sich an billigem Wein zu Tode gesoffen hat. Seitdem bin ich auf mich allein gestellt, und von wegen Familie? Fehlanzeige. Also alles relativ, Obi-Wan. Wenn du weiter über deine Scheiß-Eltern jammern willst, mach' nur. Ich warte einfach, bis du fertig bist."

Beide schwiegen für eine Weile.

„Ich habe nicht *Scheiß*-Eltern gesagt."

„Entschuldige. Ich wollte dich nicht anpflaumen. Weiß gar nicht, warum ich so hochgegangen bin. Es war seltsam, dich heute mit ihnen zu sehen. Deine Brüder waren für mich immer die drei Musketiere. Aber du bist so was wie der fehlende vierte Musketier. Wie kommt das überhaupt?"

„Was meinst du?"

„Warum die zehn Jahre Abstand zwischen dir und Quentin?"

„Ich war so was wie ein Unfall", erklärte Ben.

„Das klingt gar nicht nach deiner Mutter."

„Nein, so ist das nicht gemeint. Sie waren schon verheiratet, nur hatten sie eigentlich vorgehabt, mit Kindern noch zu warten. Aber die natürliche Verhütung hat versagt, also ist *Überraschung* wohl das bessere Wort. Nach mir hat meine Mutter mit der Pille angefangen, zehn Jahre gewartet und dann kurz nacheinander Quentin, Jason und Cade bekommen. Hat dir mein Vater eigentlich mal erzählt, dass er uns nach den Geschwistern aus einem seiner Lieblingsbücher benannt hat?"

„*The Sound and the Fury* von Faulkner, stimmt's? "

„Genau das. Er hat es geliebt."

„Ja, er hat es mir zu lesen gegeben. Ich hab' kaum die erste Seite geschafft. Hat für mich keinen Sinn ergeben."

Travis verstummte.

„Cade scheint sehr an dir zu hängen", sagte Ben und warf dabei einen Blick in den Rückspiegel.

„Scheint so. Ist das in Ordnung?"

„Ich glaube schon. Ist mir nur aufgefallen."

„Wir haben viele gemeinsame Interessen. Hast du gewusst, dass er Football und Baseball spielt?"

„Nein, das wusste ich nicht."

„Tja. Für College-Football bleibt er wahrscheinlich zu klein, aber Baseball – das ist was ganz anderes, wenn du weißt, was ich meine. Er hat prima Reflexe auf dem Baseballfeld."

Erneutes Schweigen.

„Was passiert jetzt?", fragte Travis. „Mit ihnen, meine ich?"

„Ich weiß nicht. Die letzten zwei Tage waren so verrückt, ich hatte noch keine Zeit, mir darüber Gedanken zu machen."

„Egal was du tust, reiß' sie nicht auseinander. Sie stehen alles durch, solange sie nur zusammen sind."

„Ich habe mit meinen Eltern nie darüber geredet. Ich meine, wer tut das schon? Was die wollten, steht bestimmt in ihrem Testament, also erfahren wir es am Montag. Leider habe ich keine Ahnung vom texanischen Sorge- und Erbrecht."

Jemand nahm Ben die Vorfahrt und er hupte.

„Arschloch. Es gibt verdammt schlechte Fahrer in dieser Stadt."

„Allerdings", sagte Travis.

„Also – was studierst du?"

Travis sah ihn schweigend an. Er wirkte verwirrt.

„Du bist doch Student, oder?", hakte Ben nach. „Ich meine, du wohnst in der Nähe der Uni und sämtliche Schützlinge meiner Eltern waren immer Studenten."

„Nein."

Ben zog überrascht die Augenbrauen hoch. „Oh, okay."

Travis sah aus dem Fenster, während er antwortete. „Ich bin Kfz-Mechaniker von Beruf. Ich arbeite bei Groovy-Autos."

Also war es doch Öl.

„Tut mir leid, ich hatte einfach angenommen, dass … ach egal. Naja, offensichtlich weißt du ja schon, womit ich meinen Lebensunterhalt verdiene."

„Ja. Dein Vater hat oft von dir gesprochen. Er war wirklich stolz. Die Columbia Uni und so. Ich hab' sogar Babyfotos gesehen."

„Sag bitte, dass das ein Scherz ist."

Travis lächelte und wandte ihm das Gesicht zu. „Du kennst doch deinen alten Herrn. Kein Scherz."

Sie hielten wieder an einer Ampel. Ben fiel auf, dass Travis sich mit den Daumen die Finger rieb. „Hast du kalte Hände?", fragte er und streckte sich über den Sitz nach dem Handschuhfach, wobei er unabsichtlich mit der Hand Travis' Knie streifte. Travis fuhr zusammen, als hätte Ben ihm einen Stromschlag verpasst. Ben blickte zu ihm auf. „Ich wollte dich nicht erschrecken. Ich wollte dir nur ein Paar Handschuhe geben." Er holte Wollhandschuhe aus dem Handschuhfach und reichte sie Travis.

„Keine Sorge." Travis nahm die Handschuhe, zog sie aber nicht an. Die Ampel sprang um und Ben fuhr weiter in Richtung Friedhof. „Also – hast du eine Freundin in New York gelassen?"

Ben wartete an einer Kreuzung, bis der Querverkehr vorbei war, und bog dann links ab.

„Hat mein Vater nie erwähnt, dass ich schwul bin?"

Er schaute verstohlen zur Seite, aber Travis verzog keine Miene.

„Äh, nein, mit Sicherheit nicht. Hat er nicht erwähnt, meine ich."

„Klassischer Fall von Verdrängung", sagte Ben kopfschüttelnd.

„Wenn das so ist, hast du einen Freund in New York gelassen?"

Ben lachte. „Ich weiß nicht." Und das war eine ehrliche Antwort. Er hatte David zwar vom Flughafen aus angerufen, aber seither nicht mehr mit ihm gesprochen. „Da gibt es schon jemanden, aber mit uns ist es nichts Ernstes. Meine Zukunft hängt gerade ziemlich in der Schwebe. Was ist mit dir? Hast du eine Freundin?"

Travis grinste. „Und woher weißt du, dass ich keinen Freund habe? Ich könnte ja einer von diesen Metrosexuellen sein, von denen mir Jason erzählt hat."

„Also, hast du einen?"

Travis grinste noch breiter und schüttelte den Kopf. „Nein, ich nehm' dich doch nur auf den Arm. Ich bin seit ein paar Monaten mit einem Mädel zusammen. Nichts Ernsthaftes, würde ich sagen, allerdings sieht sie das vermutlich anders. Bei Frauen weiß man ja nie. Sie sind, wie der letzte Freund meiner Mutter immer sagte, mysteriöse Kreaturen."

„Wie heißt sie?"

„Meine Mutter?"

Ben lachte. „Nein, deine Freundin."

„Ach so. Trisha. Einer von den Jungs aus der Werkstatt hat mich mit ihr verkuppelt, Topher. Sie ist ein nettes Mädel. Und ein echter Hingucker. Ich hab' gerne regelmäßigen, verlässlichen Sex. Und nur damit du's weißt, als Hetero findest du nicht so leicht jemanden zum Vögeln wie als Schwuler."

„Klingt für mich nach einem Klischee", protestierte Ben. „Abgesehen davon kann ich mir kaum vorstellen, dass du Probleme hast, jemanden aufzureißen."

Travis ignorierte Bens Kompliment. „Regelmäßig und verlässlich, sag' ich. So hab' ich's gern. Das kriegst du nicht, wenn du in irgendwelchen Kneipen rumstehen und auf den nächsten One-Night-Stand warten musst. Die Zeiten sind für mich vorbei, und das Limonadenspiel brauch' ich auch nicht mehr zu spielen."

„Das Limonadenspiel?"

„Hässliche Mädels abschleppen. Du weißt schon, wenn das Leben dir Zitronen gibt …"

„Autsch. Harsche Worte." Travis wandte sich wieder ab, um aus dem Fenster zu sehen. „Versteh' mich nicht falsch. Harsche Worte finde ich gut. Ich habe mehr als einmal zu hören bekommen, dass ich zu wenig Mitgefühl hätte. Deshalb bin ich ja als Anwalt so gut und als Bruder so beschissen. Allerdings war mir nicht klar, dass ich mich zum Bösewicht mache, wenn ich Texas verlasse."

„Darum geht's ja gar nicht."

„Was meinst du?"

„Quentin ist nicht wütend, weil du gegangen bist. Er ist wütend, weil du dich mental ausgeklinkt hast. So was braucht eben seine Zeit, verstehst du? Im Moment ist er einfach reizbar. Er braucht eine Zielscheibe für seinen Zorn, und da kommst du ihm grade recht. Rede mit ihm, lern' ihn wieder kennen. Er ist schlau. Du ja auch, wie ich gehört habe."

„Und du? Du willst doch sicher nicht dein ganzes Leben lang Mechaniker bleiben?" Travis' Wangen röteten sich so stark, dass Ben es trotz der Dunkelheit im Auto bemerkte. *Scheiße*, dachte Ben. *Genau das hatte er vor.*

„Tut mir leid, echt. Ich wollte damit nicht andeuten …"

„Ich hab' keine Ambitionen auf höhere Bildung, wie du's nennen würdest. Und selbst wenn, dann käme ich da vermutlich sowieso nicht ran. So einer wie du hält es wahrscheinlich für normal, dass jeder aufs College geht. Aber da wo ich herkomme ist es noch nicht mal normal, die Highschool abzuschließen. Mechaniker sein, an Motoren rumschrauben, das kann ich gut. Ich kriege alles repariert. Und bloß weil ich nicht auf dem College war, bin ich noch lange nicht dumm."

„Einspruch! Der Zeuge legt mir Worte in den Mund."

Da musste Travis lächeln. „Du denkst wohl, ich finde das charmant, was?"

„Ich denke … du willst gar nicht wissen, was ich denke. Außer, dass es mir wirklich leidtut."

Sie waren wieder am Friedhof angekommen. Ben fuhr bis in die hinterste Ecke des Parkplatzes, wo Travis' Pick-up stand, und hielt daneben an.

„So", sagte er. „Da wären wir."

„Da wären wir", wiederholte Travis.

Er öffnete die Beifahrertür und stieg aus. Dann zögerte er kurz, als überlegte er, ob er noch etwas sagen sollte. Schließlich drehte er sich noch einmal um.

„Das mit deinen Eltern tut mir echt leid, Ben."

„Danke, Mann. Nicht nur für die Worte. Danke, dass du dich heute um meine Brüder gekümmert hast. Dadurch hatte ich eine Sorge weniger."

„Gern geschehen. Falls du Hilfe brauchst oder einfach mal mit jemandem reden willst, dann weißt du ja, wo du mich findest."

„Bei der alten Mrs. Wright."

„Genau. Einfach an die Seitentür klopfen."

Travis reichte ihm über den Sitz hinweg die Hand. Sie verabschiedeten sich mit einem festen Händedruck, dann stieg Travis in seinen Truck, einen alten, zerbeulten Ford Ranger. Ben fuhr rückwärts vom Parkplatz. Als er wieder auf der Straße war, tauchten die Scheinwerfer des Fords in seinem Rückspiegel auf und blieben dort, bis er in die Einfahrt vor dem Haus seiner Eltern abbog und Travis in die des Hauses gegenüber. Auf dem Weg über die Verandatreppe zum Haus hinauf drehte Ben sich um und sah, wie Travis ausstieg und zur Seite des Wright'schen Hauses ging. Er bückte sich und hob ein Kabel auf. Er steckte es in eine Steckdose und Weihnachtsbeleuchtung erhellte den ganzen Vorgarten, die Veranda und die Bäume. Es mussten Hunderte, vielleicht sogar Tausende von winzigen, weißen Lichtern sein. Vor der Tür blieb Travis noch einmal stehen und drehte sich zu Ben um, der vollkommen fasziniert die Dekoration anstarrte. Als kleiner Junge hatte Ben davon geträumt, das Walsh'sche Haus zu Weihnachten in solchen Lichterglanz zu hüllen. Aber sein Vater war immer zu sehr mit dem Semesterende beschäftigt gewesen, und sie waren nie dazu gekommen.

„Ben." Travis hob die Stimme, sodass Ben ihn von der anderen Straßenseite aus hören konnte.

„Ja?" Ben riss seinen Blick von den Lichtern los und schaute Travis an, der auf den Stufen vor dem Seiteneingang stand.

„Hier ist nichts kaputt, was nicht repariert werden kann."

Und dann war er weg, hatte die Tür hinter sich geschlossen und war in Mrs. Wrights Haus verschwunden.

3

AM SONNTAGMORGEN wachte Ben um sechs Uhr auf. Er stolperte in die Küche und öffnete den Kühlschrank. Drinnen stapelten sich Plastikboxen mit allen möglichen Gerichten; von Eiersalat bis frittiertem Hähnchen war alles da. Er machte den Küchenschrank auf und inspizierte die Auswahl an Frühstücksflocken: zwei Sorten Cheerios (normal und Apfel-Zimt), Froot Loops, Frosted Flakes, Corn Pops, Müsli mit Rosinen, Special K, Rice Krispies und Honey Smacks. Und das war nur die erste Reihe. Nach einigem Herumkramen fand er in der Reihe dahinter eine Schachtel Mini-Wheats mit Zuckerguss, schüttete sich einige davon in eine Schale und gab Milch dazu. Dann schnappte er sich auch noch einen Löffel und ging ins Wohnzimmer, wo er sich mit seinem iPad niederließ, um die *Times* und das *Journal* zu lesen. Er hatte seit drei Tagen keine Nachrichten zu Gesicht bekommen.

Nach einigen Minuten hob er den Kopf und blickte sich im Wohnzimmer um. Er musste zugeben, dass er dieses Haus liebte – ein großes, zweistöckiges Haus mit fünf Schlafzimmern, nördlich des Campus unweit der juristischen Fakultät gelegen, nur ein paar Straßen entfernt vom Football-Stadion. Wie bei den meisten Wohnhäusern aus den Dreißigerjahren gab es auch hier über der Garage eine separate Einzimmerwohnung als zusätzliche Einnahmequelle während der Depressionszeit. Momentan war die Wohnung an eine junge Studentin namens Betsy vermietet, die über Weihnachten nach Hause gefahren war. Als Ben noch dort gewohnt hatte, war die Wohnung unter seinen Freunden von der Uni als „Bens Bunker" bekannt gewesen; wie oft hatten sie dort auf dem Fußboden gesessen und bis in die frühen Morgenstunden gequatscht. Im Haus selbst gab es oben zwei Schlafzimmer, in denen Quentin und Jason zweifellos noch schliefen. Im Untergeschoss lagen Cades Zimmer, das Gästezimmer – in dem momentan Julie residierte – und das Elternschlafzimmer, in dem Ben übernachtet hatte. Wobei ihm ziemlich unheimlich zumute gewesen war.

Ben lauschte. Das Haus lag nur wenige Blocks von der Interstate 35 entfernt; der nie abreißende Verkehr auf dem Highway erzeugte rund um die Uhr ein beruhigendes Hintergrundgeräusch. Ben las weiter, bis er eine halbe Stunde später ein Rascheln aus dem Gästezimmer hörte. Er konnte nicht um die Ecke in den Flur sehen, aber er konnte Julies Schritte hören, als sie ins Bad ging und die Tür hinter sich abschloss. *Wir sind alle durcheinander*, dachte er. Sie kam etwa eine Stunde später ins Wohnzimmer, vollständig angezogen und offenbar bereit zum Ausgehen. Natürlich, es war ja Sonntag. Er hatte gar nicht daran gedacht, dass sie heute alle in die Kirche gehen würden.

„Guten Morgen, Ben. Die Messe fängt um neun Uhr dreißig an. Ich kann die Jungs fahren, falls du was anderes vorhast."

Falls er etwas anderes vorhatte? Meinte sie „was Homosexuelle eben am Sonntagmorgen so tun, anstatt zur Messe zu gehen"? Die mütterliche Seite von Bens Familie hatte seine Homosexualität nie akzeptiert und kein gutes Haar an seinem Entschluss gelassen, der Kirche den Rücken zu kehren. Und die wunderten sich, weshalb er Texas verlassen hatte. Ben beschloss, die Zeit lieber für sich zu nutzen. Es war nur eine Stunde, aber es war eine Pause von all dem Trubel, und die brauchte er dringend.

„Macht es dir auch bestimmt nichts aus?"

„Natürlich nicht", beteuerte Julie, obwohl dabei ein Ausdruck der Missbilligung über ihr Gesicht huschte. Sie ging in die Küche und begann, Frühstück zu machen. „Du solltest wohl besser deine Brüder wecken."

Ben biss sich auf die Lippe. Er beschloss, das Thema Sorgerecht anzusprechen, während seine Brüder noch schliefen. Er schaltete sein iPad aus und folgte ihr in die Küche. Sie hatte eine Schüssel aus dem Schrank geholt und schlug Eier hinein. Ben blieb im Türrahmen stehen und schaute ihr dabei zu.

„Gestern Abend hast du gesagt, dass wir noch etwas besprechen müssten. Weißt du, was über das Sorgerecht im Testament steht?"

Sie gab Milch, Zimt und eine Prise Salz zu den Eiern und verquirlte das Ganze mit einer Gabel.

„Nein. Nicht genau. Aber ich kann es mir ungefähr denken."

Sie holte eine Pfanne aus dem Küchenschrank, stellte sie auf den Herd und ließ ein Stück Butter hineinfallen. Nachdem sie die Herdplatte angeschaltet hatte, ging sie durch die Küche zur Vorratskammer und nahm einen Laib Brot vom zweitobersten Regalbrett.

„Was für Möglichkeiten gibt es?", fragte er.

„Setz dich doch. French Toast?"

Das klang verlockend.

„Gern. Zwei Scheiben, bitte."

Ben setzte sich an den großen Holztisch in der Ecke der Küche. Julie redete, während sie weiter das Frühstück zubereitete.

„Von deinen Verwandten väterlicherseits kommt niemand in Frage. Dem Bruder deines Vaters kann man nicht mal einen Goldfisch anvertrauen, geschweige denn drei Jungs. Womit ich übrigens niemanden kritisieren will. Darüber waren sich auch deine Eltern absolut einig. Manche Menschen sind einfach nicht zur Elternschaft geschaffen."

Ben mochte seinen Onkel Tommy sehr gern, aber er musste Julie recht geben. Onkel Tommy lebte momentan in einer Einzimmerwohnung in Oakland. In den vierzig Jahren seines Lebens hatte er sich bisher noch vor jeder Verantwortung gedrückt. Nicht einmal zur Beerdigung hatte er es nach Austin geschafft.

15

„Alle eure Großeltern sind schon seit Jahren tot", fuhr sie fort. „Also bleiben nur noch ich und eure beiden Onkel."

Damit meinte sie die Brüder von Bens Mutter, Sam und Nick, die beide in Houston lebten. Ben fand sie etwas begriffsstutzig und emotional distanziert, aber sie sorgten trotzdem gut für ihre Familien.

„Und du", fügte sie hinzu.

Und ich, dachte Ben. Damit war es also heraus. Er kam als möglicher Vormund für seine drei Brüder in Frage. Er hatte das Offensichtliche, zwei Tage lang zu verdrängen versucht, aber jetzt stand es im Raum.

„Natürlich."

„Das einzige Problem bei uns ist – und das gilt für Sam und Nick genauso – wir haben einfach keinen Platz für drei Jungs. Deine Eltern wussten das. Wenn sie zusammenbleiben sollen, geht das nur, wenn sie hierbleiben können. Bei dir."

„Na toll. Also entweder jeder von euch nimmt einen und ich gehe zurück nach New York, oder ich ziehe hierher und sie bleiben bei mir?"

„Darauf läuft es hinaus, ja. Soweit ich das sagen kann."

„Und das Testament? Was glaubst du, was da drinsteht?"

Julie stand vor dem Herd, wo die mit Eiermasse überzogenen Brotscheiben in der Pfanne brutzelten. Sie drehte sich um und sah ihn an.

„Ich bin mir ziemlich sicher, dass die Entscheidung bei dir liegen wird." Worüber sie fast enttäuscht zu sein schien.

Ben musste daran denken, was Travis gestern Abend auf der Rückfahrt zum Friedhofsparkplatz zu ihm gesagt hatte. *Egal, was du tust, reiß' sie nicht auseinander.* Wenn Ben diesem Rat folgen wollte, blieb ihm gar keine andere Wahl. Als Julie den Toast in der Pfanne wendete, war Bens Kehle so trocken, dass er sich räuspern musste, um weitersprechen zu können.

„Und du, Julie? Was meinst du?"

Sie nahm den fertigen Toast aus der Pfanne, legte zwei Scheiben auf einen Teller und kam dann zu Ben an den Tisch.

„Bitte schön", sagte sie und stellte ihm den Teller hin. „Meiner Meinung nach wäre es das Beste, sie in einem traditionellen familiären Umfeld aufwachsen zu lassen. Auch wenn sie dann nicht zusammen bleiben könnten."

Ben versteifte sich.

„Du würdest sie lieber voneinander trennen als sie hier bei ihrem schwulen Bruder zu lassen?"

„Ihrem *alleinstehenden* schwulen Bruder", sagte sie, „der eines Tages einen anderen alleinstehenden schwulen … Menschen … kennenlernen wird. Und was dann? Also wirklich, Ben. Muss ich denn noch deutlicher werden? Du hast doch noch nicht einmal selbst deinen Platz im Leben gefunden. Kinder zu haben bedeutet, sich ein für alle Mal von Spaß und Unabhängigkeit und Dummheiten zu verabschieden. Bist du dazu bereit? Und mach' dir nichts vor; dass du ihr Bruder bist, ändert daran nicht das Geringste. Hier geht es um Elternschaft. Verantwortung. Ich kann nicht glauben, dass wir dieses Gespräch überhaupt führen."

Ben stand auf, holte sich eine Gabel aus der Schublade und den Ahornsirup aus dem Kühlschrank. Ohne ein weiteres Wort bedeckte er den Toast großzügig mit der klebrigen Pampe und begann zu essen.

BEN WARTETE im Wohnzimmer, bis Julie mit den Jungen aus der Kirche zurückkam.

„Cade und Jason", sagte er und stand von seinem Stuhl auf. „Würdet ihr euch umziehen, damit wir zum Mittagessen gehen können? Quentin, könnten wir beide uns draußen mal kurz unterhalten?"

Quentin setzte ein breites, gekünsteltes Grinsen auf.

„Klar, großer Bruder. Lass uns quatschen gehen."

„Ich dachte an ein Grillrestaurant", flüsterte Ben Julie im Hinausgehen zu. „Zum Mittagessen, meine ich. Es sei denn, du findest das nicht traditionell genug."

„Hör' schon auf", sagte sie und warf ihm einen scharfen Blick zu.

Ben scheuchte Quentin aus der Tür und auf die Veranda. Früher oder später mussten sie dieses Gespräch führen, es hinauszuzögern war also sinnlos. Ben hatte eine ganze Stunde lang überlegt, was er zu Quentin sagen sollte, aber eingefallen war ihm trotzdem nichts.

„Also, anscheinend haben wir ein Problem."

Anstatt ihn anzusehen, starrte Quentin hinüber zur anderen Straßenseite. Ben folgte seinem Blick in der Erwartung, dort Travis neben seinem Ford stehen zu sehen. Aber weder der Truck noch Travis waren da.

„Das mit dem Problem gebe ich zu, aber ich weiß nicht, wen du mit *wir* meinst."

„Uns. Du weißt schon, dich und mich. Offensichtlich bist du aus irgendeinem Grund sauer auf mich."

„Aus irgendeinem Grund? Jesus, wie kann ein einzelner Mensch bloß so ahnungslos sein?" Er seufzte frustriert. „Es gibt kein *wir*, du Schwachkopf. Jedenfalls nicht, wenn du mich fragst. Was wird das? Soll ich hier etwa einen auf Geschwisterliebe machen? Bist du darauf aus?"

„Nein. Aber haben wir so viel Feindseligkeit wirklich nötig?"

„Oh Benjy, die haben wir nötiger als je zuvor. Glaubst du, ich weiß nicht, was du vorhast? Glaubst du, ich weiß nicht, welche Möglichkeiten es gibt? Ihr wollt uns zwischen Mamas Geschwistern aufteilen, und da wundert es dich, dass ich feindselig bin?"

„Hast du mein Gespräch mit Julie heute Morgen belauscht?"

„Einen Scheiß hab' ich. Aber siehst du, ich hatte recht. Ihr redet schon drüber. Das ist super, Bruderherz. Echt, total super."

„Es ist noch gar nichts entschieden."

„Schwachsinn. Soll ich dir ernsthaft glauben, dass du ein Teil der Lösung sein willst? Willst du dich etwa hinstellen und mir das als Argument vorbringen? Seit du hier ausgezogen bist, kommst du einmal im Jahr zu Besuch. *Einmal.* Ich bin ihr großer Bruder, Ben. Auf mich verlassen sie sich, seit das alles passiert ist. Aber ich bin nicht alt genug, um mich um sie zu kümmern, und dann kommst du daher und … was? Sag's mir. Echt, ich will's von dir selber hören. Denkst du wirklich daran, wieder nach Texas zu ziehen? Komm, das ist deine Chance. Jetzt kannst du mich mal so richtig schocken."

Ben wandte sich ab und sagte nichts.

„Dachte ich's mir doch. Es *ist* schon entschieden, also scheiß auf dieses Gespräch. Und komm' mir bloß nicht damit, dass das auf lange Sicht das Beste für uns ist. Wenn's nur um mich ginge, wär's mir ja scheißegal. Ernsthaft. Das Leben ist kein Ponyhof und so. Aber Cade? Was glaubst du, was mit ihm passieren wird? Und wenn du wüsstest, was Jason gerade durchmacht … wenn du auch nur ansatzweise …" Quentin verstummte resigniert. „Ich könnte genauso gut mit deinem Anrufbeantworter sprechen." Er schüttelte den Kopf und drehte sich zur Haustür um. „Ich mache dir einen Vorschlag. Ich bin weniger feindselig, wenn du dafür sorgst, dass wir wenigstens noch Weihnachten zusammen verbringen können. Hier im Haus."

Ben rührte sich nicht.

„In Ordnung. Das nehm' ich dann mal als Ja." Quentin ging auf die Tür zu, blieb aber noch einmal kurz stehen. „Danke für die Unterhaltung", sagte er. Dann ging er hinein und ließ Ben auf der Veranda stehen.

ALS SIE von einem quälend schweigsamen Mittagessen zurückkamen, bemerkte Ben Travis' Truck in der Einfahrt gegenüber. Er musste mit jemandem reden und Travis hatte sich gestern angeboten. Seiner Ansicht nach hatten sie sich freundschaftlich getrennt, obwohl er mit seiner Bemerkung zum Thema „Mechaniker-für-den-Rest-deines-Lebens" ins Fettnäpfchen getreten war.

„Ich geh' mal eben zum Haus von Mrs. Wright rüber und rede kurz mit Travis", kündigte er den anderen an, als sie ins Haus zurückkamen. „Wird nicht lange dauern."

Quentin und Jason sahen einander stirnrunzelnd an.

„Also, ich weiß nicht, großer Bruder", sagte Quentin. „Bist du sicher, dass jetzt der passende Moment dafür ist?"

Jason bemühte sich gar nicht erst, sich das Lachen zu verkneifen.

„Ich will nur kurz rübergehen und mich noch mal bedanken, kleiner Bruder."

Quentin grinste. „Vergiss, dass ich was gesagt habe."

Ben ging wieder nach draußen, die Stufen hinab und über die Straße zur Seitentür von Mrs. Wrights Haus. Der obere Teil bestand aus neun kleinen

Glasscheiben, durch die Ben Mrs. Wrights Küche, einen Teil ihres Wohnzimmers und die Tür zum hinteren Schlafzimmer sehen konnte.

Er klopfte an eine der Glasscheiben. Die Tür schepperte laut im Rahmen. Hinter der Tür zum hinteren Schlafzimmer brach ein Tumult los. Da Ben zwei Stimmen hörte, war ihm sofort klar, was er angerichtet hatte. Im Stillen verfluchte er sich dafür, nicht auf Quentin gehört zu haben.

Jedoch wartete er einige Sekunden zu lang, denn als er sich umdrehen und aus dem Staub machen wollte, kam Travis aus dem Schlafzimmer. Er war barfuß und trug nur eine Jeans; sein schlanker, muskulöser Oberkörper war von der Brust bis zum Hosenbund mit rötlichblondem Körperhaar bewachsen. Er tappte in die Küche, schob den Riegel zurück und machte die Tür halb auf.

„Ben …"

„Travis", unterbrach Ben. „Es tut mir leid. Ehrlich. Ich hatte ja keine Ahnung." Er konnte ihm nicht in die Augen sehen, also schaute er stattdessen auf Travis' Füße. Sie waren perfekt. Blass mit schön geformten Zehen und elfenbeinfarbenen Nägeln. Da stand er nun, mit gesenktem Kopf, und starrte dem Mann wie hypnotisiert auf die Füße. Was war bloß los mit ihm? Mit einem Ruck löste er sich aus seiner Starre und blickte auf. „Ich wollte mich nur noch mal bei dir bedanken. Aber ich komme einfach ein andermal wieder." Er wich zurück und wollte schon die Flucht antreten.

Dann begann er zu lachen.

„Oh Mann, es tut mir so leid. Jetzt komme ich mir vor wie ein Zwölfjähriger. Ich kann mich gar nicht mehr richtig erinnern, wann ich das letzte Mal jemanden beim Sex gestört habe … meinen Mitbewohner, glaube ich. An der Uni."

Travis brach ebenfalls in Gelächter aus.

„Du bist ein Arsch."

„Ja, ist mir klar. Hättest du vielleicht trotzdem mal einen Moment Zeit für mich? Ich weiß, mein Timing ist beschissen. Aber ich brauche jemanden zum Reden, der kein wütender Verwandter ist."

Travis lächelte. „Der Vorschlag kam schließlich von mir. Warte auf der Terrasse auf mich. Ich bin gleich bei dir. Immerhin hast du mich vorm Kuscheln bewahrt."

„Sieh mal einer an. Ich bin ein exzellenter Wingman."

Travis schloss die Tür und Ben ging ums Haus herum. Hinten im Garten gab es einen verglasten Freisitz, der mit einfachen Plastikstühlen und einem Tisch sauber und präsentabel eingerichtet war. Ben setzte sich und wartete auf Travis.

Als Travis um die Ecke kam, trug er ein orangefarbenes Longhorns-Sweatshirt und Arbeitsstiefel zu seiner blauen Jeans. Er hatte zwei Flaschen Bier in der Hand und eine hübsche junge Frau mit wasserstoffblondem Haar im Schlepptau. Ben stand auf, um sich ihr vorzustellen.

„Ben, das ist Trisha."

„Freut mich, dich kennenzulernen, Trisha. Entschuldige bitte die Störung."

Sie schüttelte ihm die Hand und begann dann zu gestikulieren.

„Mein Beileid", übersetzte Travis. „Ich wollte zum Trauergottesdienst kommen, aber ich musste arbeiten. Ich habe deine Eltern nur einmal getroffen, aber sie schienen sehr nett zu sein."

„Danke." Ben blickte auf die beiden Bierflaschen. „Du willst nicht bleiben?"

Sie schüttelte den Kopf und gebärdete wieder.

„Nein. Ich wollte mich sowieso auf den Weg machen. Sonntags ist unser Mädelsabend und ich bin heute die Gastgeberin. Muss noch sauber machen. Aber ich hoffe, wir sehen uns demnächst wieder."

„Ich auch."

Travis stellte die Flaschen auf den Tisch und begleitete Trisha um die Ecke. Nach einigen Minuten kam er zurück und setzte sich auf einen Stuhl neben Ben.

„Prost." Travis hob seine Flasche.

„Prost." Ben stieß an. „Wann hast du Gebärdensprache gelernt?"

„Als Kind in Lubbock. Mein Nachbar und einziger Freund zu dieser Zeit war taub. Jamie Johnson. Laut meiner Mutter hab' ich schon immer viel gestikuliert, deshalb ist es mir leichtgefallen."

„Naja, entschuldige mein schlechtes Timing. Echt."

„Du entschuldigst dich ganz schön oft, Ben."

„Ich gehe eben gern auf Nummer Sicher. Katholische Schuldgefühle und so."

Eine Zeit lang tranken sie schweigend.

„Mrs. Wright ist am Sonntag meist den ganzen Tag unterwegs, erst in der Kirche, dann irgendwo als freiwillige Helferin. Sie macht noch ein paar andere Sachen, nach denen ich nicht zu fragen wage."

„Die Zeit nutzt du effektiv."

„Absolut. Quentin und Jason wissen Bescheid und kommen am Sonntagnachmittag nicht rüber. Überrascht mich eigentlich, dass sie dich nicht gewarnt haben."

„Haben sie. War mein Fehler. Ich kann nicht besonders gut zuhören."

Ben hörte, wie ein Auto angelassen wurde und wegfuhr.

„Scheint ein nettes Mädchen zu sein."

Travis zuckte mit den Schultern. „Was solltest du auch sonst sagen? Aber stimmt, ist sie. Also, was ist los?"

Ben trank noch einen Schluck Bier und ließ sich das kalte Getränk durch die Kehle rinnen. „Ich muss eine Entscheidung treffen."

„Es muss schlimm um dich stehen, Obi-Wan, wenn du mich um Rat fragst."

„Irgendwie bezweifle ich das."

Inzwischen gefiel Ben der Spitzname sogar, den Travis ihm verpasst hatte – eine offensichtliche, aber clevere Star-Wars Referenz.

„Geht es ums Sorgerecht?"

„Natürlich. Meine Tante Julie hält mich als Vormund für ungeeignet. Sie findet, dass die Jungs in einem *traditionelleren* Umfeld aufwachsen sollten, selbst wenn das bedeuten würde, sie voneinander zu trennen."

Travis fuhr sich mit der rechten Hand über den Kopf, kratzte sich am Ohr und strich sich dann die roten Haare glatt.

„Was meinst du?", fragte Travis.

Ben sah ihn an. „Ich weiß nicht. Das ist eine verdammt ernste Angelegenheit. Wenn ich das versaue, versaue ich drei Leben. Und ich weiß nicht, ob ich es schaffen kann. Ich habe ein Leben in New York. Soll ich das alles einfach so zurücklassen?"

„Das musst du selbst wissen."

„Aber gestern hast du gesagt, *reiß' sie nicht auseinander.* Du hast also eine Meinung."

„Natürlich habe ich eine Meinung. Ist dir all das wirklich wichtiger als deine Brüder? Sie brauchen dich, und du brauchst sie, auch wenn du das jetzt vielleicht noch nicht weißt. Deine Eltern sind tot, Ben, und die drei sind die einzigen Menschen auf dieser Welt, die genau wissen, was du durchmachst. Was glaubst du, was passieren wird, wenn sie in alle Winde verstreut werden und du dich aus dem Staub machst und zurückgehst nach New York? Ausreden zu suchen macht die Sache auch nicht besser. Du kannst deine Stiefel zwar in den Backofen stecken, aber deshalb werden noch lang keine Kekse draus."

„Falls ich versage, werden sie allerdings auch nicht zu Keksen."

„Hier ein paar Fehler zu machen ist mit Sicherheit besser, als mit dem schlechten Gewissen zu leben, wenn du sie im Stich lässt. Ich sag' dir was, Ben, wenn du gehst, werden sie dir das nie verzeihen. Ich möchte sogar wetten, dass Quentin dann nie wieder mit dir spricht. Und egal, wie erfolgreich du bist, egal, wie viel Geld du verdienst, du wirst nie die Zeit zurückdrehen und dich anders entscheiden können. Deine Tante hat nicht alle Tassen im Schrank, und an deiner Stelle würde ich ihr das auch genau so sagen."

„Ich glaube, das ist nicht nötig. Abgesehen davon ist Julie nicht mal mein größtes Problem. Quentin ist so …" Ben stockte. „Er hasst mich."

Travis zuckte erneut die Achseln. Die Geste passte zu ihm.

„Kannst du ihm das übel nehmen? Er ist ein kluger Junge – er weiß, was los ist. Wenn *du* schon darüber nachdenkst, sie zu trennen, ist ihm mit Sicherheit auch klar, dass das passieren könnte."

„Ja, er weiß es."

„Abgesehen davon hasst er dich nicht. Er hasst, dass du nicht da warst. Das ist ein gewaltiger Unterschied."

„Ich bin mir nicht sicher, ob er mich überhaupt hier haben will."

„Also jetzt wirst du albern. Er vermisst dich wie verrückt. Schließlich hat er sich sogar einen Ersatz für dich gesucht."

Ben staunte. Ihm war nie in den Sinn gekommen, dass sein Verschwinden eine Lücke im Leben seiner Brüder zurückgelassen hatte – oder dass jemand diese ausfüllen könnte.

„Irgendein Rat?"

„Du musst nur für sie da sein. Du brauchst nicht der perfekte Bruder zu sein. Einfach nur da zu sein macht schon achtzig Prozent des Erfolgs aus. Hat, glaube ich, irgendein Promi mal gesagt."

„Woody Allen."

„Wirklich?"

„Glaube ich."

Ben nahm noch einen Schluck Bier und sah sich im Garten um. Alles war braun. Neben dem Gartenzaun lagen noch einige zusammengerechte Blätter. Die Nacht wurde still, so wie am Abend zuvor, abgesehen vom Rauschen der nahen Autobahn. Ben spürte, dass Weihnachten nahte. Er schlug sich die Hände vors Gesicht und atmete tief ein.

„Was, wenn es mir zu viel wird?"

„Oh Gott. Hör' auf, so ein Drama daraus zu machen."

„Unterschätz' du mal nicht meinen Egoismus."

Travis beugte sich vor und zog Ben die Hände vom Gesicht.

„Dann wird's dir eben zu viel."

„Was soll das denn heißen?"

„Was auch immer passiert, akzeptier' es. Nimm hin, was du nicht ändern kannst. Lass es regnen. So sagte man das bei Al-Anon, der Selbsthilfegruppe für Angehörige von Alkoholikern."

Ben sah ihm in die Augen und erinnerte sich an etwas. Warum kam ihm Travis so bekannt vor? Ganz plötzlich hätte er ihn am liebsten geküsst. Er spürte Panik in sich aufsteigen; was für eine blöde Idee.

„Ich geh' dann mal besser", sagte Ben und stand von seinem Stuhl auf. „Ich habe ihnen versprochen, bald zurückzukommen."

Travis richtete sich auf und stieß einen enttäuschten Seufzer aus, als hätte Ben seine Worte nicht wie erwartet aufgenommen.

„Danke, dass du mir zugehört hast. Du hast mir sehr geholfen. Wirklich."

Im Weggehen drehte Ben sich noch einmal um und fragte: „Was machst du an Weihnachten?"

Travis grinste. „Dein Vater hatte mich eingeladen, mit euch zu feiern. Unter diesen Umständen werde ich aber wohl zu Hause bleiben und Filme gucken oder so."

„Wenn du Filme gucken möchtest, solltest du auf jeden Fall zu uns kommen, denn genau das werden wir auch tun. Vielleicht suchen wir uns ein Thema aus – Explosionen, Weltrettung, so was in der Art. Ein echtes Testosteronfest."

„*Armageddon*?"

„Genau so was hatte ich mir vorgestellt. Und *Deep Impact*."

„*The Day After Tomorrow*.”

„Jake geht immer. Und *Speed*, natürlich.”

„Klingt prima. Mit mir könnt ihr rechnen.“

Ben verabschiedete sich und ließ Travis mit seiner halb leeren Bierflasche auf der Terrasse zurück. Er überquerte die Straße zum Haus seiner Eltern und hüpfte geradezu die Stufen hoch. Er fühlte sich besser, eindeutig. Mit Travis zu reden hatte ihm geholfen, den Kopf freizubekommen. Er ging hinein, in der Hoffnung, seine Brüder im Wohnzimmer anzutreffen, aber dort war niemand. *Sie müssen oben sein,* dachte er. *Keine Eile.* Er sah dem morgigen Tag und dem Gespräch mit dem Notar positiv entgegen. Danach würde er genug Zeit haben, um sie kennenzulernen.

Er hörte etwas ans Fenster klatschen und blickte hinaus, um der Sache auf den Grund zu gehen. Es hatte zu regnen begonnen. Und aus irgendeinem unerklärlichen Grund musste Ben lächeln.

4

AM MONTAGNACHMITTAG erklärte Julie ihre Absicht, vom Büro des Notars aus direkt zum Flughafen zu fahren und nach Dallas zurückzufliegen. Sie würde also nicht mit Ben in einem Auto fahren. Zu Bens Überraschung erschienen auch Sam und Nick, Julies Brüder, pünktlich um drei vor dem Anwaltsbüro. Er hatte nicht gewusst, dass sie aus Houston herfahren würden.

Nachdem sie sich begrüßt hatten, gingen sie hinein. Russ Hardwick, der Anwalt und Notar von Bens Eltern, erwartete sie bereits. Er überreichte Ben und Nick je eine Abschrift des Testaments. Sie setzten sich und Ben begann in seiner Abschrift zu lesen, während Julie, Sam und Nick über der anderen die Köpfe zusammensteckten.

Nach einigen Minuten begann Hardwick. „Als Erstes möchte ich Ihnen allen mein herzliches Beileid aussprechen. Ben, ich kenne dich seit deiner frühesten Kinderzeit. Ich hätte nicht gedacht, dass wir uns eines Tages unter solchen Umständen gegenübersitzen würden."

„Danke, Russ. Der schlimmste Fall ist eingetreten."

Hardwick lächelte schwach. Er deutete auf das Testament.

„Keine große Überraschung. Das Haus und alle Ersparnisse gehen zu gleichen Teilen an die vier Kinder. Euer Vater hat ein Konto, von dem Steuern und Versicherung gezahlt werden. Zusätzlich zur Lebensversicherung hatte er Konten zur Studienfinanzierung der drei jüngeren Söhne eingerichtet. In Sachen Sorgerecht bist du, Ben, als Vormund für deine Brüder benannt. Als du letztes Jahr den Job in New York angenommen hast, haben deine Eltern allerdings einen Nachtrag hinzugefügt. Solltest du die Vormundschaft nicht übernehmen wollen, was sie dir als mögliche Option offenhalten, geht das Sorgerecht auf die Geschwister deiner Mutter über."

Hardwick hielt inne und wartete.

„Ben, nimmst du das Sorgerecht an oder nicht?"

Ben sah Julie an. Genau so hatte sie es vorausgeahnt. Aber warum hatte sie ihm nicht gesagt, dass Sam und Nick bei der Testamentseröffnung dabei sein würden?

„Ich nehme es an."

„Mr. Hardwick", sagte Nick, ohne von seiner Abschrift des Testaments aufzublicken, „welche rechtlichen Möglichkeiten haben wir? Wegen des Sorgerechts, meine ich?"

Ben sah ihn geschockt an.

Hardwick redete weiter. „Als sie die Klausel hinzugefügt haben, war nicht die Rede davon, dass Ihr Anspruch auf das Sorgerecht den von Ben ablöst. Eine Sorgerechtsklage ist immer möglich, aber ich denke …"

Nick unterbrach ihn. „Unserer Ansicht nach wären die Jungen in einem traditionellen Familienumfeld besser aufgehoben."

Ben fand den Einwand lächerlich. *Das ist ja der reinste Hinterhalt*, dachte er.

„Ist das dein Ernst, Onkel Nick?" Ben bemühte sich, seine Stimme so ruhig wie möglich klingen zu lassen. „Und ich meine damit nicht euren Traditions-Schwachsinn. Ihr wollt mich vor Gericht zerren? Ernsthaft? Hast du eine Ahnung, für wen ich arbeite?"

„Das ist eine New Yorker Kanzlei", sagte Sam. „Wir sind hier in Texas."

„Ich weiß, dass ich nicht so mit dir reden sollte, Sam, aber du bist ein Idiot. Julie, bring deine Brüder gefälligst wieder zur Vernunft. Nicht zu fassen, dass wir dieses Gespräch überhaupt führen."

„Du anmaßender Scheißkerl", schimpfte Sam. „Glaub bloß nicht, dass sich hier alles nur um dich dreht. Du wirst die Jungs nur mit dir ins Verderben reißen."

Ungerührt entgegnete Ben: „Na, die Mitglieder der Familie Thompson übertreffen sich ja wieder mal gegenseitig mit ihren Bonmots. Euer Respekt für meine verstorbene Mutter ist wirklich rührend. Lasst es mich euch erklären. Darf ich, Russ?"

Hardwick nickte leicht nervös, aber gleichzeitig stolz.

„Also erstens, Sam, Bonmot bedeutet ‚kluge oder geistreiche Bemerkung‘, wörtlich übersetzt heißt es ‚gutes Wort‘. Auf Französisch. Ist das nicht schön anmaßend? Zweitens, wenn ihr mich wegen des Sorgerechts verklagen wollt, investiert ihr besser in eine Armee von Anwälten, denn ich werde gerüstet sein. Und ich werde die Sache so was von in die Länge ziehen … Das Ganze wird euch dermaßen viel Geld kosten, dass ihr pleite seid, bevor der Fall auch nur ansatzweise geklärt ist. Bis dahin ist Cade dann mit der Schule fertig und alles war umsonst. Was auch immer ihr vorhabt, lasst es bleiben. Ihr habt keine Chance und würdet euch nur selbst das Leben schwer machen."

Ben stand auf und hielt Hardwick die Hand hin.

„Danke, Russ, ich nehme an, wir sind hier fertig. Falls ich noch irgendwas unterschreiben muss, schick es einfach an unsere Adresse. Ich wünsche dir frohe Weihnachten, und sag auch Susan und der Familie liebe Grüße von mir."

Hardwick stand auf und schüttelte Ben die Hand.

„Falls ihr irgendwas braucht, Ben, du oder einer von den Jungs, ruf mich bitte an. Einverstanden?"

„Alles klar." Ben wandte sich an Julie und ihre Brüder. „Ich denke, wir werden Weihnachten dieses Jahr in Austin verbringen. Allein. Sonst habe ich nichts zu sagen. Frohe Weihnachten, Julie." Er beugte sich vor und umarmte sie. „Frohe Weihnachten, Nick, Sam." Er schüttelte ihnen die Hände und erfreute sich an ihren fassungslosen Gesichtern. Er verließ das Büro, stieg in den Pick-up seines Vaters und fuhr nach Hause. Was er als Nächstes tun würde, war ihm absolut klar. Ganz gleich, wie viele Entscheidungen noch zu treffen sein würden, als Erstes musste er jetzt mit seinen Brüdern reden.

ALLE DREI waren im Wohnzimmer, als er ins Haus zurückkam. Quentin und Cade schauten ESPN. Jason saß seitlich auf einem Sessel, hatte die Nase in einem Buch und ließ seine Beine über die Armlehne baumeln. Ben warf einen Blick auf den Einband. *Herr der Fliegen*. Ausgezeichnete Wahl.

„Ich störe euch ja nur ungern beim Nichtstun, aber wir haben was miteinander zu besprechen. Alle vier. Quentin, machst du bitte den Fernseher aus? Lasst uns ins Esszimmer gehen. Wir setzen uns besser an den Tisch."

Quentin nahm die Fernbedienung, schaltete den Fernseher aus und sah Ben dann verachtungsvoll an.

Ben verzichtete bewusst darauf, sich ans Kopfende zu setzen. Stattdessen nahmen alle ihre angestammten Plätze ein – Ben und Jason auf der einen Seite des Tisches, Quentin und Cade gegenüber. Es war fast wie immer, bis auf die beiden leeren Plätze an den Kopfenden.

Ben begann.

„Also, unsere Eltern sind tot. Euch ist bestimmt auch aufgefallen, wie alle bei der Sache um den heißen Brei herumreden. Sie sind tot und das ist furchtbar. Ich weiß nicht, wie es euch geht, aber ich bin traurig darüber. Sie sind weg und es wird vorerst nicht einfach für uns alle. Das ist einfach so. Aber ihr habt bestimmt viele Fragen."

Quentin spannte seinen Körper an.

„Ich war heute beim Notar und habe mit ihm über das Haus gesprochen. Und über das Sorgerecht."

„Sorgerecht für was?", fragte Cade.

„Nicht für was, du Depp", sagte Quentin. „Für wen. Sorgerecht für wen."

„Ich bin kein Depp", protestierte Cade.

Ben blickte ungläubig zwischen den beiden hin und her.

„Wirklich? Und ihr nennt *mich* einen Idioten? In Gottes Namen, hör auf, deinen Bruder einen Deppen zu nennen."

„Sag du mir nicht, was ich zu tun habe", fauchte Quentin. Seine schwarzen Augen funkelten wütend.

Ben wandte sich an Cade.

„Du und deine Brüder, ihr seid noch minderjährig. Ihr braucht jemanden, der die Verantwortung für euch übernimmt. Weil Mama und Papa das nicht mehr tun können."

„Du kommst jetzt nach Hause, richtig?", fragte Cade. „Du kommst zurück und kümmerst dich um uns."

Ben sah Quentin an. Er wollte sein Gesicht sehen, wenn er ihn zur Abwechslung mal nicht maßlos enttäuschte.

„Ja. Genau so machen wir das."

Quentin zog fragend die Augenbrauen hoch und riss die Augen auf. Jason richtete sich auf und sah Ben von der Seite an, dann lächelte er und lehnte mit einem erleichterten Seufzer die Stirn an Bens Schulter. Ben strich ihm über den Kopf.

„Danke", flüsterte Jason.

„Gratulation, Bruder", sagte Quentin. „Gute Entscheidung."

„Schön, dass du das so siehst, denn jetzt seid ihr dran. Ihr müsst mir helfen. Ihr alle drei. Ich weiß, ich habe euch vor fünf Jahren im Stich gelassen. Ich kenne euch kaum. Seid bitte nicht böse auf mich. Jetzt bin ich hier, und ob es euch gefällt oder nicht, wir sitzen alle im selben Boot."

„Also", sagte Cade, „bist du jetzt so was wie unser Vater?"

„Manchmal", nickte Ben. Dann schüttelte er den Kopf. „Nein. Ich bin mir nicht sicher. So was in der Art."

„Was ist mit Travis?", fragte Cade.

„Was soll mit ihm sein?"

„Er isst fast jeden Abend bei uns", erklärte Quentin.

Cade nickte und lachte. „Wenn wir ihn nicht füttern, verhungert er wahrscheinlich."

„Nein", sagte Quentin, „dann verhungern eher wir. Er hat Mama immer in der Küche geholfen. Er kocht gern, so jemanden brauchen wir. Er ist unsere einzige Hoffnung auf anständiges Essen."

„Dann ist es ja gut, dass ich ihn zu Weihnachten eingeladen habe. Hoffentlich ist euch das recht. Und wir haben uns auch schon ein Motto überlegt. Wir werden uns Filme mit Explosionen anschauen, in denen jemand die Welt rettet. Oder mindestens einen Bus."

„Du bist manchmal so ein schräger Typ", lachte Quentin. „Du und deine Mottos. Ist das normal bei euch, so ein Schwulen-Trend?"

„Zum Beispiel *Independence Day*?", schlug Jason vor.

Ben ignorierte Quentin und lächelte stattdessen Jason an. „Genau. An den hatten wir komischerweise noch gar nicht gedacht. Würdet ihr zwei mich und Quentin mal kurz allein lassen?"

„Klar. Komm mit, Cade. Gehen wir Geschenke einpacken."

Die beiden verließen das Wohnzimmer und gingen nach oben.

„War nur ein Scherz, das mit dem Schwulen-Trend!", wehrte Quentin ab. Anscheinend fürchtete er, damit einen Schritt zu weit gegangen zu sein.

„Entspann dich", sagte Ben. „So was macht mir nichts aus. Sind wir uns einig? Du und ich?"

Quentin lächelte ihn an.

„Ja, absolut. Ich hätte nicht gedacht … Entschuldige, ich habe dich unterschätzt."

„Vergessen wir das. Ich möchte mit dir über Jason sprechen. Er war so still, sogar für seine Verhältnisse. Und dann hast du gestern gesagt, ob ich wüsste, was er gerade durchmacht … was hast du damit gemeint?"

„Das ist eigentlich allein seine Sache."

„Jetzt nicht mehr. Die Spielregeln haben sich geändert, Q. Du musst mir schon sagen, was los ist. Ich hebe deine Schweigepflicht auf."

Quentin beäugte ihn misstrauisch.

„Im Oktober, zu Anfang des Schuljahrs, hat Mama ihn überrascht. In seinem Zimmer."

„Hat er sich einen runtergeholt?"

„Nein. Er war nicht allein."

„Ein Mädchen?"

Quentin schwieg.

„Ein Junge?"

Quentin nickte. „Eigentlich ist ja gar nichts passiert. Jason sagt, sie hätten nur rumgemacht. Sie waren noch angezogen. Trotzdem ist Mama ausgerastet und hat den Kerl rausgeschmissen. Sie liebt dich ja, aber mal im Ernst, zwei in einer Familie? Ist das nicht ein bisschen mehr, als eine katholische Mutter ertragen kann?"

„Er redet mit dir über so was?"

„Natürlich. Mama hat es mir bestimmt nicht erzählt. Du hast echt was verpasst, Ben. Brüder zu haben ist cool. Jason und ich reden über alles. Wir sind total verschieden – er ist ein Intellektueller und ich …" Quentin verstummte.

„Du bist sechzehn. Ich weiß, dass du eine Freundin hast."

„Woher weißt du …"

„Ich habe dein Gesicht gesehen, wenn du ihre SMS liest. Schwul oder nicht, alle Männer haben diesen Blick. Verhütet ihr?"

„Wir haben nicht …"

„Erste Hausregel: keine Schwangerschaften. Niemals. Benutzt jedes Mal ein Kondom, ich bitte dich darum. Das wird auch so schon schwer genug, ich brauche nicht auch noch ein Kleinkind."

„Das war eine alte Hausregel. Kein Sex, weißt du noch?"

„Richtig, ich erinnere mich. Nur dass ich diese Regel gebrochen habe, und das wirst du auch eines Tages tun, falls du's nicht schon getan hast. Lass uns die alte Regel vergessen. Stellen wir eine neue auf, ja? Keine Schwangerschaften. Immer mit Kondom. Bitte."

Quentin schaute auf seine Hände.

„Das wird seltsam, nicht? Ohne Mama und Papa?"

„Ja, das wird es. Ich bin ein schrecklicher Ersatzpapa."

„Quatsch, du bist schon okay. Nur blöd, dass du jetzt nicht nach New York zurück kannst. Wirst du in Austin einen Job finden?"

„Ich muss erst noch eine Prüfung in texanischem Recht ablegen – ich dachte, das hätte ich hinter mir. Aber ja, ich werde schon was finden."

„Super. Ich bin froh, dass du zu Hause bist, Ben. Tut mir leid, dass ich dir Vorwürfe gemacht habe."

In diesem Moment fiel Ben auf, dass er sich hatte ablenken lassen.

„Moment mal. Wir haben über Jason geredet, der einen anderen Jungen geküsst hat. Hat er sich danach vor Mama und Papa geoutet?"

„Ja. Sie haben versucht, ihn zu unterstützen. Manchmal redet er mit mir, aber was soll ich dazu sagen? Er braucht jemanden wie dich."

„Wieso haben sie mich nicht angerufen, als das passiert ist?"

„Ich weiß nicht, Ben. Frag ihn. Aber du warst eben nicht da. Wir sind nicht gewohnt, dich als jemanden zu betrachten, auf den wir uns verlassen können."

„Scheiße, ich bin der schlechteste Bruder der Welt. Was ist mit Cade? Muss ich irgendwas über ihn wissen?"

„Nein, der braucht nicht viel Aufmerksamkeit. Der wird mal die Sportskanone der Familie. Sie haben vier Versuche gebraucht, bis Papa seinen Sportler bekommen hat. Er spielt Football und Baseball. Und liebt alles, was mit den Longhorns zu tun hat. Dafür ist er im richtigen Alter. In den letzten Monaten hat er jeden Samstag mit Papa und Travis Football geschaut."

„Magst du Travis?"

„Klar, er ist ein netter Typ. Seine Kindheit war nicht so toll. Er passt hier gut rein, wirst schon sehen. Hat sogar Mama gesagt, obwohl sie erst so misstrauisch …"

Ein Klopfen an der Haustür unterbrach Quentin.

„Wenn man vom Teufel spricht …"

„Travis?", fragte Ben.

Quentin nickte.

„Mach auf, großer Bruder."

Ben stand auf und ging zur Tür. Als er öffnete, stand Travis vor ihm auf der Veranda.

„Haben dir die Ohren gekribbelt?"

„Was?"

„Wir haben gerade über dich gesprochen. Komm rein."

Travis trat ein und grüßte Quentin mit einem Nicken.

„Hey, Kumpel. Alles in Ordnung?"

„Hey, Trav. Alles in Butter."

„Hmm", brummte Travis und sah Ben an. „Der macht ja einen zufriedenen Eindruck. Heißt das, du hast dich zum Bleiben entschieden?"

Ben lächelte. „Genau das heißt es."

„Also dann, willkommen in der Nachbarschaft. Oder vielmehr, willkommen zuhause, sollte ich wohl sagen."

Travis streckte die Hand aus. Ben schüttelte sie. Fest.

„Danke. Ich wollte Quentin gerade in die Küche schleifen. Es gibt Reste zum Abendessen. Isst du mit?"

Travis schaute auf den Boden. „Quentin, könntest du mich und deinen Bruder mal kurz allein lassen?"

„Ich gehe in die Küche. Sortiere die Reste."

Quentin ließ die beiden allein.

„Was gibt's?", fragte Ben.

„Ich habe über deine Weihnachtseinladung nachgedacht. Meinst du nicht, es wäre besser, wenn ich mich für eine Weile fernhalte? Du bist jetzt zu Hause. Du brauchst Zeit, um sie kennenzulernen."

Ben antwortete spöttisch: „Nein. Das meine ich keineswegs. Genau genommen ist das, glaube ich, das Dümmste, was ich je gehört habe. Sie lieben dich, Mann. Besonders Cade. Das habe ich ja am Samstag gesehen. Mehr als alles andere brauchen sie jetzt vertraute Menschen um sich. Und ich brauche Hilfe. Wenn du die Rolle eines zweiten großen Bruders einnimmst, ist das verdammt toll. Du warst für sie da, bevor das alles passiert ist, und jetzt brauchen sie dich erst recht. Wirklich. Komm Weihnachten zu uns und iss heute Abend mit uns."

„Naja, wenn du das so sagst …"

„Kannst du raufgehen und Jason und Cade holen? Sie packen Geschenke ein."

„Aber sicher."

Ben ging in die Küche, wo Quentin schon damit begonnen hatte, Plastikbehälter aus dem Kühlschrank zu nehmen. Gleich darauf trampelten Jason und Cade mit Travis im Schlepptau in die Küche.

„Tante Harriet hat leckere Makkaroni mit Käse mitgebracht", sagte Jason.

„Mmm", machte Cade und rieb sich den Bauch. „Lecker. Makkaroni mit Käse."

„Da taut auch noch ein kompletter Truthahn im unteren Fach auf", bemerkte Travis.

„Woher weißt du das?", fragte Quentin.

„Hab' ich am Samstag gesehen. Und mit Tante Julie drüber geredet."

„Hast du eine Ahnung, wie man einen Truthahn brät?", fragte Ben.

„Neee, aber ich weiß, wie man einen frittiert. Welcher Südstaatenjunge weiß denn nicht, wie man einen Truthahn frittiert?"

„Wir", antworteten Ben und Quentin unisono.

„Ihr seid wie Cowboys mit tollen Hüten, aber ohne Kühe. Aber echt."

„Dann kümmerst du dich um das Vieh", sagte Ben. „Was auch immer das heißt. Für Weihnachten."

„Kann ich machen."

„Können wir nicht jetzt schon mit Weihnachten anfangen?", fragte Cade.

Alle sahen ihn an. Das war eine super Idee.

„Ja, Cade", sagte Ben. „Weihnachten beginnt genau jetzt."

5

WEIHNACHTEN BEGANN an diesem Abend mit einer mächtigen Restemahlzeit und einer Doppelvorstellung von *Armageddon* und *Deep Impact*, mit einem jungen Elijah Wood prä-Frodo Beutlin. Die vier Brüder saßen im Wohnzimmer, drei auf dem großen L-förmigen Sofa, Jason auf seinem Sessel. Da Travis am Dienstag arbeiten musste, schauten die Walsh-Brüder anschließend alleine die komplette erste Staffel – alle sechs Folgen – von *The Walking Dead*. Für Ben war es die perfekte Art, einen Nachmittag zu verbringen, denn ganz ehrlich: Rick Grimes und seiner Familie ging es wesentlich schlechter.

Dienstagabend kam Travis wieder und schlug eine Fahrt zum Supermarkt vor. Eigentlich hätte Ben ja von selbst darauf kommen müssen, dass die Reste nicht ewig reichen würden. Früher oder später würde er sich mit den Grundlagen der Haushaltsführung beschäftigen müssen. Drei Jungs brauchten eine Menge Essen und produzierten bergeweise Dreckwäsche. Und wie würde die Versorgung funktionieren?

Stopp, dachte Ben.

All das würde warten müssen. Jetzt wollte Ben sich erst einmal darauf konzentrieren, die Feiertage zu überstehen. Die Jungs hatten schulfrei bis ins neue Jahr, also blieben ihm zwei Wochen Zeit, um sich in seiner neuen Rolle zurechtzufinden. Danach konnte er sich immer noch um langfristige Lösungen für Probleme wie Dreckwäsche und Essen kümmern.

Bisher hatte Ben jeden Gedanken an Colin und David bewusst vermieden. Der eine war sein bester Freund, der andere der Mann, mit dem er vor dem Unglück jede Nacht verbracht hatte. Er konnte sich im Moment einfach nicht dazu durchringen, einen der beiden anzurufen. Er wusste, dass sein Chef, einer der Teilhaber von Wilson & Mead, bereits nach Aspen geflogen war und nicht erwartete, während der Feiertage von Ben zu hören. Das erste Weihnachten ohne seine Eltern nahte, es waren nur noch zwei Tage. Bald würde völlige Ruhe einkehren. Ben freute sich darauf. Er würde ein wenig entspannen und sich wieder mit seinen Brüdern vertraut machen können. Weihnachten brauchte nicht in einer völligen Katastrophe zu enden.

Travis und Ben ließen die Jungen zu Hause und machten sich auf den Weg zum Supermarkt. Während sie durch die langen Gänge bummelten, schien Travis einen Plan zu verfolgen. Anscheinend hatte er bestimmte Mahlzeiten und Rezepte im Kopf, während Ben irgendwelche Dinge aus den Regalen nahm, die gut aussahen. Während seiner College-Zeit hatte er oft mit seinen Freunden im „Bunker" Gras geraucht und war dann mit ihnen total bekifft durch die Gänge dieses Supermarkts gewandert. Später hatte er zwar mit dem Kiffen aufgehört, aber manchmal war ihm trotzdem nach einem Zug aus der Bong. Jetzt zum Beispiel.

„Kennst du jemanden, der Gras verkauft?", fragte Ben.

Travis sah ihn überrascht an.

„Du rauchst Gras? Bist du nicht Beamter bei Gericht oder so?"

„Bitte. Austin ist das San Francisco des Südwestens. Abgesehen davon habe ich nicht vor, das Zeug zu Hause zu bunkern. Ich sage ja nur, falls jemand noch ein Weihnachtsgeschenk für mich bräuchte – zwinker, zwinker – dann wäre ein Joint eine ausgezeichnete Wahl. Ich verspreche auch, mich diskret zu verhalten."

„Du? Bekifft? Das muss ich sehen."

„Keine Beobachtung ohne Partizipation."

„Du meinst, wir rauchen zusammen einen oder was?"

Ben nahm eine Schachtel Cap'n Crunch aus dem Regal und wechselte das Thema. „Ich muss mich noch mal bei dir bedanken. Ich hab' die Situation hier noch nicht so richtig im Griff und du bist wirklich die Rettung."

„Stopp, Ben. Wirklich. Ich komme mit so viel Dankbarkeit nicht klar."

„Ich meine es ernst. Du bist offensichtlich mit einem Plan für die nächsten Mahlzeiten hergekommen. Du weißt, wie du uns fünf die ganze nächste Woche über satt bekommst, oder nicht? Ich hätte keine Ahnung, wo ich anfangen soll."

„Pass auf, meine Mama hat ihren Job nicht sehr gut gemacht. Also habe ich gelernt, mich selbst zu versorgen. Macht keine Umstände."

„Naja, mir würde es Umstände machen."

„Du hast mich um Hilfe gebeten, also … tue ich, was ich kann."

„Du tust, was du kannst", wiederholte Ben.

„Du bist dankbar. Schon klar. Jetzt komm, gehen wir weiter."

Ben warf Travis einen Seitenblick zu, während dieser einen Kühlschrank öffnete und einen Behälter mit Milch herausnahm. Einerseits konnte Ben gewisse Fakten nicht verleugnen. Travis sah selbst in roten Trainingshosen und schwarzem T-Shirt sexy aus. Die Sache mit der *Freundschaft* würde ihm möglicherweise doch nicht so leicht fallen. Andererseits durfte er es sich mit Travis auf keinen Fall verderben. Falls er irgendetwas sagte, was Travis so unangenehm war, dass der nicht mehr vorbeikam … seine Brüder würden ihm niemals verzeihen.

„Dann will ich es mal anders ausdrücken. Statt mich zu bedanken sage ich einfach nur, dass es schön war gestern Abend. Dass du da warst. Und ich bin froh, dass du heute wiedergekommen bist."

Travis sah lächelnd vom Einkaufswagen hoch.

„Freut mich, dass du das so siehst. Ich vermisse deine Eltern auch ziemlich. Sie waren wie die Cohens für mich."

„Die Cohens? Du meinst Kirsten und Sandy?"

„Ja."

„Du bist wie eine Zwiebel, oder? Erst Gebärdensprache, jetzt *The O.C.*"

„Ich habe Seiten, von denen du nicht zu träumen wagst, Obi-Wan."

Flirtet der mit mir?, fragte sich Ben.

An diesem Abend servierte Travis den Brüdern sein erstes echtes Abendessen - frittiertes Hähnchen und Waffeln - und danach schauten sie gemeinsam wieder ein hyperdynamisches Filmdoppel.

AM MITTWOCH musste Travis noch arbeiten, obwohl Weihnachten war. Danach würde die Werkstatt bis Montag geschlossen sein. Ben musste sich am Nachmittag noch ein Geschenk für ihn überlegen. Er hatte zumindest die Geistesgegenwart besessen, die Geschenke für seine Brüder mitzunehmen, als er sich in der Vorwoche hektisch auf den Weg zum Flughafen gemacht hatte. Er und Quentin hatten die Geschenke ihrer Eltern in einem Vorratsschrank hinter der Garage entdeckt. Quentin wusste, was für wen gedacht war, also kümmerte er sich um das Einpacken und Beschriften.

„Was soll ich in das *von*-Feld schreiben?", fragte er.

Ben überlegte. „Sagen wir *Santa*. Irgendeine Idee, was ich Travis schenken könnte?"

„Er angelt gern. Wir haben uns zusammengetan und ihm eine neue Angelrute gekauft."

„Angeln?"

„Und kochen."

„Nee", verwarf Ben die Idee. „Ich will ihm keine Pfanne kaufen."

„Er spricht häufig von Alaska. Er sagt, er will das Land sehen, in dem die Sonne niemals untergeht."

„Das ist ideal."

Ben wusste jetzt genau, was er für ihn kaufen würde.

Er machte sich auf den Weg und schaffte es rechtzeitig zurück, um das Geschenk einzupacken und unter dem Baum zu deponieren. Am Abend machte Travis wieder das Essen und danach schauten sie Filme an. Als der Abspann des zweiten Films lief, schlief Cade bereits. Travis brachte ihn ins Bett, während Jason und Quentin nach oben gingen.

„Du kannst gern noch bleiben", bot Ben an, als Travis zurückkam.

Travis lächelte. „Wie spät ist es?"

Ben holte sein Telefon aus der Tasche und tippte auf den Bildschirm. „Elf Uhr achtundvierzig."

„Fast Mitternacht. Hast du Lust, dein Weihnachtsgeschenk auszupacken?"

Ben war hellauf begeistert. „Machst du Witze?"

Travis ging zur Tür, an der seine Jacke hing. Er griff in die Tasche und zog eine kleine, grün verpackte Schachtel heraus, dekoriert mit goldenen Bändern. Er wedelte mit der Schachtel und lächelte. Ben stand auf, ging in die Ecke zum Weihnachtsbaum und bückte sich nach seinem Geschenk für Travis.

„Sollen wir in den Garten gehen?", fragte Ben.

„Gute Idee."

Sie schnappten sich ihre Jacken und gingen raus in den Garten, wo neben einem kleinen Tisch zwei bequeme Stühle standen.

„Wir haben die Getränke vergessen. Bin gleich wieder da."

Ben lief ins Haus und holte zwei Flaschen Wasser aus dem Kühlschrank. Als er wieder in den Garten kam, sah er, wie Travis sich auf einem der Stühle ausstreckte. *Immer noch sexy*, dachte er. Er stellte die Flaschen auf den Tisch, setzte sich auf den anderen Stuhl und überreichte Travis sein Geschenk.

„Für dich."

Sie tauschten ihre Geschenke aus.

„Du zuerst", sagte Travis.

„Ich komme fast um vor Spannung."

Ben riss das Papier herunter und enthüllte eine K-Mart Schachtel. Er nahm lächelnd den Deckel ab und holte den dicken Joint heraus, drehte ihn zwischen den Fingern und hielt ihn sich dann unter die Nase, um daran zu riechen. „Gutes Zeug?"

„Hab ich mir sagen lassen."

Travis holte ein Feuerzeug aus der Hosentasche. „Was ist mit Betsy?", fragte er.

Ben fragte sich, wie gut Travis die Mieterin der Garagenwohnung kannte. „Sie ist über Weihnachten bei ihren Eltern in Pittsburgh."

Er zündete mit Travis' Feuerzeug den Joint an und reichte ihn weiter. Beide Männer husteten und lachten, und bald spürte Ben, wie der angenehme Kick einsetzte. Eine Zeit lang saßen sie schweigend da und starrten den Mond an.

„Also", sagte Ben, „du hast von *The O.C* gesprochen. Das hätte ich nicht vermutet."

„Glaubst du, ich schaue kein Fernsehen?"

„Nein. Natürlich nicht. Ich dachte, du schaust nur Sport oder so."

„Das denkst du also über mich?", stichelte Travis.

Ben spürte, wie er rot wurde. „Ich denke gar nichts über dich. Ich hatte einen Eindruck von dir. Der sich im Übrigen als falsch herausgestellt hat."

„Nee. Ich schaue nicht viel Sport. Aber ich habe was für Teenie-Seifenopern übrig. Ich weiß noch, als ich gerade in die Highschool gekommen bin und die erste Folge von *Dawson's Creek* geschaut habe. Verdammt, die Sendung habe ich geliebt. Glaubst du, meine Mutter hätte mir jemals eine Xbox gekauft? Oh nein. Also habe ich verdammt viel Fernsehen geschaut. Irgendwann habe ich Wiederholungen von *90210* auf SOAPnet entdeckt. Ich habe jede Folge gesehen, bis hin zu Kelly Taylors klassischer ,*I choose me*'-Rede. Aber ehrlich gesagt war ich überglücklich, als Joey am Ende Pacey gewählt hat. Ich war ein Riesenfan von Pacey. Joey und Pacey für immer."

„Wow. Du bist ja eine richtige Labertasche, wenn du bekifft bist."

Travis lachte. „Willst du mir etwa jetzt ein schlechtes Gewissen machen?"

„Entschuldigung. Aus meinem Mund kommen manchmal Dinge, die ich selbst nicht ganz verstehe."

„Das ist schon okay. Ich wette, die Hälfte von dem, was in deinen Mund kommt, verstehst du auch nicht."

Ben schüttelte sich vor Lachen. „Verdammt, Mann, du bist so lustig."

Travis lächelte im Mondlicht.

„Ich mochte *The O.C.*", redete Ben weiter. „Aber meiner Meinung nach hätten Ryan und Seth miteinander vögeln sollen."

„Das wäre dann aber eine enge Männerfreundschaft der etwas anderen Art gewesen, oder? Also, erzähl' mir was von dir. Was gibt es über dich zu wissen, was ich nie erraten hätte?"

Ben dachte nach. „Hättest du je erraten, dass ich Gras rauche?"

„Nie. Und anscheinend hast du damit aufgehört, also hätte ich recht gehabt."

„Sagte er mit dem Joint in der Hand."

„Etwas anderes."

„Mal sehen …" Das Kiffen hatte Ben die Zunge gelöst und ihn mutig gemacht. „Ich habe einen Fußfetisch."

Travis schaute ihn mit großen Augen an. „Im Ernst? So, wir sind heute also nicht schüchtern, oder? Aber ich muss zugeben, der war gut. Hätte ich im Leben nie erraten."

„Ich kann dich überraschen. Bis ich zweiundzwanzig wurde, habe ich ein absolut durchschnittliches Leben geführt. Und die meisten Leute halten mich wohl immer noch für durchschnittlich – bis sie mich richtig kennenlernen jedenfalls. Aber mein Leben ist alles andere als durchschnittlich. Der Fußfetisch ist nur ein Bruchteil von meinem Bad-Boy-Charme."

Travis prustete. „Bad Boys mit sauberen Fingernägeln gibt es nicht. Was ist passiert, als du zweiundzwanzig warst?"

„Ich war im letzten Jahr an der Uni und hatte beschlossen, den LSAT zu machen."

„Das ist ein Test?"

„Ja. Den benutzen juristische Fakultäten als Aufnahmekriterium. Ich habe 176 Punkte erreicht."

„Ist das gut?"

„Das ist ein Freifahrtschein. Ich wurde in Harvard angenommen, aber das war nicht das Richtige für mich, also bin ich an die Columbia gewechselt. Ich wollte in New York leben."

„Harvard? Wie war das? An einer so elitären Uni zu studieren, meine ich."

Ben schwieg.

„Da wird einem schwindelig", sagte er schließlich. „Es stellte sich heraus, dass ich in Sachen Recht den meisten Leuten etwas voraus habe. Ich habe den besten Abschluss gemacht. Alle großen Firmen in Manhattan wollten mich einstellen. Während ich mit Colin Mead herumhing."

„Ist das der Typ, mit dem du zusammen bist?"

„Nein, das ist David. Colin war einer meiner ersten Bekannten in New York. Er hatte auch gerade an der Columbia angefangen. Irgendwann saß er in einer Zivilrechtsvorlesung neben mir und hat mir seinen Kaffee über die Tasche gekippt. Am nächsten Tag hat er mir als Entschuldigung eine neue, viel schönere mitgebracht. Er kommt aus einer reichen Familie von der Upper East Side. Sein Großvater ist einer der Gründer der Firma, bei der ich arbeite. Als wir unseren Abschluss machten, war ich schon wie ein Teil der Familie, hat also prima gepasst. Die machen mich zu Manhattans nächstem großen Prozessanwalt."

„Du warst also so was wie der Einsame Junge in *Gossip Girl*."

Ben musste laut loslachen.

„Ja, das trifft's ganz genau. Ich war der Stipendiat aus Brooklyn."

„Oder in deinem Fall, Texas. *In eine Welt des Reichtums und der Macht geworfen*. Gute Idee für eine Fernsehsendung."

Ben lachte. „Wie gesagt, alles andere als durchschnittlich. Also, wo hast du so gelebt?"

„Ich? Oh, meine Güte. Exotische Orte. Geboren in Round Rock, dann mit acht nach Lubbock gezogen. Dort haben wir gelebt, bis mein Vater uns verlassen hat. Da war ich gerade im ersten Jahr in der Highschool. Mama hat einen Job in Houston gefunden, ausgerechnet dort. Ich hasse Houston. Das war allerdings nicht von langer Dauer, nach einem halben Jahr ist sie einem Mann nach San Marcos gefolgt. Da haben wir eine Weile gelebt. War okay, würde ich sagen. Da habe ich die Highschool abgeschlossen. Ein paar Jahre bin ich da geblieben, bis meine Ma gestorben ist. Da war ich gerade einundzwanzig geworden, glaube ich."

„Wann hast du Geburtstag?"

„Am 22. Juli."

„Im Ernst?"

„Ja, wieso?"

„Da habe ich auch Geburtstag. 1983?"

„Ja."

„Wir sind am gleichen Tag geboren?"

„Sieht so aus."

„Ich bin spät geboren und damit schon Löwe."

Travis lachte. „Ich bin früh geboren, also noch Krebs. Hab' vor ein paar Jahren mal mein Horoskop erstellen lassen."

„Ist das nicht verrückt?"

„Schon ein wenig seltsam", gab Travis zu und richtete sich auf. „Also, erzähl mir von David."

„Da gibt es nicht viel zu erzählen. Wir haben uns auf einer Halloween-Feier kennengelernt. Seitdem sind wir zusammen. Er ist sexy. Netter Kerl. Kein Grund zur Beschwerde."

„Wow. Was für ein beeindruckendes Plädoyer für deinen Freund."

36

„Tut mir leid."

„Stimmt was nicht?"

Ben lachte. „Ist das so offensichtlich? Ja, irgendwas stimmt mit mir nicht, oder vielleicht stelle ich mich auch einfach zu doof an. War schon immer so, zumindest seit Matt McKay in der Oberstufe. In den war ich so richtig verknallt. Vom Gefühl her war's Liebe, jedenfalls für mich. Ich war ein Feigling. Was allerdings nicht schlimm war, er war sowieso hetero. Seither war ich nur noch mit Männern zusammen, die ernsthaft Sex mit mir wollten, aber dieses Gefühl habe ich nie wieder gespürt. Für mich gehören Liebe und Sex irgendwie nicht zusammen."

„Klingt, als hättest du mir trotzdem noch was voraus."

„Und das wäre?"

Sie lehnten sich beide in ihren Stühlen zurück und starrten in den klaren Nachthimmel.

„Ich verstehe Frauen einfach nicht. Ich habe keine Ahnung, was sie wollen, und was sie von mir wollen, weiß ich erst recht nicht. Ich bin einfach schlecht darin, mit ihnen zu reden. Ich war schon oft so richtig scharf auf eine, das kannst du mir glauben. Und solang es nur um ‚*little less conversation, little more action*' geht, bin ich Fachmann."

Ben lachte.

„Schon verstanden, Elvis. Geht mir genauso."

„Aber danach tauge ich als Freund anscheinend nicht mehr viel. Mit Trisha bin ich auch bald so weit. Ich sehe es schon kommen. Irgendwann demnächst werde ich sie in irgendeiner Form enttäuschen und sie wird wissen, dass ich nicht genug für sie empfinde."

„Mann, das ist hart."

„Ich weiß, Mann!" Travis richtete sich auf, um Ben anzusehen. „Also, was mache ich jetzt? Ich frage dich, als neuen Kumpel, was zur Hölle soll ich tun?"

„Du hast gerne regelmäßigen, verlässlichen Sex."

„Ja! Das ist die Machoantwort. Aber ich habe noch eine Frage an dich."

Er machte eine Kunstpause.

„Was machst *du*?"

„Meinst du generell oder jetzt, genau in diesem Augenblick?"

„Werd' jetzt bloß nicht tiefgründig. Ich meine, wann hast du zum letzten Mal mit David geredet?"

Ben wandte ihm das Gesicht zu. „Als ich am Flughafen war."

„Du meinst, als du *vor fünf Tagen* am Flughafen warst? Genauso hart, Mann, mehr sage ich nicht. Genauso hart."

„Verdammt, du hast recht. Ich bin ein Depp. Aber ich weiß, dass er mich fragen wird, wann ich nach New York zurückkomme. Und ich werde ihm sagen, dass ich nicht zurückkomme. Und dann folgt das Unvermeidliche. Und das Schlimmste ist, ich weiß, dass er es sich schon denken kann. Er weiß, dass ich nicht zurückkomme. Er weiß, dass es außer mir niemanden gibt, der sich um sie kümmern kann. Und er weiß, dass ich ihn da nicht mit reinziehen will."

„Du musst ihn trotzdem anrufen."

„Und du musst dich entscheiden. Kacken oder runter vom Topf!"

Travis brach in hysterisches Gelächter aus. „Du hast *Topf* gesagt, Mann." Ben stimmte in sein Lachen ein. Nachdem sie sich wieder etwas beruhigt hatten, lehnten beide sich zurück und schauten zu den Sternen auf.

„Dein Lieblings-Kifferfilm?"

„Oh, das ist schwer. *Cheech & Chong* fand ich nie so toll. Zu altmodisch für meinen Geschmack. Meinst du gute Filme übers Kiffen oder Filme, die man sich gut anschauen kann, wenn man bekifft ist?"

„War nur eine Frage, keine Einschränkungen, Ben."

„Okay, okay. Aber der Unterschied ist wichtig. Ich würde sagen *Bill & Ted* guckt man sich am besten bekifft an. Oder *Dude, Where's My Car?* Ashton Kutcher und Sean William Scott beim Rummachen, das ist schwer zu toppen. *Harold & Kumar* punktet mit Neil Patrick Harris, ist aber keine Konkurrenz für Ashton und Sean. Und da wird auch nicht rumgemacht, und ehrlich gesagt …"

„*Bill & Ted* ist super!"

„Was ist deine Lieblingszahl?"

„Neunundsechzig, Mann!", sagten sie unisono und spielten Luftgitarre.

„Oh Gott", sagte Travis. „Du bist echt in Ordnung, weißt du das eigentlich, Obi-Wan?"

„Gib's zu. Du hast mich für ein Arschloch gehalten. Mister Staranwalt aus New York."

„Neee, das habe ich nie gedacht. Aber als ich dich auf dem Friedhof zum ersten Mal gesehen habe, da fand ich dich ganz schön einschüchternd. Schon allein mit deinem maßgeschneiderten Anzug."

„Ernsthaft?"

„Einhundertzehnprozentig. Glücklicherweise ist Cade dann so ausgeflippt. Du warst ja schon im Begriff, mich armseligen Kerl abzuservieren."

„War ich gar nicht …"

„Lüg mich nicht an."

„Okay, stimmt. Aber versetz' dich mal in meine Situation …"

„Hab ich ja. Ich wollte höflich sein, aber dann hat Cade angefangen zu heulen und ich dachte, naja, es wäre keine echte Südstaatenbeerdigung, wenn nicht irgendwer eine Riesenszene machen würde. Ich bin froh, dass du mich dann mitgenommen hast."

„Cade hat mir ja keine Wahl gelassen. Aber um das mal klarzustellen, ich bin auch froh, dass ich dich mitgenommen habe. Aber ist ja auch egal. Erzähl lieber weiter deine Lebensgeschichte. Was ist passiert, nachdem deine Mutter gestorben ist?"

Travis sah verwirrt aus. „Oh, ich bin an den Golf gegangen. Biloxi. Hab' für ein paar Jahre da auf Bohrinseln und Öltankern gearbeitet und so viel wie möglich über Motoren gelernt. Und eine Menge Geld gespart. Hatte dann aber keine Lust mehr, für fiese Ölmultis zu arbeiten, und wollte wieder nach Hause, nach Texas. Ich habe darüber nachgedacht, nach San Marcos zurückzugehen, aber dann beschlossen, Austin eine Chance zu geben. Fürs erste Jahr hatte ich eine Wohnung bei Anderson Mill gemietet."

„Verdammt, das ist weit nördlich."

„Ja. Könnte genauso gut schon zu Williamson County gehören. Und mir hat's nicht gefallen, alleine zu wohnen. Als die Langeweile schon beinahe tödlich wurde, hab ich beschlossen, mich nach einer Wohnung in Austin umzusehen. Hab' den Job bekommen, bin bei Mrs. Wright eingezogen, hab' deinen Papa und den Rest der Familie kennengelernt, dann ein nettes Mädchen. Ich würde sagen, zur Abwechslung läuft mein Leben mal gar nicht so schlecht. Und dann …"

Schweigen.

„Das habe ich verstanden."

„Also, wann hast du gewusst, dass du auf Männer stehst?"

Ben dachte einen Moment nach. „Kommt drauf an, wie du ‚wissen' definierst."

„Das klingt nach einer waschechten Anwaltsantwort. Bist du je mit einem Mädchen ausgegangen oder hast mit einer rumgeknutscht?"

„Klar. Bist du je mit einem Kerl ausgegangen oder hast mit einem rumgeknutscht?"

Travis lachte nervös. „Nein."

„Wolltest du jemals?"

„Moment mal, ist das ein Verhör oder so was?"

„Tut mir leid. Schlechte Angewohnheit. Ich neige zu aggressiven Befragungen. Mal sehen. Wie gesagt, in der Schule war ich in meinen Debattierpartner Matt McKay verknallt …"

„Du warst im Debattierclub? Streber."

Ben zeigte ihm den Mittelfinger. „… da hätte ich also schon wissen können, was los ist. Aber ich fand's auch okay, mit Mädels auszugehen. Nach der Uni habe ich mich nur noch für Männer interessiert. Dann habe ich auch meinen Eltern die Wahrheit gesagt. Angeblich weiß man es ja immer, aber erst auf der Uni und danach war ich mir der Sache so richtig bewusst."

„Hmm."

„Was?"

„Nichts."

„Frag' jetzt nicht, ob es wehtut. Noch so ein blödes Klischee. Abgesehen davon weiß ich das sowieso nicht."

„Wirklich? Du bist also *der Mann im Bett?*"

„Das hast du jetzt nicht ernsthaft gerade gesagt."

„Nur, um dich ein bisschen zu ärgern."

„Man nennt das den Top, nicht *den Mann im Bett*. Und ja, ich bin der Top. Glaub' bloß nicht, dass alle schwulen Männer gern den anderen Part übernehmen. Manche Männer stehen auf Analsex, andere nicht. Unabhängig davon, ob sie schwul sind oder nicht."

„Tut mir leid, aber das ist Quatsch."

„Oh nein. Viele Hetero-Männer finden irgendwann heraus, dass sie auf Popo-Spielchen stehen. Das ist eine Tatsache. Das macht sie aber nicht schwul. Ich persönlich lasse keinen an mein Hinterteil. Macht mich auch nicht hetero. Top oder Bottom, schwul oder nicht – spielt alles keine Rolle. Alles eine Frage der Anatomie."

„David ist also der Bottom?"

„Du meinst den David, mit dem ich zusammen bin?"

„Ja."

„Den David, den ich seit fünf Tagen nicht angerufen habe?"

„Genau den."

„Absoluter Bottom. Nur glücklich, wenn er meinen Schwanz im Arsch hat. Seine Worte, nicht meine."

Travis errötete und lachte, um seine Unsicherheit zu verbergen.

„Du bist vielleicht ein Trottel."

„Und du hast zu viel Zeit mit Quentin verbracht, wenn du dieses Wort benutzt."

„Was meinst du, wäre ich ein Top oder ein Bottom?"

Ben kicherte. „Schau an, auf einmal so neugierig. Gibt vermutlich nur einen Weg, das herauszufinden. Ich wette, Trisha würde sich einen umschnallen, wenn du ganz lieb fragst."

„Nein!", brüllte Travis lachend. „Dieses Bild krieg' ich jetzt nie mehr aus dem Kopf, vielen Dank."

„Tut mir leid, mein Fehler. Aber du hast die Frage gestellt, und wenn ich bekifft bin, nehme ich kein Blatt vor den Mund."

Travis wedelte mit den Händen und sah Ben wieder an. „Du willst mir also erzählen, dass manche Männer es mögen und andere nicht? Egal, ob sie schwul sind oder nicht?"

„Genau. Da gibt es so einen Typ auf einer Schwul-für-Geld-Pornoseite, der ist absolut hetero. Das kann man natürlich immer bezweifeln, aber sogar ich glaube ihm. Er sagt, er würde keinen Kerl küssen, niemals, aber hat eben gerne einen Schwanz im Hintern. Und kein Problem damit, es zuzugeben – er steht eben drauf, sagt er. Und wenn er sich ficken lässt, verdreht er so richtig genüsslich die Augen. Wenn ich mal gelegentlich den passiven Part übernehme, verdrehe ich dabei ganz bestimmt nicht die Augen, das kann ich dir sagen. Und dabei bin ich schon ziemlich schwul."

„Du hast es also versucht? Hast dich schon mal in den Arsch ficken lassen?"

„Aber sicher habe ich es versucht. Hältst du mich für prüde oder was? Wenn man wissen will, ob man was mag oder nicht, muss man's eben ausprobieren. Ein bisschen Abenteuerlust braucht jeder. Du zum Beispiel. Du hast es noch nie mit einem Mann versucht?"

„Nein."

„Also, ich habe es mit mehreren Frauen versucht und es hat mir keinen Spaß gemacht. Auch wenn ich auf der Kinsey-Skala eine sechs erreichen würde – tatsächlich würde ich mich eher so bei fünf einordnen – ich hätte es trotzdem mit mindestens einer Frau probiert, nur um zu sehen, wie es ist. Meiner Meinung nach sollte jeder Mann, der sich als hetero bezeichnet, auch mal ausprobieren, wie sich die Alternative so anfühlt."

„Darf ich jetzt mein Geschenk aufmachen?"

„Oh Scheiße, das hatte ich ja ganz vergessen. Natürlich. Ist nur eine Kleinigkeit."

Travis packte die Schachtel aus und öffnete sie. Ein Lächeln zeigte sich auf seinem Gesicht, als er die gefaltete Rand-McNally-Landkarte von Alaska herausnahm.

„Quentin sagt, da möchtest du gerne mal hin."

„Danke, stimmt. Hab' ich wirklich vor. Im Sommer."

„Diesen Sommer?"

„Ja, ich hab' mich schon informiert."

„Cool. Na, dann kannst du jetzt ja auch deine Tagesausflüge planen."

Ben lehnte sich wieder zurück. Einen Moment schwiegen sie beide. „Es ist noch nicht passiert."

„Was meinst du?", fragte Travis.

„Ich meine, irgendwie sind sie noch nicht tot. Es ist nicht real."

„So was braucht Zeit. Diese Phase dauert nicht ewig."

„Sind deine Eltern auch beide tot?"

„Ja. Mein Vater ist letztes Jahr gestorben. Wir haben also etwas gemeinsam."

„Warum bin ich nicht traurig? Ich fühle … nichts. Ich bin einfach wie betäubt."

Travis setzte sich auf und schaute ihn an.

„Es braucht Zeit, Obi-Wan. Das wird schon. Glaub' mir, wenn ich dir das sage. Das wird schon."

6

DER WEIHNACHTSMORGEN brach in aller Stille an. Anders als in früheren Jahren wachte Cade nicht bei Tagesanbruch auf und rannte brüllend vor Aufregung durchs Haus. Stattdessen kamen alle fünf erst gegen halb zehn aus ihren Zimmern und in die Küche.

„Ziehst du jetzt hier ein, Trav?", witzelte Quentin, während er sich ein Glas Orangensaft eingoss.

„Ist gestern spät geworden. Wir haben uns *Bill & Ted* angeschaut, als ihr alle schon im Bett wart."

„Hey, royal ugly dudes!", zitierte Cade und schlug in Travis' erhobene Hand ein.

„So spät, dass du nicht mehr über die Straße gehen konntest?", bohrte Quentin weiter.

„Ben dachte …"

„Entspann dich", sagte Ben. „Er nimmt dich nur auf den Arm."

Quentin sah Ben an und zog die Augenbrauen hoch.

„Frohe Weihnachten, großer Bruder."

„Hör auf, so blöd zu grinsen."

„Können wir Pfannkuchen machen?", fragte Cade.

Ben sah Travis an. „Hast du das im Repertoire?"

Travis antwortete spöttisch: „Was denkst du von mir? Natürlich."

Also begann Travis Pfannkuchen zu backen.

„Wir sollten im Wohnzimmer essen", sagte Jason. „Und einen Film gucken. Pfannkuchen-Kino draus machen."

„Das ist ein blöder Name", beschwerte sich Quentin.

„Das ist ein super Name. Das einzige, was hier blöd ist, bist du."

„Warum muss es überhaupt einen Namen haben? Wir frühstücken einfach, während wir einen Film schauen."

„Wirklich?", unterbrach Ben. „Am Weihnachtsmorgen?"

„Ist ein Tag wie jeder andere", sagte Quentin. „Du weißt ja, was Papa immer gesagt hat."

„Fang nicht an, mir gegenüber meinen Vater zu zitieren."

„Er war auch mein Vater."

„Was hat er denn gesagt?", fragte Travis, während er Mehl, Milch und Eier in eine Schüssel gab.

„Solange wir alle am Leben sind, ist alles in Ordnung."

Unbehagliches Schweigen machte sich in der Küche breit. Jason blickte sich um und begriff, was er mit seiner Bemerkung angerichtet hatte.

„Meine Güte", sagte Quentin, „wir brauchen doch nicht immer alle gleich mürrisch zu werden, sobald jemand über den Tod spricht."

„Papa hat nicht von sich gesprochen", erklärte Ben Travis, „sondern von Kain und Abel, den ersten Brüdern. Er ist immer davon ausgegangen, dass es bei vier Jungs einfach Streit geben muss. Manchmal hat er uns sogar angestachelt. Solange es kein Blutvergießen gab, hat er auch nicht eingegriffen. Ansonsten konnten wir miteinander umgehen, wie wir wollten."

„Wäre ich nie drauf gekommen", murmelte Travis.

„Was anderes hab' ich ja gar nicht gesagt", brummte Quentin. „Kein Grund, einen auf Disney-Channel zu machen, nur weil Weihnachten ist."

„Apropos", sagte Ben, „was haltet ihr von Geschenken?"

ALS HÄTTEN sie es vorher so abgesprochen, ignorierten die Brüder das Fehlen ihrer Eltern und taten stillschweigend so, als wären sie nur verreist und hätten sie über ein verlängertes Wochenende alleingelassen. In ein paar Tagen würden sie zurückkehren. Dann wäre alles wieder normal. Aber die Brüder wussten, dass das nie geschehen würde.

Die nächsten Tage verliefen wie ein Traum. Die Jungen gewöhnten sich allmählich an die veränderten Umstände. Travis setzte ihnen in regelmäßigen Abständen Mahlzeiten vor und sie schauten andauernd im Wohnzimmer Filme an. Am Montag ging Travis zur Arbeit, kam aber zum Abendessen zurück, sodass ihre Routine weiterlief wie bisher. An manchen Abenden ging Travis über die Straße zu Mrs. Wrights Haus, aber meistens übernachtete er im Gästezimmer. Die fünf sprachen wenig miteinander. Manchmal diskutierten sie über die besseren Filme oder fieberten mit einem bestimmten Charakter mit. Sie drängten sich im warmen Haus aneinander, nahmen eine Geschichte nach der anderen in sich auf und trauerten.

Sie schliefen. Sie aßen. Sie schauten Filme.

Und das taten sie tagelang.

„DU SOLLTEST Trisha zum Abendessen einladen", schlug Ben eines Abends vor, während Travis Hähnchenfleisch von den Knochen löste.

„Das würde ihr bestimmt gefallen."

„Morgen Abend ist Silvester. Was meinst du?"

„Ich glaube, sie will durch die Bars ziehen. Mit mir, denke ich. Und mit einigen von ihren Freunden."

„Klingt perfekt. Wenn wir um acht essen, könnt ihr zwei euch gegen elf auf den Weg in die Stadt machen."

Travis zögerte und atmete heftig durch die Nase ein. „Ich will ihr keine falschen Hoffnungen machen." Travis senkte die Stimme. „Was uns betrifft, verstehst du?"

„Sie war doch schon mal hier, oder? Ich meine, meine Eltern haben sie bestimmt auch schon mal eingeladen."

„Ja. Also, nein … ja, sie hat sie einmal getroffen. Und dein Papa hat mich dauernd genervt, dass ich sie unbedingt mal zum Abendessen mitbringen soll."

„Und du hast es geschafft, ihn immer mit Ausreden hinzuhalten?"

„Ja."

„Beeindruckend. Aber du machst aus einer Mücke einen Elefanten. Wirklich. Hier geht's um ein Abendessen, nicht um einen Heiratsantrag. Lad' sie ein."

„Okay, okay. Ich ruf sie ja schon an."

An diesem Abend schauten die Jungs nicht wie üblich Filme. Stattdessen brachte ihnen Travis ein wenig Gebärdensprache bei, wichtige Ausdrücke und das englische Alphabet. „Benutzt die Ausdrücke, wenn ihr könnte. Wenn ihr einen Ausdruck nicht kennt, buchstabiert das Wort. Wenn gar nichts funktioniert, schreibt es auf. Dauert so zwar länger, etwas zu sagen, aber das frustriert sie mehr als euch."

„Prima", sagte Ben, der über die ungeschickten Bewegungen seiner Hände nicht gerade begeistert war. „Aber neulich hast du doch für mich übersetzt. Warum kannst du das nicht einfach wieder so machen?"

„Weil ich kein Gespräch mit sechs Leuten übersetzen kann."

„Ich stelle mich echt dämlich an", sagte Ben resigniert. „Ich komme mir vor wie ein Idiot."

„Endlich siehst du's ein", sagte Quentin.

DA TRAVIS sich ums Essen kümmerte, konnte er Trisha nicht abholen, sie kam also alleine um kurz nach acht am Mittwochabend bei den Walshs an. Ben hatte seine Begrüßung den ganzen Abend lang geübt. Er öffnete die Tür und lächelte.

„Guten Abend", gebärdete er. „Travis ist in der Küche. Komm mit ins Wohnzimmer, dann lernst du meine Brüder kennen."

Trisha setzte ein gezwungenes Lächeln auf. Entweder fand sie seine Bemühungen unterdurchschnittlich oder sie mochte ihn nicht besonders.

„Danke." Bei dem Wort war Ben sich sicher. Trisha gebärdete noch etwas, was wahrscheinlich, „Ich habe schon viel von Ihnen gehört" heißen sollte.

Er stellte sie Quentin, Jason und Cade vor, die alle gleichzeitig zu gebärden begannen. Trisha setzte sich und hielt allen nacheinander kurz die Hände fest, um sie zu beruhigen. „Einer nach dem anderen", gebärdete sie.

Ben entschuldigte sich und ging in die Küche, um nach Travis zu sehen.

„Du solltest rübergehen und deine Freundin begrüßen."

„Ich will nur warten, bis das Wasser kocht und ich die Klöße reinschmeißen kann. Dann komme ich rüber."

„Riecht übrigens sehr lecker."

„Huhn mit Klößen. Das Rezept stammt von meiner Oma. Außer ihr hat sich noch niemand dran versucht. Aber da ich der letzte Atwood bin, macht es wohl nichts, wenn es nicht genauso schmeckt wie bei ihr."

„Was gibt es dazu?"

„Nichts. Das ist billige Unterschicht-Küche, Ben Jovi. Da gibt es keinen Salat und keine Gemüsebeilage. Die Klöße strecken die Mahlzeit, sodass sechs Leute von einem Hähnchen satt werden. Alles, was man braucht, ist in diesem einen Topf. Außer Erbsen. Ich mag Erbsen nicht besonders, also lasse ich die weg."

„Unterschicht-Küche, hm?"

Travis grinste breit und zog die roten Augenbrauen hoch.

„Willkommen auf meinem Wohnwagenplatz, der Herr."

Sie schlugen sich durchs Abendessen, so gut sie konnten. Da Ben sich standhaft weigerte, am Kopfende des Tisches zu sitzen, saßen die Walsh-Brüder wie gewohnt: Quentin und Cade auf einer Seite, Ben und Jason auf der anderen. Travis saß an dem einen Kopfende zwischen Ben und Quentin, Trisha am anderen. Alle versuchten zu gebärden was sie sagen wollten, weshalb die Unterhaltung sehr schleppend verlief. Irgendwann wollte Ben unter dem Tisch die Beine ausstrecken. Er schaute zu Travis hinüber, der seinen Blick auffing.

Da fühlte er es.

Während der letzten eineinhalb Wochen hatte Travis am anderen Ende des Tisches gesessen, sofern sie sich überhaupt zum Essen an den Tisch gesetzt hatten. Zwischen Jason und Cade. Doch jetzt saßen sie so, dass sich ihre Beine berührten, und Ben spürte den Druck von Travis' Knie an seinem. Travis bewegte sich nicht, rieb sich auch nicht an Bens Bein, sie berührten sich einfach. Als bemerkte er gar nicht, was unter dem Tisch vor sich ging, wandte Travis den Blick ab und beobachtete Cade, der etwas für Trisha zu buchstabieren versuchte. Wären sie allein gewesen, hätte Ben ihn zur Rede gestellt. Aber sie waren nicht allein. Doch Ben zog sein Bein nicht weg. Er ließ es, wo es war, sodass Travis seins dagegen lehnen konnte.

Gegen halb elf wollte Trisha aufbrechen. Nach der allgemeinen Verabschiedung machten Travis und sie sich in Travis' Truck auf den Weg. Als sie weg waren, senkte sich eine gespenstische Stille über das Haus. Sobald seine Brüder in ihren Zimmern verschwunden waren, ging Ben in die Küche, um Ordnung zu schaffen.

Etwa eine halbe Stunde später hatte er den Abwasch erledigt und war im Wohnzimmer am Aufräumen, da hörte er ein Klopfen an der Tür und ging aufmachen. Draußen stand Travis mit finsterer Miene.

„Was machst du denn hier?", fragte Ben.

Travis sagte nichts.

„Oh Scheiße. Komm rein."

Travis folgte Ben ins Wohnzimmer und ließ sich auf eines der Sofas fallen. Ben streckte sich auf dem anderen aus, auf einem Ellbogen aufgestützt.

„Was ist passiert?"

„Trisha. Ihrer Meinung nach hätte ich ihr sagen sollen, dass ich keine Lust auf ein Date mit ihr habe."

„Aber du wolltest doch mit ihr ausgehen."

„Neee, wollte ich nicht."

Ben sah ihn überrascht an.

„Oh, dann hat sie vermutlich recht. Sie wird drüber wegkommen."

„Das glaub' ich nicht."

Ben brauchte einen Augenblick, um die Bedeutung dieser Aussage zu verstehen.

„Moment mal. Hat sie etwa mit dir Schluss gemacht?"

„So was in der Art."

„Da hat sie aber etwas extrem reagiert, findest du nicht?"

„Sie hat mir erklärt, heute Abend wäre sie sich wie eine Zuschauerin vorgekommen. Als hätte ich ein Date mit dir gehabt statt mit ihr. Und dann habe ich … hat sie gesagt, dass es nicht funktioniert mit ihr und mir. Und dass wir uns beide jemand anderen zum Ausgehen suchen sollten."

„Du und ich? Ein Date?"

„Ist das nicht eine verrückte Idee?"

Ben fand die Vorstellung eher beunruhigend, aber er entschied sich, das Gefühl zu ignorieren. Er holte sein Handy aus der Tasche und schaute nach der Uhrzeit.

„Noch vier Minuten bis Mitternacht."

„Tja, sind wir nicht ein erbärmliches Paar?", fragte Travis etwas lauter als beabsichtigt. „Zwei gut aussehende Typen, die an Silvester zu Hause rumhocken und niemanden zum Küssen haben. Wir könnten uns höchstens gegenseitig küssen."

Ben richtete sich auf.

„Was ist heute mit dir los?"

„Was meinst du?"

„Was soll das heißen: ‚Wir könnten uns höchstens gegenseitig küssen'? Du weißt aber schon noch, dass ich schwul bin, ja?"

„War ein Witz."

„Hör bloß auf. Erst machst du mich an wie ein ungeschickter Teenager und dann tust du so, als wär's nur ein Scherz gewesen?"

„Dich anmachen?"

„Ja. Ich meine, mal im Ernst, was war das vorhin unter dem Tisch?"

„Wovon redest du?"

„Heute. Beim Abendessen. Als du mir dein Knie ans Bein gedrückt hast."

Travis blieb erst einmal stumm, während sein Gesicht sich rot verfärbte. „Du bist verrückt", sagte er dann ruhig. „Kann sein, dass ich dich mal angestoßen hab', aber der Tisch ist ja auch verdammt klein."

„Schwachsinn. Das mit deinem Knie war Absicht. Ich hab's genau gemerkt." Travis setzte sich schnaubend auf.

„Das musst du gerade sagen."

„Was soll das denn bitte heißen?"

„Glaub bloß nicht, dass ich deine kleine Anspielung von letztens vergessen habe."

„Was soll das gewesen sein?"

„Jeder Hetero sollte auch mal die Alternative versuchen. Meine Fresse, Ben, wieso hast du dich nicht einfach als Freiwilliger gemeldet?"

Ben fühlte, wie sein Gesicht brannte vor Verlegenheit. „Okay, schon klar. Aber schließlich war ich bekifft, und außerdem *bin* ich schwul. Was hast du für eine Ausrede für dein Benehmen?" Travis antwortete nicht und Ben bohrte weiter. „Findest du mich attraktiv?"

„Das hängt vermutlich davon ab, wie du *attraktiv* definierst."

„Was ist los mit dir? Bist du betrunken?"

„Von einem Schnaps wird man nicht betrunken."

„Dann beantworte meine Frage."

„Ich finde, dass du ein gut aussehender Typ bist, das ist alles."

„Das war nicht meine Frage."

„Ich weiß, dass das nicht die Frage war. Entspann dich mal. Ernsthaft. Hier läuft nichts, Punkt. Ich bin nicht zurückgekommen, weil ich dich um Mitternacht küssen wollte, Ben. Mach dich mal locker. Meine Freundin hat vor einer halben Stunde mit mir Schluss gemacht, also lass' mich gefälligst ein paar dumme Sprüche reißen. Und ob ich nun beim Abendessen dein Knie angestoßen habe …"

„Das war mehr als nur angestoßen."

„Was auch immer. Entschuldige. Ich wollte dir keinen Ständer verpassen, in Gottes Namen. Wegen so einer Kleinigkeit machst du so einen Aufstand? Meine Güte, ihr Schwuchteln seid doch alle gleich."

Ben ließ den Kopf in den Nacken sinken und seufzte. Travis erstarrte. Anscheinend war ihm gerade bewusst geworden, dass er eine Grenze überschritten hatte.

„Entschuldige bitte, Ben. Ich weiß auch nicht, was …"

„Tja, ich nehme an, da kommt der Prolet in dir zum Vorschein. Travis, so leid es mir tut, aber ich muss dich jetzt bitten, zu gehen."

„Ich hab' mich doch schon entschuldigt. Ich weiß nicht, wieso ich …"

„Lass nur, schon okay. So dünnhäutig bin ich nicht, und ich halte dich deshalb jetzt auch nicht für einen reaktionären Schwulenhasser. Aber trotzdem solltest du heute Nacht lieber bei dir zu Hause schlafen. Komm morgen wieder, und dann tun wir so, als hätte dieses Gespräch nie stattgefunden."

„Kann ich nicht im Gästezimmer übernachten?"

Ben schüttelte den Kopf.

„Nein. Ich glaube, das wäre keine gute Idee."

Travis hielt inne, als sei er unsicher, was er jetzt tun sollte. Schließlich stand er auf und klatschte in die Hände. „Ich glaube, ich geh' dann mal besser. Frohes neues Jahr."

Ben blieb sitzen. „Frohes neues Jahr", brummte er. „Hoffen wir mal, dass es besser wird als das letzte."

„Das hoffe ich auch", sagte Travis. An der Haustür blieb er noch einmal stehen und drehte sich um. „Es tut mir leid, Ben. Wirklich." Als Ben nicht antwortete, öffnete Travis die Tür und ging hinaus, die Stufen hinab und weiter über die Straße zum Haus von Mrs. Wright.

Später, als er im Bett lag, glaubte Ben etwas zu fühlen, was er seit Jahren nicht gefühlt hatte. *Das darf nicht wahr sein*, sagte er zu sich. Er zog sich ein Kissen über den Kopf und versuchte, das Gefühl zu verdrängen, bis das Walsh'sche Haus erneut in gespenstischer Stille versunken war und Ben einschlief.

7

ALS ER am Morgen erwachte, beschloss Ben, Colin anzurufen.

„Endlich. Deine Eltern sterben bei einem Autounfall und ich höre zwei Wochen lang nichts von dir. Inakzeptabel, Walsh."

„Ich wünsche dir auch ein frohes neues Jahr."

Keine Antwort.

„Ich habe dir eine SMS geschrieben", fügte Ben hinzu.

„Ist nicht dasselbe."

„Wie lange willst du mir böse sein? Sei kein Trottel. Komm, spiel hier nicht die beleidigte Leberwurst."

Schweigen.

„Okay", sagte Colin schließlich. Es lag kein Zorn mehr in seiner Stimme. „Du hast recht. Wie läuft's denn so bei dir?"

„Ich weiß gar nicht, wo ich anfangen soll."

„Hast du das Sorgerecht für deine Brüder bekommen?"

„Ja."

„Super. Wie geht's weiter?"

„Was meinst du mit ‚wie geht's weiter?' Das Kapitel New York ist abgeschlossen. Ich ziehe wieder nach Austin und kümmere mich um sie."

„Wovon redest du da? Das Kapitel New York ist niemals abgeschlossen."

„Tja, für mich schon. Ich habe keine Wahl, Colin. Sie werden voneinander getrennt, wenn ich nicht zurückkomme."

„Sie werden voneinander getrennt, wenn du die Vormundschaft nicht übernimmst."

„Wo ist da der Unterschied?"

„Wer sagt, dass du dich in Austin um sie kümmern musst?"

Ben schwieg eine Zeit lang. Dann sagte er: „Du meinst, ich soll sie mitnehmen nach New York?"

„Ja, das meine ich."

„Das könnte ich mir niemals leisten. Drei Teenager in dieser Stadt großziehen? Abgesehen davon leben sie hier. Sie gehen hier zur Schule. Ihre Freunde sind hier."

„Du denkst nicht weit genug. In New York gibt es auch Schulen. Bessere Schulen. Und sie werden neue Freunde finden. Familien ziehen dorthin, wo es Arbeit gibt. So funktioniert das eben. Wenn du den Jungs von Nutzen sein willst, musst du selbst glücklich sein. Was für ein Vorbild bist du für sie, wenn du in Texas vor dich hin vegetierst? Überhaupt keins, denn es wird dir miserabel gehen." Colin machte eine kurze Pause. „Und ich habe schon mit meinem Großvater über deine finanzielle Situation gesprochen."

„Sag mir, dass du das nicht getan hast. Bitte."

„Er wird ein Konto einrichten, von dem du eine größere Wohnung bezahlen kannst und Privatschulen für die Jungs. Für alle drei."

„Das kann ich nicht annehmen."

Ben hörte Colin seufzen. Wie üblich.

„Du musst mit den Karten spielen, die du auf die Hand kriegst, Walsh. Das Leben ist grausam, ich weiß. Aber du machst die Situation nicht besser, indem du jetzt an deinem Stolz festhältst. Du bist einer von uns, und wir kümmern uns um die unsrigen. Ich habe dir schon tausendmal gesagt …"

„Ich weiß."

„Niemand außer dir zuckt auch nur mit der Wimper wegen des Geldes. Versprich mir, dass du darüber nachdenkst. Es ist die beste Lösung. Und glaub' bloß nicht, dass diese Idee deinen Brüdern nicht gefallen würde. Gib ihnen wenigstens eine Chance. New York ist ein aufregender Ort für halbwüchsige Jungs."

„Du musst es ja wissen."

„Genau. Ich weiß es. Warum sollte es ihnen nicht genauso ergehen wie dir? Du bist hier regelrecht aufgeblüht. Vielleicht geht es ihnen ja genauso."

Ben lächelte angesichts der neuen Option.

„Okay, ich denke darüber nach."

„Und du wirst mit ihnen reden?"

„Ja, natürlich. Ich rede heute noch mit ihnen."

„Perfekt. Und wann wirst du David anrufen?"

„Steht schon auf meiner Liste."

„Du musst dir schon ein bisschen Mühe geben, wenn du diese Tür offen halten willst. Ich will nicht sagen, dass es vorbei ist, aber er versteht nicht, warum du ihn nicht um Unterstützung bittest."

„Ich bin kein Bittsteller."

„Das habe ich ihm zu erklären versucht."

„Geht ihr zusammen zur Maniküre oder was?"

„Er hat mich angerufen."

„Ich kann als Entschuldigung immer noch die tote-Eltern-Karte spielen."

„Einmal. Die Karte spielst du einmal."

„Ich rufe ihn an."

Pause.

„Also, wie geht es dir?", fragte Colin.

„Ehrlich gesagt habe ich es noch nicht ganz realisiert. Ich warte immer noch auf meinen *Magnolien aus Stahl*- Moment."

„Was soll denn das sein?"

„Vergiss es. Da wohnt so ein Typ nebenan, der mir geholfen hat, mit allem klarzukommen. Travis. Hetero, abgesehen von …"

„Ist er attraktiv?"

„Das ist immer deine erste Frage, oder? Ja, er ist attraktiv. Erst dachte ich, da entwickelt sich was, aber anscheinend hab' ich mich da geirrt. Zumindest behauptet er das. Trotzdem ist es komisch. Ich meine, ich dachte, wir wären nur Freunde. Aber gestern Abend beim Essen fängt er an, sich unterm Tisch an meinem Knie zu reiben."

„Wie sieht er aus?"

„Er ist ein Rotschopf."

„Hast du ihn mal oben ohne gesehen?"

„Du wirst lachen, ja. Ich bin reingeplatzt, als er mit seiner Freundin geschlafen hat. Nur ist sie jetzt seine Exfreundin. Seit letzter Nacht. Auf jeden Fall hat er nur in Jeans die Tür aufgemacht."

„Sexy. Also, was war letzte Nacht los?"

„Lass uns das Thema wechseln."

„Oh nein."

„Naja, er ist mit seiner Freundin in die Stadt gefahren und dann eine Stunde später wieder bei mir aufgetaucht. Hat mir erzählt, dass sie sich getrennt haben. Wir haben uns eine Zeit lang über alles Mögliche unterhalten und dann sind wir in diese unangenehme Diskussion geschlittert, über … Ich weiß gar nicht mehr, worum es eigentlich ging."

„Was macht er?"

Ben schluckte.

„Er ist an der Uni", log er.

„Student?"

„Nein, er ist in unserem Alter. Doktorand."

Ben kam sich mies vor, aber damit wollte er sich im Augenblick nicht auseinandersetzen. Mit den Jahren hatte er gelernt, dass Colin einige Dinge nicht zu wissen brauchte. Die Wahrheit hätte ihm nur einen gehässigen Schmiermaxe-Kommentar von Colin eingebracht.

„Doktorand, hm? Also, was ist nach der Diskussion passiert? Du hast doch wohl nicht etwa deinen Freund betrogen, oder, Walsh?"

„Nein. Nichts ist passiert. Er hat versucht, das alles als Missverständnis abzutun, aber irgendwas ist da los." Ben schwieg für einen Moment. „Vergessen wir das. Ich bin im Moment vermutlich einfach überempfindlich. Es ist wirklich nichts passiert. Tut mir leid, dass ich es erwähnt habe."

Pause.

„Wann kommst du zurück nach New York? Du musst unbedingt deine Brüder mitbringen und ihnen zeigen, wie toll es ist, hier zu leben."

„Genau deswegen wollte ich dich nicht anrufen. Du hast die Geschichte wieder viel komplizierter gemacht. Ich war der Meinung, alles wäre schon fest geplant."

„Tja, vielleicht war dein Plan nicht der beste."

„Lass mich ein paar Tage darüber nachdenken."

„Natürlich. Also, bitte, ruf' David an. Und vergiss diesen Travis."

Ben legte auf, rief David aber nicht an. Colin hatte ihm eine echte Alternative aufgezeigt. Mit einer größeren Wohnung konnte es klappen. Cade wurde bald dreizehn und brauchte keine ständige Überwachung mehr. Erst musste das Finanzielle geregelt sein, und dann brauchte er nur noch seine Brüder zu überzeugen.

Ben erwog ihre möglichen Reaktionen. Jason schien hier nicht glücklich zu sein. Abgesehen davon konnte kein schwuler Junge Gotham widerstehen. Er würde für den Umzug stimmen. Cade würde nicht begeistert sein, aber mitmachen, solange alle zusammen blieben. Blieb noch Quentin. Er hatte eine Freundin und fühlte sich an seiner Schule sehr wohl. Er würde mit Sicherheit am meisten Widerstand leisten. Und wie er Quentin kannte, würde er kein Problem damit haben, seinen Widerspruch klar und deutlich auszudrücken.

„Bist du verrückt?!"

Sie saßen am Küchentisch beim Frühstück. Das seit Travis' Verschwinden aus Frühstücksflocken mit Milch bestand. Ben war das Thema vorsichtig angegangen und hatte versucht, einige von Colins Argumenten für den Umzug einfließen zu lassen. Argumente, die bei Quentin nicht zogen, dem Tonfall seiner Antwort nach zu schließen.

„Ich werde nicht nach New York ziehen, ich hasse diesen Ort. Dort stinkt es nach Müll."

„Du warst nur einmal zu Besuch da."

„Das hat mir auch gereicht! Das ist die schlechteste denkbare Lösung. Nachdem wir unsere Mutter und unseren Vater verloren haben, willst du uns auch noch entwurzeln? Wir haben unser Leben lang in diesem Haus gelebt."

„Beruhige dich, kleiner Bruder", sagte Ben bewusst herablassend.

„Rede nicht in diesem Ton mit mir! Ich bin kein Kind."

„Dann hör auf, dich wie eins zu benehmen." Ben bezweifelte, dass es sinnvoll war, diese Diskussion vor Jason und Cade auszufechten. Aber jetzt war es bereits zu spät. „Du weißt genau, dass das nicht die schlechteste Lösung ist. Tu nicht so, als hätte letzte Woche nicht eine wesentlich schlechtere Lösung zur Debatte gestanden. Es dreht sich nicht immer nur alles um dich, Quentin."

„Und jetzt? Willst du jetzt alleine bestimmen?"

Ben hatte keine Gelegenheit zu antworten, denn Cade begann zu weinen.

„Mist", sagte Ben. „Cade, ich ..."

„Hör doch auf", brüllte Quentin.

„Nein, du hörst jetzt gefälligst auf." Ben stand auf und ging um den Tisch herum zu Cade. Als er in die Hocke ging, warf sich der Junge in seine Arme. „Tut mir leid, Kumpel. Manchmal reden wir so miteinander, das weißt du doch. Guck mich mal an." Er lehnte sich zurück, um Cade ansehen zu können. „Hier geht's nicht darum, euch voneinander zu trennen. Wir vier bleiben auf jeden Fall zusammen. Das verspreche ich dir. Sag's ihm, Q. Selbst wenn wir nach New York ziehen sollten, wirst du bei ihm bleiben."

Quentin sagte nichts. Ben spürte, dass Quentin innerlich kochte; er konnte förmlich sehen, wie ihm der Dampf aus den Ohren kam. Ben hatte einen dreckigen Trick angewandt, das wussten sie beide. Dreckig, dachte er, aber effektiv.

„Alles in Ordnung", sagte Quentin, beugte sich über den Tisch und tätschelte seinem Bruder den Kopf. „Wir trennen uns auf keinen Fall. Selbst wenn er uns nach Alaska verschleppt."

Cade lachte und wischte sich die Nase mit dem Ärmel ab.

„Siehst du?", sagte Ben. „Genug geweint. Zeit, ein Mann zu werden."

„Meine Güte, Ben. Er ist erst zwölf."

„Zwölf, nicht acht. Nächstes Jahr dreizehn. Wären wir jüdisch, wäre er schon bald ein Mann. Ich sag' es ja nur. Deine idyllische Kindheit ist vorbei."

„Toll", sagte Cade. „Aber hört gefälligst auf zu streiten. Verstanden?"

Ben sah ihn beeindruckt an. „Verstanden", antwortete er. Dann ging er wieder an seinen Platz zurück und frühstückte weiter.

„Darf ich mal was sagen?", fragte Jason.

Ben nickte. „Bitte. Dein Bruder fragt ja auch nicht erst um Erlaubnis, richtig?"

Jason holte tief Luft und wiegte den Kopf.

„Je eher wir dieses Kuhdorf verlassen, desto besser, finde ich."

Dann gab er einen vergnügten Quietschlaut von sich.

„Aber", sagte Quentin, „könntest du uns vielleicht ein bisschen entgegenkommen?"

„Inwiefern?"

„Können wir wenigstens für den Rest des Schuljahrs noch hierbleiben? Es sind nur noch fünf Monate. Wenn dich dein Chef so liebt, dass er dir alles bezahlt, wird er ja wohl nichts dagegen haben, wenn du noch fünf Monate hierbleibst. Nicht mal ein halbes Jahr."

Ben sah Jason an, dem die Enttäuschung ins Gesicht geschrieben stand.

„Cade?", fragte Ben und deutete mit seinem Löffel auf ihn.

Der jüngste Bruder verdaute die Information. „Ich stimme euch beiden zu. Wir sollten nach New York gehen, aber erst, wenn das Schuljahr vorbei ist."

Ben aß seine letzten Frühstücksflocken und trank dann die Milch direkt aus der Schale. „Dann werde ich diesen Vorschlag an meinen Chef herantragen. Wisst ihr, das könnte funktionieren. Ist mir egal, was die Leute über euch sagen", witzelte er. „Ihr Jungs seid schon in Ordnung."

Sie lachten. Sogar Quentin.

TRAVIS LIESS sich an diesem Tag nicht blicken. Die Brüder stellten keine Fragen, da sie vermuteten, er sei mit Trish zusammen. Ben sagte ihnen nichts von dem nächtlichen Vorfall, und da er die Kunst des Essenbestellens durch jahrelange Übung perfektioniert hatte, mussten sie nicht verhungern. Es gab sogar einige brauchbare Restaurants in der Nachbarschaft. Wie üblich verbrachten sie Tag und Nacht damit, Filme zu schauen. Am Freitagmorgen saßen sie gerade im Wohnzimmer und schauten *Donnie Darko* (einen ihrer Lieblingsfilme), als es an der Tür klopfte. Es war kurz vor zwölf.

„Vermutlich Travis", sagte Quentin. „Der arme Kerl schafft es nicht, sich länger als einen Tag von uns fernzuhalten."

Ben stand auf und ging zur Tür. Von wegen armer Kerl. Aber als er öffnete, stand nicht Travis davor.

Stattdessen stand Colin auf der Veranda, mit ausgebreiteten Armen und einem Grinsen auf dem Gesicht.

„Yeehaw, Walsh! Sieh dir das an. Ich bin in Texas."

Plötzlich trat jemand hinter ihm hervor.

„Hey, Macker."

Es war David.

8

„WAS MACHT ihr hier?"

„Überraschung, Walsh. Du hättest doch bestimmt nein gesagt, wenn ich erst gefragt hätte. Und da ich wirklich ungern alleine reise, dachte ich, ich tue uns beiden einen Gefallen und bring' dir deinen Freund mit. Dass er einfach in ein Flugzeug steigen kann, wann immer er Lust hat, war auch ein Bonus."

„Ich hoffe, das ist okay", sagte David mit seiner tiefen, beruhigenden Stimme. Männer wie David sah man normalerweise nur in Hochglanzmagazinen oder hochwertigen Pornos. Ben wusste zwar, dass er da mithalten konnte, aber wenn sie in New York zusammen ausgingen, erntete David immer gierige und Ben neidische Blicke. Seit jenem unheilvollen Telefonanruf hatte Ben kaum an Sex gedacht – mal abgesehen davon, dass der Anblick von Travis' nacktem Oberkörper immer mal wieder durch seine Erinnerung geisterte – aber als David ihn gespielt schüchtern ansah und sich mit den Fingern durch die leicht gewellten, braunen Haare strich, regte sich Bens Schwanz.

„Natürlich ist das okay", sagte Ben. „Kommt rein."

Als sie mit ihren Taschen an ihm vorbeigingen, beugte Ben sich vor und gab David einen Kuss.

„Hey, schöner Mann. Freut mich, dich zu sehen."

„Freut mich auch", sagte David und erwiderte den Kuss.

Ben führte sie ins Wohnzimmer, wo seine Brüder sie mit überraschten Gesichtern empfingen.

„Jungs, ihr erinnert euch bestimmt an Colin aus New York. Und das ist unser Freund David. Das sind Quentin, Jason und Cade", sagte er, während er nacheinander auf sie deutete.

„Wow", sagte David. „Die sehen ja aus wie Kopien von dir."

Die Walsh-Jungen hatten solche Kommentare über die Jahre schon häufig gehört und ihre Reaktion war immer dieselbe – lächeln und nicken. Colin und David setzten sich und gaben eine kurze Zusammenfassung ihrer Reise. Ben stellte fest, dass seine Brüder nicht allzu viel zu sagen hatten, und fragte sich, ob Colins Idee wirklich so gut gewesen war. Nicht, dass Colin ihm eine Wahl gelassen hätte. Dann bemerkte er, dass Jason die beiden Besucher mit großen Augen musterte wie exotische Tiere im Zoo.

Ben sah immer wieder verstohlen zu David. Er wäre am liebsten auf der Stelle mit ihm ins Bett gekrochen, nackt, Haut auf Haut. Er überlegte, wie er ihn ins Schlafzimmer manövrieren konnte. Das Zimmer seiner Eltern? Immer noch irgendwie gruselig, aber er würde darüber hinwegkommen. Er beschloss, sich zurückzuhalten. Seine Brüder brauchten noch nicht unbedingt mit seinem Sexleben konfrontiert zu werden.

Im Laufe des Nachmittags gewöhnten sich die Brüder an seine Freunde. Colin besaß einen natürlichen Charme, dem so gut wie niemand widerstehen konnte. Bens Brüder hatten ihn bei einem früheren Besuch in New York bereits kennengelernt. Jason begann, Fragen über die Stadt zu stellen, und Colin sah Ben mit einem wissenden Lächeln auf den Lippen an. Während er Jasons Fragen beantwortete, ging Colin zu seiner Tasche und holte drei Broschüren von New Yorker Schulen heraus. Er legt sich jetzt schon ins Zeug, dachte Ben.

„Auf diese hier bin ich gegangen, ich bin also parteiisch. Aber die anderen beiden haben einen wirklich guten Ruf. Was für Noten hast du?"

„Er hat einmal eine Zwei bekommen", antwortete Quentin für Jason. „Vor ein paar Jahren."

„Privatschule?"

Jason sah Ben an.

„Nein", antwortete Ben für ihn. „Sie sind auf einer öffentlichen Schule. Unser Vater wollte das so."

„Bewundernswert. Aber falls ihr nach New York zieht, sind öffentliche Schulen nichts für ihn." Er wandte sich an Jason. „Du bist offensichtlich ein kleines Genie, so wie dein Bruder."

„Eine öffentliche Schule wäre in Ordnung für mich", sagte Quentin.

Colin grinste wissend. Ben lachte, als er es sah. In erster Linie, weil er wusste, dass Colin immer einen Plan hatte und Quentin vermutlich zwei Schritte voraus war. Er griff in seine Tasche.

„Und deshalb habe ich dir diese hier mitgebracht", sagte er, und reichte Quentin, der überrascht schwieg, zwei Broschüren. „Die eine ist von LaGuardia Arts, *der* öffentlichen Schule für bildnerische Künste." Quentin sah ihn verwirrt an. Dann nahm Colin ein Buch aus seiner Tasche und zog eine Papierserviette zwischen den Seiten hervor. Er gab sie Quentin. „Kommt dir die bekannt vor?"

„Wo hast du die her?" Eine meisterhafte Zeichnung einer New Yorker Straßenszene, durch das Fenster eines Restaurants gesehen, bedeckte die Serviette. Cade und Jason schauten Quentin über die Schulter.

„Hey", sagte Cade, „das ist doch eine von deinen!"

„Stimmt", bestätigte Colin. „Ich habe die Serviette vom Tisch mitgenommen, als ich mit eurer Familie in diesem Restaurant gegessen habe. Während eures Besuches in New York. Du hast einen guten Blick."

„Und du hast sie aufgehoben?", spottete Quentin.

„Natürlich. Etwas Cooleres habe ich noch selten gesehen. Stimmt's, David?"

„Es ist ziemlich cool", bestätigte David.

„Lass mich mal sehen." Ben streckte die Hand aus und Quentin reichte ihm die Zeichnung. Quentin malte seit seinem dritten Lebensjahr in Restaurants auf Servietten herum, und mit den Jahren hatten alle aufgehört, seinen Kritzeleien

Aufmerksamkeit zu schenken. Offensichtlich ein Fehler – Ben konnte sehen, dass sich Quentins Talent erheblich entwickelt hatte. „Das ist super, kleiner Bruder. Die Details sind fantastisch."

„Falls du es nicht bemerkt hast, Walsh, dein Bruder ist ein Künstler."

„Ich bin kein Künstler", protestierte Quentin.

„Meine Freundin Stephanie, die eine Galerie in Soho hat, ist da anderer Meinung. Ich habe ihr die Zeichnung gezeigt. Sie sagte, wenn du noch mehr Ecken von New York auf Servietten festhalten würdest, könnte sie eine Ausstellung organisieren."

„Ach Quatsch", sagte Quentin.

„Das ist Colin, Q. Er macht alles möglich."

„Die andere Broschüre", fuhr Colin fort, „ist von einer privaten Kunstschule." Wieder griff er in die Tasche und sagte beiläufig, „für den Fall, dass du in die LaGuardia nicht reinkommst."

„Also bitte", sagte Quentin mit finsterer Miene. „Als ob ich das nicht schaffen würde."

Kein Walsh hat je eine Herausforderung abgelehnt, dachte Ben. *Guter Zug, Colin.* Colin holte noch eine Broschüre heraus und reichte sie Cade.

„Die ist von der Bolton Academy. Das ist eine Jungenschule mit sportlichem Schwerpunkt."

„Du meinst wie im Film *Der Club der toten Dichter*?", fragte Cade.

„Ja", sagte Colin. „Aber ohne Robin Williams. Und ohne den unglückseligen Selbstmord."

Ben lehnte sich verwundert zurück. Colin hatte ein einziges Mal mit seinen Brüdern an einem Tisch gesessen, und doch erinnerte er sich an all diese Details. „Für mich hast du wahrscheinlich nichts dabei, oder?"

„Aber natürlich." Colin holte eine kleine weiße Schachtel aus seiner Tasche.

„Sind das ...?"

„Erdnussbutter-Schokoladen-Brownies aus deiner Lieblingsbäckerei."

„Ich liebe dich, Mann." Ben schniefte, nahm die Schachtel und schnupperte daran. Er öffnete sie und biss in eins der süßen Teilchen. „Die müsst ihr probieren", sagte er und reichte die Schachtel an Quentin weiter, der eines herausnahm und sie dann weitergab.

„Arbeitest du in der gleichen Firma wie Ben, Colin?", fragte Jason.

„Nein", antwortete Colin glucksend. „Ich könnte niemals für meine Familie arbeiten."

„Colin strebt höhere Ziele an", erklärte Ben. „Er arbeitet für ACLU."

„Cool!", brummte Jason.

„Bist du auch Anwalt, David?", fragte Quentin.

David grinste und schüttelte den Kopf.

„Nein. Ich bin Pilot bei JetBlue."

„Ach komm!", rief Cade. „Du fliegst Flugzeuge?"

„Ja, ich fliege Flugzeuge."

„Wo hast du das denn gelernt?"

„Bei der Air Force."

Das führte zu einem Schwall von Fragen. Quentin und Cade wollten alles über das Fliegen wissen. Colin und Jason saßen nebeneinander, sahen die Broschüren durch und tuschelten verschwörerisch. Ben wusste, dass Colin ihn unter seine Fittiche nehmen würde und erinnerte sich erneut daran, dass er jede mögliche Hilfe gebrauchen konnte.

Sie gingen zum Abendessen aus. Dabei fiel Ben auf, dass Travis' Auto in der Auffahrt stand. Sie hatten sich seit Mittwochnacht nicht gesehen. Zwei Tage. Es erschien ihm seltsam, doch er verscheuchte den Gedanken. Als sie wieder nach Hause kamen, war das Auto weg.

In dieser Nacht war Ben geil und wollte David für sich allein. Also suchte er die beiden kürzesten Filme aus, die er finden konnte, *Clerks* und *Office Space*. Etwa drei Stunden später gingen die Jungen ins Bett und Colin zog sich höflich, wenn auch mit einem Augenzwinkern, ins Gästezimmer zurück.

„Wollen wir doch mal sehen, was bei Grindr so im Angebot ist", verabschiedete er sich.

„Benimm dich", mahnte Ben. „Es sind Kinder im Haus."

„Ja, Papa."

Nachdem er gegangen war, lächelte Ben David an. Sie saßen in entgegengesetzten Ecken des Raumes.

„Deine Brüder wissen nicht, dass wir ein Paar sind."

Ben stand auf, setzte sich zu David auf das andere Sofa und legte ihm eine Hand aufs Knie.

„Nein. Aber ich sage es ihnen, wenn du findest, dass sie es wissen sollten. Im Großen und Ganzen war es bis jetzt nicht wichtig."

„Wow, danke."

„Du weißt, was ich meine."

David blickte zu Boden.

„Du hast mich seit deinem Abflug nicht angerufen."

„Ich weiß. Aber als ich dich heute auf der Veranda gesehen habe … ich bin froh, dich zu sehen. Das meine ich ernst."

„Ich habe nicht vor, dir deswegen eine große Szene zu machen. Wenn beide Elternteile sterben, hat man quasi einen Freifahrtschein. Ich muss nur sicher sein, dass du mich hier haben willst. Dass es kein Fehler war, herzukommen."

Ben stand auf und streckte die Hand aus.

„Du weißt, ich kann nicht gut mit Worten umgehen. Darf ich Taten sprechen lassen?"

David nahm Bens Hand und ließ sich von Sofa hochziehen. Ben nahm ihn in die Arme, legte ihm die Hände auf den Hintern und knetete Davids Pobacken. Als er ihn küsste, kratzten Davids Bartstoppeln an seinen Lippen. Er tastete nach dem Saum von Davids T-Shirts und zog es ihm über den Kopf. David hatte einen muskulösen Oberkörper; seine Brust war von einem sexy Flaum brauner, rauer Haare bedeckt. Ben senkte den Kopf und ließ seine Zunge über Davids linken Nippel gleiten, woraufhin dieser zusammenzuckte und leise aufstöhnte.

Plötzlich klopfte es an die Haustür.

„Scheiße", murmelte Ben.

„Wer kommt denn um diese Uhrzeit noch vorbei?"

„Ich kümmere mich darum. Warte hier."

Ben ging zur Haustür und öffnete. Er wusste genau, wer draußen stand. Travis begann augenblicklich zu reden.

„Ben, es tut mir so leid wegen Mittwoch."

„Travis …"

„Nein, bitte. Lass mich ausreden. Ich hatte einen Tequila getrunken, aber das ist keine Entschuldigung. Ich fühle mich schrecklich, weil ich das zu dir gesagt habe. Ehrlich. Ich konnte zwei Tage lang an nichts anderes denken. Ben, ich muss dir was sagen. Ich …"

„Wer ist es denn?"

David tauchte mit bloßem Oberkörper aus dem Wohnzimmer auf und stellte sich hinter Ben. Travis sah verwirrt aus.

„Travis, das ist David. Aus New York."

Travis stand wie erstarrt. Offensichtlich konnte er nicht anders, als David anzustarren, der Ben jetzt von hinten umarmte und Travis eine Hand entgegenstreckte.

„Freut mich, dich kennenzulernen, Travis."

Travis schüttelte ihm die Hand. „Tut mir leid", sagte er, an Ben gewandt. „Ich wusste nicht, dass du Besuch hast."

„Wusste ich auch nicht, bis David und Colin heute hier auf der Matte standen."

„Unerwartet", sagte Travis und schaute auf den Boden. „Ich wollte nicht stören. Ich … kann ein andermal wiederkommen. Tut mir leid. Hat mich gefreut, David."

„Gleichfalls."

Travis wirbelte herum und stürzte die Stufen hinunter auf die Straße. Ben schloss die Tür und drehte sich zu David um.

„Wer war das?"

„Ein Bekannter. Eigentlich mehr ein Bekannter von meinen Eltern. Nicht von Bedeutung, im Grunde. Also, wo waren wir, als er geklopft hat?" Ben senkte den Kopf und leckte über Davids anderen Nippel. Ein tiefes Stöhnen drang aus seiner Brust. „Da waren wir. Ich glaube, wir sollten uns ins Schlafzimmer verziehen."

„Gute Idee."

Ben griff nach Davids Hand, verschränkte ihre Finger miteinander und führte ihn ins Elternschlafzimmer. Er verdrängte die unangenehmen Gedanken und gab David einen Wink, sich auf die Bettkante zu setzen. Dann drehte er sich um und schloss die Tür ab.

„Zieh deine Hose aus", befahl Ben.

David stand auf und zog seine Schuhe aus, ließ die Socken aber klugerweise an. Er öffnete seinen Reißverschluss, schob sich die Hose bis auf die Knöchel hinunter, trat heraus und schleuderte sie mit dem Fuß in eine Ecke des Zimmers.

„Auf die Knie."

David gehorchte, den Blick auf Bens Schritt geheftet. Ben trat vor ihn hin, packte ihn im Nacken und drückte Davids Gesicht an die Beule in seiner Jeans. David rieb sich an ihm, und Ben stöhnte auf. Nach einem kurzen Moment machte Ben einen Schritt zurück.

„Schau mich an."

David hob den Kopf und schaute Ben in die Augen. Er sah hungrig aus, bereit. Ben zog sein T-Shirt aus.

„Schuhe."

David beugte sich vor, schnürte Bens Laufschuhe auf und zog sie ihm aus. Er hätte beinahe auch die Socken in Angriff genommen, besann sich dann aber eines Besseren.

Ben machte eine Kunstpause.

„Socken."

Er hob nacheinander die Füße, damit David ihm die Socken abstreifen konnte.

„Schau mich an."

Erneut blickte David zu ihm auf. Ben machte seinen Reißverschluss auf und öffnete den Hosenschlitz. Er holte seinen Schwanz heraus und nahm ihn in die Hand. Es gab bestimmt größere Schwänze, aber Ben reichten seine zwanzig Zentimeter vollkommen. Sein Penis war perfekt, das reinste Kunstwerk, absolut gerade und optimal proportioniert. David setzte sich auf seine Fersen und sah ihn an, wartete auf Bens Erlaubnis, ihn in den Mund nehmen zu dürfen. Ohne seine Jeans auszuziehen, trat Ben einen Schritt vor und klatschte David seinen Schwanz auf die Wange, fuhr ihm aufreizend mit der Eichel über die Lippen. Er wusste, dass David ihn erst in den Mund nehmen würde, wenn Ben ihm die Erlaubnis dazu gab.

„Was meinst du?"

„Bitte, Sir, lass mich dir einen blasen."

„Ich weiß nicht", antwortete Ben zweifelnd, während er seinen Schwanz weiter an Davids Gesicht rieb. „Wirst du das auch gut machen?"

„Ich gebe dir den besten Blowjob, den du je bekommen hast."

„Wirst du ihn auch ganz in den Mund nehmen?"

„Ja, Sir."

„Auch wenn du würgen musst?"

„Ja, Sir."

„Und wenn du darum bettelst, aufhören zu dürfen?"

„Hör' nicht auf mich, Sir. Fick mich einfach weiter in den Mund."

Ben trat wieder zurück und zog sich die Jeans aus.

„Gute Antwort."

David sah ihn an und Ben bemühte sich, ein arrogantes Gesicht zu machen.

„Dann los, Pilot."

David griff nach ihm, zog ihn an sich und schob sich Bens steifen Schwanz in den Mund. Erst als die Eichel an seinen Gaumen stieß, hielt er still, wurde ganz ruhig und atmete durch die Nase. Ben wusste, dass David sich jetzt ganz auf die Unterdrückung seines Würgereflexes konzentrierte und so verharren würde, bis ihm die Tränen übers Gesicht liefen. Endlich kamen die Tränen. Dann erst fasste Ben ihn am Kopf und schob ihn zurück.

„Oh nein, wir sind noch nicht fertig."

Ben begann ihn in den Mund zu ficken, was David so verrückt machte, dass er trotz der Tränen vor Lust stöhnte. Es war so geil, dass Ben fast auf der Stelle gekommen wäre. Also packte er David an den Haaren, bog ihm den Kopf zurück und beugte sich vor, um ihn zu küssen. Er spürte, wie David bebte. Er richtete sich auf und befahl: „Aufs Bett, Gesicht nach unten."

David sprang auf und legte sich bäuchlings aufs Bett. Ben beugte sich über ihn und zog ihm die Unterhose aus. Auf der langen Liste der Dinge, die Ben an David mochte, stand sein Arsch ganz weit oben. Die meisten Menschen hätten Apfelpo dazu gesagt, aber Ben gefiel die Bezeichnung „Zwiebelpo" besser. Ein Arsch, der einen zum Weinen brachte. Wie wahr.

„Arsch hoch."

David gehorchte.

Ben kniete sich zwischen Davids Beine und schob seine Arschbacken auseinander, um den Anus freizulegen. Er beugte sich vor und ließ seine Zunge durch die Ritze gleiten. David zuckte zusammen.

„Sir, bitte leck' mir den Arsch."

„Das kannst du besser."

„Bitte, Sir, bitte fick' mich mit der Zunge. Bitte, Sir."

Also steckte Ben seine Zunge tief in Davids Arschloch. Sie waren beide im siebten Himmel. Ben hätte David rund um die Uhr lecken können, und er trieb ihn bis an den Rand des Orgasmus, bis David in ein Kissen biss und sich mit den Fäusten in die Laken krallte.

„Sir, ich weiß nicht, wie lange ich das noch aushalte. Wenn du mich nicht bald fickst …"

David hatte früher am Abend seine Tasche ins Zimmer gebracht und neben dem Bett abgestellt. Jetzt streckte er sich danach und öffnete einen Reißverschluss, während Ben weiterhin seinen Anus mit der Zunge liebkoste. David holte Kondome und Gleitgel aus der Tasche und warf beides neben Ben aufs Bett. Ohne den Angriff seiner Zunge zu stoppen, riss Ben eines der Päckchen auf, streifte sich das Kondom über und verteilte einen Klecks Gleitgel darauf. Er legte sich auf David und rieb seinen Schwanz an seiner Arschritze. Ohne die Hände zu benutzen brachte Ben seinen Schwanz vor Davids Rosette in Position. Allen beiden blieb kurz die Luft weg, als Ben langsam Zentimeter für Zentimeter in David eindrang.

Ben fuhr mit den Fingern durch Davids dichtes Haar, dann drückte er ihm sein Kinn in den Nacken. David drängte sich ihm entgegen und bekam als Antwort mehrere Zentimeter von Bens Schwanz auf einmal zu spüren. Er wand sich und versuchte auszuweichen.

„Leg dich auf den Rücken", sagte Ben.

David drehte sich unter ihm. Er hob die Beine und schob sich Bens Schwanz wieder in den Hintern. Sie sahen sich an und lächelten. Davids Augen leuchteten, als hätte er noch ein Ass im Ärmel. Er hob seine Beine höher, bis seine bestrumpften Füße an Bens Gesicht lagen.

„Du Arsch", knurrte Ben.

„Komm schon, Macker. Zieh' mir die Socken aus."

Ben streifte ihm die Socken ab und vergrub sein Gesicht in Davids Fußsohlen. Ben war sofort wie gebannt und David wusste das.

„Dir gefallen meine großen Pilotenfüße, richtig?"

„Du weißt, wie ich sie liebe, du Arsch."

„Zeig's mir, Sir."

Ben leckte David die Fußsohlen und nahm dann nacheinander jeden Zeh in den Mund. Nachdem er Davids Füßen gebührende Aufmerksamkeit gewidmet hatte, senkte Ben sich auf ihn herab, um ihn zu küssen. Jetzt, wo sie ernsthaft zu ficken begannen, war das Rollenspiel vergessen. Sie klammerten sich aneinander fest, während Ben wieder und wieder zustieß. David fasste beim Bumsen seinen Schwanz nie an, weil er genau wusste, dass Ben das nicht leiden konnte. Ben spürte die Hitze des bevorstehenden Orgasmus in sich hochsteigen. Aber obwohl er immer heftiger und schneller zustieß, spornte David ihn weiter an.

„Komm schon, Ben. Fick mich härter. Ramm' mir deinen Schwanz in den Arsch. Gib mir deinen harten Pimmel. Du weißt, wie ich mich fühle. Du weißt, was ich will."

„Sag es."

„Fick mich härter."

„Sag es, verdammt!"

„Ich bin nur mit deinem Schwanz im Arsch glücklich."

Ben fickte ihn wie wild. Er spürte, wie der Orgasmus in ihm aufwallte; Wellen der Lust durchliefen seinen Körper, als er sich zusammenkrümmte und sich mit einem letzten, tiefen Stoß in Davids geschundenen Arsch ergoss. Schließlich brach Ben über ihm zusammen. Er hielt das Kondom fest, als er sich aus David zurückzog, streifte es ab und warf es neben dem Bett auf den Boden. Dann kniete er sich zwischen Davids Beine. Ben brauchte nicht einmal eine Minute, um David zum Orgasmus zu bringen. Diesen Teil mochte er immer besonders gern. Er bearbeitete David mit Mund und Händen, bis er den vertrauten Geschmack von Sperma auf der

Zunge spürte. Danach hätte er eigentlich gerne noch eine Weile den Geruch ihres Liebesspiels genossen, aber David sprang sofort aus dem Bett und ging ins Bad.

Als sie einschliefen, ließ Ben den überraschenden Tag noch einmal Revue passieren. Es gefiel ihm, dass sein bester Freund ihn gut genug kannte, um spontan bei ihm aufzutauchen. Aber dann musste er an Travis denken. Wie er David angesehen hatte ... war er etwa eifersüchtig? Und was hatte Travis ihm so Dringendes erzählen wollen? Ben kaufte ihm die Sache mit dem Missverständnis einfach nicht ab. Travis wusste so gut wie Ben, dass er beim Essen absichtlich Körperkontakt gesucht hatte. Und dieser Kommentar um Mitternacht, dass sie sich ja gegenseitig küssen könnten ... Bitte. Ben hatte keine Zeit für Spielchen. Er war viel lieber mit jemandem zusammen, der wusste, was er wollte. Er nahm David in die Arme, kuschelte sich an seinen Rücken. Bei der Erinnerung an ihren Fick vorhin bekam er gleich wieder einen Harten. Er nahm ein weiteres Kondom vom Nachttisch, streifte es sich über und schob seinen Schwanz behutsam in Davids Arsch. Einige Minuten später schliefen sie so verbunden ein, die Beine miteinander verschlungen und ruhig atmend.

9

BEN SCHMIEGTE sich an Travis' Rücken und nahm ihn fest in die Arme. Er strich mit dem Finger an seinem Hals entlang, dann über seine Schulter und den Arm hinunter. Travis' alabasterweiße Haut fühlte sich kühl an; er sah aus wie aus Marmor gehauen, als hätte ein enthusiastischer Künstler seine perfekten Formen geschaffen. Goldene und blonde Strähnen brachten sein rotes Haar im Morgenlicht, das durch das Ostfenster hereinfiel, dramatisch zum Leuchten. Er stellte sich nur schlafend. Er drängte seinen Hintern an Ben. Die Berührung unter dem Tisch konnte er vielleicht als Zufall abtun, aber Ben hätte gern gehört, wie Travis sich hier herausreden wollte. Er küsste ihn aufs Ohrläppchen.

Zur Antwort griff Travis nach ihm und zog ihn enger an sich.

„Ich will, dass du mich fickst, Ben."

„Das wird aber auch Zeit."

„Ben? Stopp. Schläfst du? Aufwachen, Ben."

BEN SETZTE sich auf, als David sich im Bett umdrehte.

„Scheiße", sagte Ben. „Entschuldige, ich habe noch geschlafen. Habe ich dir wehgetan?"

„Nein. Natürlich nicht. Du benutzt gerade nur kein Kondom."

„Oh." Er hatte von Travis geträumt, war aber im Begriff, David zu ficken.

„Entschuldige dich nicht. Roll' dir eins über und mach weiter."

Ben presste seinen Kopf ins Kissen und zog sich zurück. Im Tageslicht kam ihm alles falsch vor.

„Ich glaube, wir sollten die Morgenrunde überspringen. Cade wird bald aufwachen."

„Schon klar", sagte David, offensichtlich enttäuscht.

Sie zogen sich an und gingen in die Küche, wo die anderen bald zu ihnen stießen. Ben hielt den Rest des Tages Abstand von David. Je mehr er über seinen Traum nachdachte, desto unwohler fühlte er sich in Davids Gesellschaft. Er wollte mit Travis reden und hören, was dieser ihm zu sagen hatte, aber Colin und David würden vor Sonntag nicht nach New York zurückfliegen. Colin mietete ein Auto mit Chauffeur, um mit Jason einkaufen zu fahren. David ging mit Cade und Quentin zu einem Spiel der Longhorns. Cade war begeistert, Quentin ging mit, weil er David cool fand. So hatte Ben ein wenig Zeit für sich, was er zu schätzen wusste. Er wünschte nur, Travis würde nach Hause kommen.

Am Abend versammelten sich alle in der Küche, wo David ein Gourmetessen vorbereitete. In kulinarischer Hinsicht war Davids Menü das Gegenteil von Travis' einfacher Küche, obwohl beides aus demselben Antrieb heraus entstand: Beide Männer genossen es, für andere zu kochen. Ben fiel erst auf, dass Quentin verschwunden war, als er hörte, wie sich die Haustür öffnete, gefolgt vom Klang von Travis Stimme. Gleich darauf standen die beiden in der Küche.

Ben war noch nie glücklicher gewesen, jemanden zu sehen.

„Travis!", brüllte Cade und rannte quer durch die Küche, um Travis zu umarmen.

„Wir haben ihn ein paar Tage lang nicht zu Gesicht bekommen", erklärte Quentin. „Also musste ich mich davon überzeugen, dass er noch lebt. Er hat Frühstücksflocken zum Abendessen gegessen."

„Tut mir leid, Ben. Ich wollte ihn abwimmeln, aber …"

„Stimmt. Ich habe ihn gegen seinen Willen aus dem Haus gezerrt."

Travis sah übernächtigt aus, als hätte er ein paar Tage lang weder geschlafen noch geduscht.

„Was ist los mit dir, Travis?", fragte Cade. „Du siehst irgendwie krank aus."

„Mir geht es gut, kleiner Mann. Habe viel gearbeitet, das ist alles."

„Bleib hier", drängte Ben. „Das geht in Ordnung, wirklich. Ich bin froh, dass du rübergekommen bist. Komm, ich stelle dir meine Freunde vor. Das ist Colin. Wir haben zusammen Jura studiert."

Colin beäugte Ben argwöhnisch und trat dann vor, um Travis die Hand zu schütteln.

„Ben hat mir erzählt, wie sehr du ihm mit den Jungs geholfen hast."

„Man tut, was man kann."

„Das war wirklich anständig von dir. Freut mich, dich kennenzulernen."

„Und", fuhr Ben fort, „David hast du gestern gesehen. Wir haben nicht zusammen Jura studiert."

„Hi, Travis", sagte David und ging um den freistehenden Teil der Küche herum, um ihm die Hand zu schütteln. „Ich hoffe, du bist hungrig?"

„Genau genommen bin ich am Verhungern."

„Super. Dann lasst uns essen."

SIE MUSSTEN einen Extrastuhl an den Tisch quetschen, damit sieben Leute daran sitzen konnten. Alle machten dem Koch Komplimente, der eine Auswahl typischer Vorspeisen aus verschiedenen Ländern der Welt gezaubert hatte.

„Wann seid ihr angekommen?", fragte Travis, während er an einer koreanischen Frühlingsrolle knabberte. Ben sah ihn an und fragte sich, ob sein wirres Aussehen mit ihrem Streit in der Silvesternacht und Davids Ankunft zusammenhing.

„Weißt du", sagte Colin, „man hört das ja immer mal im Film, aber ich hätte nicht gedacht, dass jemand wirklich so redet. Ich mache hier handfeste Texaserfahrungen."

Travis sah verwirrt aus.

„Colin", sagte Ben. „Hör auf, dich wie ein Trottel zu benehmen."

„Ich bitte um Entschuldigung, Travis, aber ich habe noch nie so einen Dialekt gehört. Also, in einem persönlichen Gespräch. Ich wollte dich nicht beleidigen. Offenbar muss ich zusehen, dass ich öfter aus Manhattan herauskomme." Er wandte sich an Jason und flüsterte: „Manchmal bin ich eurem Bruder peinlich", was diesen zum Kichern brachte. Beim Einkaufsbummel hatten die beiden sich miteinander angefreundet. „Also, um deine Frage zu beantworten, wir sind gestern angekommen. Uneingeladen, muss ich zugeben. Walsh hat ein Problem damit, um Hilfe zu bitten."

„*Männer* haben ein Problem damit, um Hilfe zu bitten", sagte Travis.

„Amen", stimmte Colin zu.

„Naja, ich nehme an, ihr werdet ihn in New York vermissen."

„Nicht, wenn ich dabei etwas mitzureden habe."

Jason rief aufgeregt: „Wir ziehen nach New York!"

Travis sah Ben überrascht an.

„Nicht sofort", erklärte Ben zögerlich. „Sie … wollen das Schuljahr hier beenden und dann … ja, dann werden wir wahrscheinlich alle nach New York gehen."

Travis griff nach seinem Wasserglas und trank einen großen Schluck.

„Jungejunge, anscheinend hat sich eine Menge getan, seit ich das letzte Mal hier war."

„Ich gehe auf eine reine Jungenschule", erklärte Cade ihm.

„Wirklich, Cade? Das ist toll."

„Wie ärgerlich, dass du heute arbeiten musstest. Du hättest mit uns zum Baseballspiel gehen können."

„Ja, ärgerlich", sagte Travis.

Dann schwiegen alle am Tisch für einen Moment.

„Also", wechselte Colin das Thema, „in welchem Fach promovierst du, Travis?"

Ben erstarrte.

Er hatte die Lüge, die er Colin erzählt hatte, völlig vergessen. Nie hätte er sich träumen lassen, dass die beiden sich je über den Weg laufen würden. Er suchte nach einer Möglichkeit, die Situation zu retten, aber er hatte sich ins Abseits manövriert. Er spürte Travis' Blick auf sich ruhen.

„Hat Ben dir das erzählt?"

„Ja, hat er", antwortete Colin. „Kein Grund, sich zu schämen. Die meisten Promotionen dauern eben sechs oder sieben Jahre, bei Juristen nur drei. Wären wir keine Anwälte, wären wir auch noch an der Uni."

David und Colin bemerkten zuerst nichts. Quentin, Cade und Jason wussten, dass Travis in einer Werkstatt sein Geld verdiente, und verstanden nicht, wieso Ben etwas anderes erzählt hatte. Es brach Ben das Herz, in Travis' aschfahles Gesicht zu blicken. Er hatte einen schrecklichen Fehler gemacht.

„Warum erzählst du ihm so was?", fragte Travis.

„Es tut mir leid, Travis. Ich dachte nicht …"

„Schämst du dich etwa für mich?"

„Was ist denn los?", wollte David von Quentin wissen.

„Travis promoviert nicht. Er ist Automechaniker. Anscheinend hat Ben gelogen und Colin was anderes erzählt, ich weiß allerdings nicht warum."

„Was?", rief Colin. „Warum versuchst du mir weiszumachen, dass er Doktorand ist, wenn es gar nicht stimmt?"

„Darum", antwortete Ben. „Du hast mir etliche Fragen gestellt und ich wollte vermeiden, dass du einen abfälligen Kommentar abgibst, wenn ich dir die Wahrheit sage. Das war blöd von mir. Wenn ich gewusst hätte …"

David unterbrach ihn. „Warum hast du ihm etliche Fragen gestellt?"

„Diesmal hast du wirklich Mist gebaut", sagte Quentin.

Travis stand auf.

„Geh nicht", protestierte Colin. „Dann hat er eben geschwindelt. Aber offenbar ohne böse Absicht, also können wir das nicht einfach alle vergessen?"

„Nimmst du ihn immer so in Schutz, wenn er Scheiße baut?", fragte Travis.

„Bitte?"

Travis sah aus, als wäre ihm speiübel.

„Ich muss los", sagte er und stürmte aus dem Haus. Er machte sich nicht die Mühe, die Tür hinter sich zu schließen.

Für einen Moment herrschte Schweigen. Ben blickte starr auf seinen Teller, aber er spürte, dass alle ihn anschauten, insbesondere Quentin und Cade. Schließlich sah er David an, der zutiefst enttäuscht wirkte.

„Das", flüsterte Colin Jason zu, „gibt es sonst nur bei *Jersey Shore*."

„Halt die Klappe!", blaffte David. „Ben, kann ich mit dir reden? Unter vier Augen?"

„Muss das gerade jetzt sein?"

„Ich kann auch einfach sofort gehen. Oder wir reden erst und ich gehe danach. Du hast die Wahl."

„David", unterbrach Colin. „Du reagierst übertrieben. Alle reagieren übertrieben."

David ignorierte ihn. „Ben?"

„Okay. Lass uns vor die Tür gehen. Alle anderen bleiben hier."

Ben folgte David auf die Veranda. Dabei konnte er sich einen Blick hinüber zum Nachbarhaus nicht verkneifen.

Das Licht war aus.

„Hast du Gefühle für ihn?", fragte David, sobald Ben die Tür hinter ihnen geschlossen hatte.

„Wovon redest du? Ich kenne ihn erst seit zwei Wochen."

„Und wir kennen uns seit zwei Monaten. Sein Job wäre dir bestimmt nicht peinlich, wenn du kein Interesse an ihm hättest. Deswegen hast du Colin angelogen. Es war dir unangenehm, deinem besten Freund zu erklären, dass dein Schwarm Autos repariert."

„Du bist verrückt."

„Nein. Irgendwas ist da zwischen euch. Du hast mir gesagt, er wäre *nicht von Bedeutung*, aber das war gelogen. Ich habe es an seinem Gesicht gesehen, als er gestern Abend vorbeikam. Er ist *jemand*. Er musste mit dir reden. Und heute Morgen hast du im Halbschlaf von jemand anderem geträumt. Da bin ich mir ganz sicher. Von ihm, oder?"

„Nein."

„Lüg' mich nicht an."

„Okay", gab Ben zu. „Ja. Ich habe von ihm geträumt. Bist du jetzt zufrieden? Ich bin auch nur ein Mensch. Ich habe keine Ahnung, was ich hier eigentlich mache und ich weiß auch nicht, was noch alles auf mich zukommt. Ich weiß, dass du eine ernsthafte Beziehung mit mir willst, aber ich kann mich im Moment nicht auch noch um dich kümmern. Ich habe gerade die Vaterrolle für drei Teenager übernommen! Ich bin zehn Jahre jünger als du, David. Ich schaffe das nicht alles auf einmal."

„Wieso hast du dann gestern mit mir geschlafen?", fragte David vorwurfsvoll. Er hatte tränennasse Augen.

„Ich weiß nicht. Wahrscheinlich weil ich einsam und schwanzgesteuert war. Aber ich habe mich wirklich gefreut, dich zu sehen. Du bist ein toller Typ. Es ist nur ..."

„Das mit uns wird nicht funktionieren."

Ben schwieg. Dann sagte er: „Nein, wird es nicht. Nicht so, wie du es dir vorstellst." Er streckte die Hand aus, aber David wich zurück.

„Es war also doch ein Fehler, herzukommen. Ich hätte niemals auf Colin hören sollen."

„David, es ist besser so. Wenn du wieder in New York bist, kannst du dein Leben weiterleben. Statt vergeblich auf mich zu warten."

„Das hätte ich gemacht, weißt du. Auf dich gewartet."

Stille.

„Ich schlafe heute Nacht auf dem Sofa."

Ben nickte. „Es tut mir leid."

David drehte sich um und ging zurück ins Haus. Ben blieb auf der Veranda und überlegte sich, was er seinen Brüdern sagen sollte, ganz zu schweigen von Travis. Einen Augenblick später öffnete Colin die Tür und streckte den Kopf hinaus."

„Kann man sich dir gefahrlos nähern?", fragte er.

„Ja, komm nur", antwortete Ben und winkte auffordernd mit einer Hand. „Tut mir leid, dass ich dich da reingezogen habe."

„Also bitte", sagte Colin, trat zu ihm und schloss die Tür hinter sich. „Hör auf, dich bei mir zu entschuldigen. Sag mir lieber, dass diese Fehleinschätzung ein einmaliger Ausrutscher war. Glaubst du wirklich, ich hätte ein Problem damit, wenn du mit einem Mechaniker zusammen bist?"

„Ich bin nicht mit einem Mechaniker zusammen."

„Noch nicht. Aber ganz offensichtlich ist da was im Busch."

„Ich weiß, aber was? Die ganze Sache bereitet mir Kopfschmerzen."

„Ist doch egal. Ich weiß, dass dir die Bezeichnung nicht gefällt, aber in diesem Fall ist sie angemessen: Du bist ein Volltrottel, Ben. Du schuldest Travis eine Entschuldigung, egal, ob er ein möglicher Partner ist oder nicht. Und wenn ich du wäre, würde ich mich heute noch darum kümmern. Im Ernst, du solltest deinen Brüdern erst wieder gegenübertreten, wenn du die Sache mit ihm ins Reine gebracht hast. Also los, ab über die Straße mit dir. Worauf wartest du noch?"

„Okay, ich gehe ja schon. Sagst du ihnen, wo ich bin?"

„Natürlich. Wie schon gesagt wurde, ich nehme dich immer in Schutz, wenn du Scheiße baust, Walsh."

„Ich weiß. Danke dafür."

BEN GING über die Straße und klopfte an die Tür. Er wusste, dass Travis ihn hören musste. Er sah, dass durch den Spalt zwischen Tür und Boden Licht aus dem hinteren Schlafzimmer drang. Unmittelbar, nachdem er geklopft hatte, sah er, wie sich der Lichtstreifen veränderte, weil sich im Zimmer jemand bewegte.

Mrs. Wright rief aus dem Wohnzimmer. „Travis! Es hat geklopft."

Einen Moment später öffnete Travis seine Zimmertür und sah Bens Gesicht durch die Türverglasung. Travis wirkte bestürzt und unsicher, nahm aber schließlich seine Jacke und ging durchs Wohnzimmer in die Küche.

„Wer ist an der Tür, Travis?"

„Ist nur Ben, Mrs. Wright. Von gegenüber."

„Oh, die armen Jungen. Sag ihm, wir werden morgen in der Kirche für sie beten."

„Mach' ich."

Travis öffnete die Tür und Ben trat zurück, um ihm Platz zu machen. Travis schloss die Tür hinter sich und drehte sich dann zu Ben um.

„Deine Augen sind ganz rot."

„Wir sollten einen Spaziergang machen", sagte Travis, ohne auf Bens Bemerkung einzugehen. „Mrs. Wright lässt ausrichten, dass sie morgen in der Kirche für euch beten wird."

„Ja, ich habe es gehört. Das können wir weiß Gott gebrauchen."

„Zweifellos."

Ben drehte sich um und ging die Einfahrt entlang, ganz langsam, bis Travis ihn eingeholt hatte. Die Straße, in der sie wohnten, war eine Sackgasse. Mitten auf der dunklen Straße liefen sie bis zur nächsten Hauptverkehrsstraße, dann an der lutherischen St. Pauls-Kirche vorbei, von deren Turm zweimal täglich ein Glockenspiel erklang. Ben gefiel diese Tradition, die dem Stadtteil seiner Meinung nach ein gewisses Flair verlieh. Schließlich blieb Travis stehen und setzte sich dann auf die Bank an einer Bushaltestelle.

Ben zog sein Telefon heraus und schaute nach der Uhrzeit.

Acht Uhr achtunddreißig.

Er setzte sich neben Travis auf die Bank. Sie blickten auf die Straße und schauten den vorbeifahrenden Autos nach.

„Warum sind wir hier?", fragte Travis.

„Weil wir auf den Bus warten?" Bens Versuch, die Stimmung zu heben, blieb erfolglos. „Tut mir leid. Weil ich mich bei dir entschuldigen möchte."

„Na, dann entschuldige dich."

„Ich muss erst etwas wissen."

„Was musst du wissen?"

„Bei wem ich mich entschuldige."

Travis drehte den Kopf, um Ben ungehalten anzustarren.

„Was soll das heißen?"

Ben wandte sich zu Travis und erwiderte seinen Blick.

„Bei wem ich mich entschuldige? Es macht schon einen Unterschied. Bist du der nette Nachbar von gegenüber, der aushilft, wenn Not am Mann ist, vielleicht sogar ein guter Freund? Oder bist du mehr als das?"

„Was, zum Beispiel?"

„Sag du es mir. Du siehst mitgenommen aus, Atwood."

„Na herzlichen Dank."

„Hat das was mit dem zu tun, was vor ein paar Tagen passiert ist? Normalerweise bereitet so etwas niemandem schlaflose Nächte, es sei denn …" Beinahe hätte Ben den Satz selbst beendet, obwohl er es nicht vorgehabt hatte.

„Es sei denn was?"

„Es sei denn, dieser Jemand empfindet mehr als nur Freundschaft für jemand anderen."

„Ich bin nicht schwul, schon vergessen?"

„Nein, ich erinnere mich. Wieso dann der Sturm und Drang?"

„Ich habe noch nicht mal eine Ahnung, was das jetzt heißen soll."

„Das soll heißen, dass es seltsam ist: Erst nennst du mich eine Schwuchtel, dann plötzlich tauchst du …"

„Okay, okay." Travis machte eine Pause. „Du hattest recht bei der Sache mit dem Knie unter dem Tisch."

Ben atmete aus. „Endlich. Du gibst also zu, dass da etwas im Gange ist?"

„Vielleicht. Ich weiß nicht. Ich dachte, wir wären Freunde, Ben. Mindestens. Aber dann hat sich irgendwas verändert und … verdammt, ich weiß nicht, was da los ist. Ich kann an nichts anderes mehr denken. Ich kann nicht essen und nicht schlafen. Und ich habe keine Ahnung, wie es jetzt weitergehen soll."

Ben drehte sich ganz zu Travis um.

„Ich glaube, ich schon."

Ohne Vorwarnung beugte Ben sich vor und küsste ihn. Travis' Lippen zitterten vor Aufregung, seine Augen waren weit aufgerissen. Aber er wich nicht zurück. Ben zog sich für einen Moment zurück, küsste Travis dann wieder. Und wieder. Sechs Küsse, dann sieben. Und acht. Den achten Kuss erwiderte Travis.

Ben hatte seine Antwort.

Er wich zurück und sah Travis in die Augen. Ein Bus der Linie 10 fuhr in die Haltebucht. Ben winkte ihn vorbei und lehnte sich dann auf der Bank zurück.

„David und ich haben uns getrennt. Ich will nicht, dass du denkst, ich würde dich küssen, obwohl ich einen Freund habe. Also, jetzt die Entschuldigung. Ich bin Verteidiger, und wenn ich mein eigener Klient wäre, würde ich auf vorübergehende Unzurechnungsfähigkeit plädieren." Er blickte nach unten und gestikulierte mit den Händen. „Ich bin nicht immer stark. Wie du gesagt hast, ich bin eher ein Einzelgänger. Irgendwie passe ich nicht in Colins Welt, aber ich versuche es und benehme mich dabei wie ein Vollidiot. Für einen Moment war ich schwach, und es tut mir leid."

„Naja, mir tut es leid, dass ich dich mit dem S-Wort beschimpft habe."

„Das schreiben wir dann eben genauso als einen Moment der Schwäche ab."

Travis stellte den Kragen seiner Jacke auf, um sich warm zu halten. „Vielleicht bin ich nicht der Richtige für dich, Ben. Ist es dir peinlich, mit jemandem wie mir in Verbindung gebracht zu werden?"

„Nein. Auf keinen Fall. Ich verspreche dir, dass so etwas nie wieder vorkommen wird. Ich arbeite an mir, Travis. Das habe ich weiß Gott nötig. Aber ich habe wirklich kein Problem mit deinem Job, und es war idiotisch von mir, Colin deswegen anzulügen. Es tut mir ehrlich leid."

„Warum hast du mich geküsst?"

„Warum hast du meinen Kuss erwidert? Denn das hast du – den achten. Du hast mich eindeutig auch geküsst."

Travis wandte sich ab und beobachtete den Verkehr.

„Ich verstehe nicht, was los ist."

„Ich weiß, du hattest noch nie etwas mit einem Mann. Aber letzte Woche bist du meiner Frage ausgewichen. Wolltest du es jemals ausprobieren?"

Travis schwieg und biss sich auf die Unterlippe.

„Ich habe darüber nachgedacht. Vor kurzem."

„Vor kurzem … Heißt das, seit du mich kennst?"

„Ja."

„Aber davor noch nie?"

Travis schüttelte den Kopf.

Ben atmete hörbar aus und verdrehte die Augen. „Tja, und genau das glaube ich dir nicht. Ich weiß, dass es angeblich Hetero-Männer gibt, die nur bei einem bestimmten Mann eine Ausnahme machen. Aber das halte ich für einen Mythos. In der Realität gibt es so etwas nicht, nur in Liebesromanen und Schwulenpornos."

„Ich kann es nicht erklären."

Ben beschloss, das Thema zu wechseln. Es gab Wichtigeres zu besprechen. „Bitte sag, dass du mir verzeihst, Travis."

„Natürlich verzeihe ich dir. Solange du mir auch verzeihst, dass ich dieses Wort benutzt habe."

„Abgemacht."

Ben streckte ihm die Hand entgegen und Travis drückte sie. Fest und bestimmt. Travis sah Ben an, dann zog er seine Hand zurück und wandte seinen Blick wieder der Straße zu.

Die beiden Männer saßen für eine Weile schweigend nebeneinander.

„So", sagte Travis. „Jetzt haben wir also darüber gesprochen."

„Ja, zum Glück", antwortete Ben.

„Du verlangst aber nicht heute noch eine Entscheidung von mir, oder?"

„Natürlich nicht."

Ben schaute Travis an. Er wirkte besorgt. Da begriff Ben.

„Du kommst damit nicht klar. Oder?"

„Was?"

„Auf einen Mann zu stehen. Einen Mann zu küssen. Die Möglichkeit, mit einem Mann zusammen zu sein."

Travis zögerte. „Ich …"

Einen Moment lang sah es so aus, als wollte er Ben sein Herz ausschütten, aber dann nahm er sich zusammen.

„Ich weiß es nicht."

Ben nickte gedankenverloren.

„Okay. Trübe Wasser."

„Was soll das sein?"

„Das hat mein Vater immer gesagt. Wenn alles verwirrend und undurchsichtig ist, sollen wir es wie trübes Wasser behandeln. Anhalten. Still sitzen. Warten, bis sich der Dreck abgesetzt hat, dann wird das Wasser klar."

„Heißt das, dass ich nicht mehr rüberkommen soll?"

Ben lachte. „Nein, das meine ich nicht. Ich finde nur, wir sollten uns zurückhalten. Die Sache entspannt angehen. Einfach sehen, was passiert. Bevor wir entscheiden, unsere Männerfreundschaft auszuweiten."

Travis lachte und rieb sich die Augen. „Unsere Männerfreundschaft? So könnte man es auch nennen."

„Allerdings. Komm, lass uns zurückgehen. Bestimmt fragen sich schon alle, wo wir abgeblieben sind."

Sie standen von der Bank auf, und sie gingen zurück. Als sie bei Mrs. Wrights Haus ankamen, blieben sie unter der Straßenlaterne stehen. Travis starrte auf seine Füße, obwohl er offensichtlich noch etwas loswerden wollte.

„Was ist los?", fragte Ben.

Travis trat mit seinem Stiefel einen kleinen Stein weg.

„Es gibt da etwas, was du über mich wissen solltest. In erster Linie, dass ich ein armseliger Feigling bin. Aber seit ich dich getroffen habe, will ich eigentlich kein Feigling mehr sein. Seitdem will ich Chancen wahrnehmen, genau das versuche ich hier gerade. Wir wissen beide, dass nichts im Leben sicher ist. Sollten wir uns entscheiden ...", er grinste und blickte auf, „du weißt schon, unsere Männerfreundschaft nicht auszuweiten, könntest du es noch einmal tun?"

Ben schaute zuerst verwirrt drein, aber dann verstand er.

„Du meinst, dich küssen?"

Travis nickte. „Ja. Nur damit ich mich daran erinnern kann, wie es sich anfühlt, für den Fall, dass ... die Sache doch nicht funktioniert."

Ben sah ihn an und schluckte. Er brauchte sich nicht zu überwinden. Er beugte sich langsam vor, bis ihre Lippen nur noch wenige Zentimeter voneinander entfernt waren. Dann hielt er inne. Sie sahen einander in die Augen.

„Was werden die Nachbarn denken?", fragte Ben sanft.

„Unser Viertel kann einen anständigen Skandal gebrauchen."

Ben beugte sich weiter vor und berührte mit den Lippen Travis' Mund. Erst ganz sachte, dann, einen Moment später, etwas intensiver. Travis schlang ihm die Arme um den Hals, als Ben mit der Zunge in Travis' Mund vordrang. Ben zog Travis an sich. Als er ihm die Arme um die Taille legte, brach der ganze angestaute Frust der vergangenen zwei Wochen aus ihm heraus. Er packte Travis, umklammerte ihn so fest, dass er ihn schier erdrückte und konnte endlich seiner Trauer freien Lauf lassen. Bald schmeckte Ben seine salzigen Tränen, die sich in ihren Küssen verloren. Er löste den Kuss und legte seine Stirn an Travis'.

„Ich fühle es", sagte Ben. „Es ist so weit. Sie kommen nicht zurück, richtig?"

Travis hielt ihn im Arm, als Ben in Tränen ausbrach.

„Nein, Ben. Sie kommen nicht zurück."

10

NACHDEM BEN sich wieder gefangen hatte, saßen er und Travis noch eine weitere Stunde lang auf dem Bordstein und unterhielten sich. Ben erklärte, wie der Plan für den Umzug nach New York zustande gekommen war, was ihnen einen weiteren Grund lieferte, ihre Beziehung vorerst nicht zu intensivieren. Nachdem sie sich endlich voneinander verabschiedet hatten, ging Ben ins Haus und überzeugte seine Brüder davon, dass er sich mit Travis versöhnt hatte. Am nächsten Tag, nachdem Colin und David abgereist waren, klopfte Travis an die Tür. Er hatte ein neues Rezept, das er gerne ausprobieren wollte.

„Meine Güte", murmelte Quentin Ben zu, während Cade und Jason Travis halfen, seine Einkäufe in die Küche zu tragen. „Jetzt denkt er sich schon fadenscheinige Ausreden aus, um Zeit mit dir verbringen zu können."

Ben war überrascht. „Wovon redest du? Er ist hier schon monatelang ein- und ausgegangen, bevor ich überhaupt aufgetaucht bin."

„Aber er hat nie so etwas wie ein neues Rezept vorgeschoben. Ich weiß nicht, großer Bruder. Ich glaube, für dich könnte er schwul werden."

Nach dem Kuss war sich Ben ziemlich sicher, dass Quentin recht hatte, aber er war sich auch sicher, dass seine Brüder nicht alles wissen mussten, also stellte er sich dumm.

„Man wird nicht ,für jemanden' schwul", sagte Ben und verdrehte die Augen.

„Wenn man Kinsey glaubt …"

„Der Typ war ein Quacksalber. Seine Studien wurden nicht anständig kontrolliert, das sind bestenfalls Anekdoten. Die aktuellsten Studien aus 2005 belegen, dass die sexuelle Orientierung bei Männern festgelegt ist. Kannst du ruhig googeln."

„Streich dir den heutigen Tag im Kalender an", forderte Quentin. „Ich weiß etwas, was du nicht weißt."

„Unmöglich."

„Ist aber so. Ich habe es nämlich schon gegoogelt. Eine Studie der Northwestern Universität aus dem letzten Jahr hat die Teilnehmer anhand von neuen Kriterien ausgewählt. Das Ergebnis war, dass Bisexualität real ist und in allen möglichen Spielarten vorkommt. Was total offensichtlich ist. Du bist nicht auf dem neuesten Stand und benutzt überholte Argumente, um die Wahrheit zu vertuschen."

„Ich bin Anwalt, Quentin."

„Travis benimmt sich anders, seit du hier bist. Und gestern Abend, als er herausfand, dass du ihn so hintergangen hast, hast du da sein Gesicht gesehen?"

„Ich habe ihn nicht hintergangen."

„Es hat ihm das Herz gebrochen. So würde ich es beschreiben. Du etwa nicht?"

„So ein Quatsch. Ich habe dir doch gesagt, wir haben uns ausgesprochen."

„Ich bin beeindruckt, wirklich. Wieso findet dich bloß jeder so verdammt charmant?"

„Wenn du es rausfindest, lass es mich wissen."

„Scheiße", sagte Quentin. „Ich wette einen Hunderter, dass er auf dich steht."

Ben überdachte das Angebot. Seiner Meinung nach würde er in jedem Fall gewinnen.

„Die Wette gilt."

An diesem Abend erwähnten weder Travis noch Ben den Kuss. Am nächsten Tag mussten die Jungen das erste Mal nach dem Tod ihrer Eltern wieder zur Schule, und Travis blieb nach dem Abendessen nicht mehr lange. Einige Abende später kam er allerdings wieder. Die beiden kamen wunderbar miteinander aus, solange sie das Tabuthema nicht ansprachen. Also ließen sie es bleiben, und nach einigen Tagen taten sie einfach so, als hätte jener Kuss nie stattgefunden – obwohl Ben jedes Mal daran dachte, wenn Travis sich verabschiedete.

Trübe Wasser, rief er sich in Erinnerung.

Zwischenzeitlich beschäftigte Ben sich damit, herauszufinden, wie man einen Haushalt führte – oder zumindest mit der Frage, wen er einstellen musste. Wenn er jemanden dafür bezahlen konnte, eine Aufgabe zu übernehmen, irgendeine, dann würde er es tun. Wäsche, Hausputz oder die Mahlzeiten – Ben delegierte alles. Sein Vater hatte eine hohe Lebensversicherung abgeschlossen, und zusammen mit Bens Gehalt hatten die Brüder also keine Geldsorgen.

Seine Brüder gewöhnten sich an die neuen Umstände, da sie keine andere Wahl hatten. Sie wollten nicht zum Alltag übergehen. Genau genommen trauerten sie im Verlauf des Winters immer tiefer. Mit einem Feuer im Kamin, das die Kälte fernhielt, verbrachten sie die Abende und Wochenenden auf dem Sofa und schauten Filme, obwohl Travis dauernd vorschlug, zum Essen auszugehen oder mit Cade Basketball zu spielen.

Travis wurde zum integralen Bestandteil ihres Lebens. Er half mit den Mahlzeiten und chauffierte die Jungen durch die Gegend. Ben brauchte genauso dringend wie seine Brüder jemanden, der sich um ihn kümmerte, und das übernahm Travis ebenfalls. Er hörte Ben stundenlang zu, wenn er reden wollte. Er kannte seine Situation; er wusste, wie es war, keine Eltern mehr zu haben. Quentin, Cade und Jason sahen in Travis eine feste Größe, ein Bindeglied zur Vergangenheit, aber für Ben war er ein verdammter Held.

Ben verbrachte den Rest seiner Zeit damit, den Umzug der Walshs nach Manhattan zu planen. Sein Chef hatte seine fünfmonatige Auszeit abgesegnet, was

Ben vermutlich Colin zu verdanken hatte. Seine Erziehungsversuche verliefen anfangs holprig; die Elternrolle lag ihm offensichtlich nicht gerade im Blut.

Cade prügelte sich auf dem Schulhof, weil jemand seinen Bruder eine Schwuchtel genannt hatte. Ben fragte nicht, welchen Bruder. Cade hatte wenig zu dem Vorfall zu sagen, außer, dass er es wieder tun würde. Letztendlich beschloss Ben, ihn nicht zu bestrafen. Cade wusste, was das Wort „Schwuchtel" bedeutete, und dass es auf Ben zutraf. Ben wusste, was er hätte tun sollen – er hätte Cade andere Wege aufzeigen sollen, mit Konflikten umzugehen. Friedliche Wege. Aber er tat es nicht und ließ die Sache stattdessen auf sich beruhen.

Jason hasste seine Schule, aber als Ben ihn fragte, ob er gehänselt wurde, verneinte er das. Er zog sich noch mehr als üblich zurück, blieb zwar im Wohnzimmer, wenn alle anderen einen Film schauten, las aber stattdessen ein Buch. Aus irgendeinem Grund kam Ben nie dazu, Jason auf seine Knutscherei anzusprechen. Der Zeitpunkt war immer irgendwie unpassend, und merkwürdigerweise war ihm das Thema unangenehm. Colin weigerte sich standhaft, preiszugeben, worüber er mit Jason gesprochen hatte, und verteidigte damit Jasons Recht auf Privatsphäre.

Quentin hielt Ben in Atem. „Pass auf", erklärte er Ben eines Abends, „ich verstehe, unter was für einem Druck du stehst. Wirklich. Und ich werde mein Bestes tun, um das zu respektieren. Aber ich bin sechzehn. Da ist man eben manchmal ein bisschen verpeilt, das weißt du so gut wie ich. Ich bin mir sicher, dass ich Fehler machen werde. Große Fehler. Naja, nicht den mit der Schwangerschaft, aber irgendeine Dummheit mach' ich ganz bestimmt. Trotzdem, ich verspreche mein Bestes zu geben, denn ich weiß, dass du das auch tust." Er hielt einen Moment inne und sagte dann: „Und, apropos sechzehn, ich muss meinen Führerschein machen."

„Hast du etwa noch keinen?"

„Ich bin beim ersten Mal durch die Prüfung gefallen."

„Wirklich? Hast du abgewürgt oder was?"

„So ähnlich."

Ben wollte Quentin unterstützen und sich nicht über ihn lustig machen.

„Ist nicht schlimm, Q. Colin kann auch nicht fahren. Wir kümmern uns gleich nächste Woche drum." Beim zweiten Versuch bestand Quentin die Prüfung. Obwohl Ben ihm viel Freiraum gab, hatte er sich heimlich entschlossen, die moderne Technik zu seinem Vorteil zu nutzen und eine GPS-App auf Quentins Handy geschmuggelt. So konnte er wenigstens immer sehen, wo Quentin war.

Ende Januar stellte Ben fest, dass er und seine Brüder sich nach und nach mit dem unaussprechlich tragischen Verlust arrangierten. Ben spürte, wie sein Plan klarer wurde. Vielleicht würde ihr weiteres Leben doch nicht so schrecklich werden wie gedacht.

Und dann war da noch die Sache mit Travis, dem Hetero, der sich als nicht ganz so hetero herausgestellt hatte. Schwul für Ben, vielleicht doch? Es war verwirrend. Bestimmt war angesichts des geplanten Umzugs nach New York jeder Versuch, eine echte Beziehung aufzubauen … verrückt? Unverantwortlich?

Unnötig? Aber da war dieser Kuss gewesen. Er hatte alles verändert. Das konnten sie beide nicht abstreiten. Den ganzen Januar über hatte jede ausgiebige Umarmung zum Abschied, jede beiläufige Berührung in der Küche, jedes geflüsterte Wort, Ben an diesen Kuss erinnert. Er kannte die Gründe für ihren Entschluss, sich zurückzuhalten. Aber wenn er diese Hindernisse offen ansprach, würden sie hoffentlich auch einen Weg finden, sie gemeinsam zu überwinden.

ALS BEN und Travis an einem Samstagabend im Februar zusammen im Wohnzimmer saßen, beschloss Ben daher, einen Versuch zu wagen. Sie hatten einen Film zu Ende gesehen und Travis musste erst am Montag wieder arbeiten. Die Brüder waren alle schon im Bett. Als Travis seine Stiefel anzog, stand Ben auf, ging zum Schreibtisch seines Vaters und nahm zwei Notizblöcke heraus. Er schnappte sich einige Stifte und ließ alles neben Travis aufs Sofa fallen.

„Wofür ist das?"

„Wir spielen ein kleines Spiel", antwortete Ben.

„Was für ein Spiel?", fragte Travis.

Ben setzte sich, nahm einen Block auf den Schoß und einen Stift in die Hand.

„Wir schreiben jeder eine Liste. Die fünf Dinge, vor denen wir am meisten Angst haben …"

„Was soll das werden? Hast du die letzte Staffel Oprah gesehen?"

„… was unsere Beziehung betrifft", beendete Ben seinen Satz.

Travis schwieg. Dann nahm er sich wortlos den anderen Block und einen Stift.

„Die wichtigsten fünf, hm?"

„Die fünf wichtigsten Gründe dafür, dass wir einen Monat später immer noch hier sitzen und diesen Kuss nie wiederholt haben. So, jetzt habe ich es gesagt. Erinnerst du dich? Vor einem Monat haben wir rumgeknutscht und sind dann dazu übergegangen, wieder nur Freunde zu sein. Aber ich glaube, der rein freundschaftliche Teil unseres kleinen Abenteuers ist vorbei."

Travis dachte kurz über den Vorschlag nach. Dann schrieb er „Meine Liste" auf das oberste Blatt des Blockes.

„Dann mal los", sagte er.

Ben blickte auf den leeren Block in seiner Hand. Er wollte nicht zu schnell schreiben und Travis damit drängen. Schließlich war es Bens Idee gewesen, und er hatte sich die einzelnen Punkte seiner Liste schon überlegt. Aus dem Augenwinkel beobachtete er, wie Travis grübelte, dann etwas hinkritzelte, dann wieder grübelte. Erst als es so aussah, als sei Travis fast fertig, begann Ben zu schreiben.

Bens Liste
Es macht mir Angst, dass du nicht schwul bist.
Ich will deine Beziehung zu meinen Brüdern nicht versauen.

Dein erster und einziger Mann zu sein setzt mich sehr unter Druck.
Ich sehe keine Zukunft für uns.
Wir ziehen in vier Monaten nach New York.

Sie legten gleichzeitig ihre Stifte ab.
„Wie machen wir das jetzt?", fragte Travis.
Anstatt zu antworten, riss Ben das oberste Blatt von seinem Block und reichte es Travis. Die Männer tauschten ihre Listen aus. Ben schaute auf den Zettel in seiner Hand und begann zu lesen.

Meine Liste
Bin nicht sicher, ob ich schwul bin.
Was, wenn ich kein Bottom bin :(
Quentin/Jason/Cade
Vertraue dir nicht (Bastard)
Ihr zieht in vier Monaten nach NYC

Eine Weile saßen sie schweigend da. Ben nahm sich Zeit, über jedes einzelne Wort nachzudenken. Travis' Liste hatte ihm einen Stich versetzt, aber zumindest waren sie sich mehr oder weniger einig.
„Du vertraust mir nicht?", fragte Ben.
„Nicht hundertprozentig."
„Warum nennst du mich Bastard?"
„Das war ein Witz. Naja, irgendwie. Alles hat seine Konsequenzen, Ben. Sag, was du willst – es war dir unangenehm, Colin zu sagen, dass ich Mechaniker bin. Ich wünschte, das wäre nie passiert. Mit der Zeit kann sich so was natürlich ändern, aber im Moment kann ich das noch nicht vergessen."
Ben beschloss, die Sache abzukürzen.
„Denkst du manchmal an Sex mit mir?"
Travis wurde rot, aber er wirkte nicht verlegen.
„Aber klar doch. Ständig. Wenn du Spielchen spielen willst, wie wär's, wenn wir uns jetzt mal fünf gute Gründe ausdenken, die dafür sprechen."
„Okay", nickte Ben. „Spiel läuft."
„Nummer eins. Ob ich schwul bin oder nicht, wen interessiert das? Ich habe den ganzen letzten Monat über nur an dich denken können, also fühle ich mich im Moment ziemlich schwul. Und damit geht's mir auch ganz gut."
„Meine Nummer zwei und deine Nummer drei sind dasselbe. Meine Brüder."
„Wir dürfen nichts tun, was ihnen irgendwie schaden könnte."
„Gut, einigen wir uns darauf. Ganz gleich, was wir tun, ihnen gegenüber ändert sich nichts."
„Einverstanden."
„Es gibt nur einen Weg, um herauszufinden, ob du ein Bottom bist."

„Und du wirst dich damit abfinden müssen, mein erster und einziger Mann zu sein. Da kommst du bestimmt drüber weg, Obi-Wan."

„Du vertraust mir nicht."

„Noch nicht. Aber du kannst dir keine Zukunft für uns vorstellen."

„Noch nicht."

Sie lasen beide noch mal die Listen durch, überdachten Punkt fünf. Travis atmete tief ein und begann zu sprechen.

„Der letzte Punkt ist eine harte Nummer, vor allem, wenn man bedenkt, was in den letzten sechs Wochen alles passiert ist. Ausgerechnet wir beide wissen ja wohl am besten, dass nichts im Leben sicher ist. Müssen wir für unsere Entscheidung wirklich etwas berücksichtigen, das in vier Monaten *vielleicht* passieren könnte?"

„Du meinst, bis dahin könnten wir beide schon tot sein."

„Genau das meine ich."

Ben schwieg für einen Moment.

„Ich habe von dir geträumt."

Travis grinste. „Wann?"

„Als David hier war. Am Morgen. In meinem Traum warst du bei mir. In meinem Bett. Ich denke immer und immer wieder über diesen Kuss auf der Straße nach. Travis, ich will mit dir schlafen. Ich weiß, es gibt fünf gute Gründe dagegen, aber im Moment fällt mir nur ein einziger verdammt guter Grund ein, und der spricht dafür."

Travis sah Ben direkt an. „Ich verstehe. Und ich bin dabei."

„Ich will nicht, dass du verwirrt bist."

„Ich bin ein großer Junge, Ben. Ich weiß, was ich tue. Vielleicht war ich vor einem Monat verwirrt, aber jetzt nicht mehr."

Sie sahen einander an.

„Wenn wir es tun, wird es dein erstes Mal mit einem Mann sein."

Travis lächelte. Ben nahm etwas Neues in seinen Augen wahr.

„Ich bin aufgeregter, weil es mein erstes Mal mit dir sein wird."

„Bist du bereit?"

Travis richtete sich auf.

„Ja. Ich bin bereit."

Ben stand vom Sofa auf und wartete. Travis stand ihm gegenüber.

„Kein Gästezimmer mehr", sagte er.

Ben lachte und nahm seine Hand. Sie gingen in Bens Zimmer und schlossen die Tür. Sie setzten sich nebeneinander aufs Bett.

„Die Jungs wissen, dass sie hier nicht einfach reinplatzen können, oder?"

„Was denkst du denn?", antwortete Ben.

Travis entledigte sich seiner Stiefel und grinste.

„Ich denke, dass ich den ganzen Tag auf den Beinen war. Ich könnte eine Fußmassage gebrauchen."

„Du Prinzessin", scherzte Ben.

Travis sprang hinter Ben auf das Bett. Er rutschte vor, bis seine Brust an Bens Rücken lag. Dann schlang er ihm die Beine um die Taille und legte Ben seine Füße in den Schoss. Er trug weiße Socken. Ben streifte sie ihm ab und enthüllte sein ganz persönliches Stückchen Himmel. Er berührte und rieb Travis' Füße, ertastete ihre Perfektion mit seinen Fingern. Er schob Travis weiter nach hinten, drehte sich zu ihm um und schubste ihn auf den Rücken. Travis' Beine lagen immer noch um Bens Taille, als Ben sich zu ihm hinunterbeugte und ihn küsste, sich mit dem ganzen Körper an ihn drückte. Travis legte ihm die Arme um den Hals.

„Du kannst gut küssen", sagte Travis.

„Danke, du auch."

„Ich mag es, wie deine Bartstoppeln sich anfühlen. Aber wir haben zu viele Kleider an."

Travis begann, an Bens Hemd zu zerren. Sie standen auf und zogen in Windeseile alles aus. Schon nach wenigen Sekunden standen sie sich nackt gegenüber.

„Menschenskind", sagte Travis und starrte auf Bens hart werdenden Penis. „Der ist ganz schön groß."

Ben nahm Travis' Schwanz in die Hand. Er sah nach gut achtzehn Zentimetern aus. Ben konnte die blauen Adern sehen, die unter der blassen Haut verliefen. Travis stöhnte, als Ben ihm mit dem Daumen durch das weiche rote Schamhaar strich und dann seine unbehaarten Hoden umfasste. Immer noch starrte er auf Bens Schwanz, der jetzt voll erigiert hochragte.

„Nur zu", sagte Ben. „Fass ihn an. Ich möchte, dass du es tust."

Travis zögerte erst, aber dann griff er zielstrebig zu. Er umfasste den Schaft von Bens inzwischen steinhartem Schwanz und bewegte seine Hand langsam vor und zurück. Manchmal drückte er, manchmal strich er mit den Fingern sanft an der Unterseite von Bens Schaft entlang.

„Wie findest du das?", fragte Ben.

Travis lächelte, dann lachte er.

„Das ist geil."

Ben ging auf die Knie und schaute erst Travis an, dann den pulsierenden Ständer vor seinem Gesicht. Er nahm Travis' Schwanz in den Mund, gleich bis zum Ansatz. Ben bekam ihn mit Leichtigkeit ganz in den Rachen und genoss es, sein Können einzusetzen. Er packte Travis' Hände und legte sie sich auf den Hinterkopf, als Aufforderung, ruhig etwas rauer zur Sache zu gehen. Da Travis dem nicht nachkam, zog Ben sich zurück und blickte zu ihm auf.

„Ich gehe schon nicht kaputt. Sex mit Männern kann etwas mehr …"

„Das ist es nicht. Aber wenn du so weitermachst, komme ich gleich. Ich würde mir lieber Zeit lassen."

„Oh", sagte Ben. Er stand auf und nahm Travis in die Arme. „Leg dich hin", sagte er.

„Auf den Bauch?"

„Wie es für dich bequemer ist. Auf den Bauch, auf den Rücken, wie du willst."

Travis legte sich auf den Bauch.

„Ich weiß, worauf du es abgesehen hast", stichelte er und wackelte mit dem Hintern. „Ist es nicht so?"

Der Anblick von Travis' Arsch verschlug Ben praktisch den Atem. Er sah genau aus wie in seinem Traum – wie aus Marmor gemeißelt. Er liebkoste ihn mit beiden Händen, zog die Backen auseinander und nahm die jungfräuliche Rosette in Augenschein, die ihn dazwischen erwartete. Sofort ging Ben mit der Zunge ungehemmt auf Erkundungstour. Gierig leckte er das Arschloch. Travis reagierte, als wüsste er genau, was Ben wollte. Weder schrie er auf noch wehrte er sich gegen Bens Angriff, sondern schob sich ihm sogar noch entgegen, griff nach ihm und drängte ihn, mit der Zunge noch tiefer einzudringen. Ben holte aus und ließ seine Handfläche auf Travis' weiße Arschbacke klatschen, aber Travis stemmte sich ihm danach nur umso heftiger entgegen.

So machten sie einige Minuten weiter, bis Travis sich Bens Angriff entzog und auf den Rücken drehte. Er hob die Beine und wackelte vor Bens Gesicht mit den Füßen. Ben schnappte danach und kostete jeden einzelnen Zeh.

Die Fußspiele machten Ben so geil, dass er Kondome und Gleitgel aus der Nachttischschublade nahm und beides aufs Bett warf. Travis schaute hin, und ein Hauch Nervosität huschte über sein Gesicht.

„Also", sagte Travis. „Da wären wir."

„Da wären wir. Es sei denn, du willst einen Rückzieher machen."

„Nein, wir tun es jetzt. Ich muss wissen, was Sache ist. Schluss mit dem Leben als Feigling."

„Bist du dir sicher?"

Travis warf den Kopf in den Nacken und lachte. „Ja, verdammt. Ich bin mir sicher."

Ben streifte sich ein Kondom über und überlegte, wie er anfangen sollte. Bottom oben hielt er für machbar, aber dabei musste er die Führung übernehmen. Er wollte Travis ansehen und küssen können. Also machte er es sich zwischen Travis' Beinen bequem und hob eins seiner Knie. Er veränderte seine Haltung, bis die Spitze seines Schwanzes an Travis' wartendes Loch stieß.

„Ich bin der erste, der dich fickt?", fragte Ben. „Der Allererste?"

„Der Allererste."

„Das ist so geil."

Ben drückte leicht. Zuerst spürte er nur Widerstand, also zog er sich wieder zurück. Er begann, Travis zu küssen, leckte seine Lippen und knabberte daran, rieb dabei sanft seinen Schwanz an der engen Öffnung. Schließlich glitt die Spitze hinein und Travis keuchte auf.

„Nicht wegziehen", mahnte Ben.

Travis hielt still, umklammerte aber Bens Nacken fester.

„Es tut weh."

„Zähl' bis acht."

„Warum acht?"

„Ich weiß nicht. Funktioniert aber immer."

Travis begann zu zählen.

„Fünf, sechs, sieben, acht."

„Jetzt küss mich", sagte Ben.

Travis küsste ihn innig auf den Mund und lenkte sich damit ab. Sein ganzer Körper entspannte sich, und Ben konnte seinen Schwanz im Zeitlupentempo vorschieben.

„Tut es noch weh?"

„Nein."

„Siehst du, ich habe es dir ja gesagt."

„Acht Sekunden", murmelte Travis.

„Was?"

„Acht Sekunden. Solange muss der Reiter auf dem Bullen bleiben. Beim Rodeo."

Travis streichelte Bens Nacken und fuhr ihm mit den Fingern durchs Haar. Ben spürte, wie er sich öffnete, als ihre Lippen sich wieder trafen.

„Travis?"

„Ja."

„Ich bin drin. Ganz."

Travis atmete tief ein. Ben zog ihn hoch, sodass sie sich im Schneidersitz gegenübersaßen und Bens Schwanz aufrecht in Travis' Arsch steckte.

„Leg' mir die Arme um den Hals", forderte Ben ihn auf.

„Bin ich dir nicht zu schwer?"

Ben lachte.

„Nein. Das klappt schon. Glaub mir."

Travis legte die Arme um Bens Hals und küsste ihn erneut. Sie verharrten so in einer Art Lotusposition, küssten sich liebevoll und stöhnten leise vor Lust. Gelegentlich machte Travis reibende Bewegungen mit dem Hintern, bewegte sich auf Bens Schwanz auf und ab, wie um seine Länge und Dicke zu erspüren. Ben lehnte sich leicht zurück, um ihn ansehen zu können. Und da sah er es: Travis verdrehte die Augen.

„Passt er?", fragte er.

„Meine Güte", stöhnte Travis. „Ich hatte ja keine Ahnung. Passt perfekt."

Ben winkelte die Beine an und rollte Travis auf den Rücken. Er küsste ihn und zog dabei seinen Schwanz ganz heraus. Als er wieder eindrang, wölbte Travis den Rücken und hob die Beine, um Platz für Bens volle Länge zu schaffen. Ben wiederholte die Bewegung wieder und wieder, fickte Travis in gleichmäßigen, langsamen, tiefen Stößen. Danach steigerte er allmählich das Tempo, drang aber bei jedem Stoß nur noch mit den ersten paar Zentimetern seines Schwanzes in Travis ein.

„Was machst du da?", stöhnte Travis.

„Ich dehne dein Loch."

„Du machst mich ganz schön geil, würde ich sagen."

„Funktioniert es?"

„Verdammt gut sogar. Besorg' es mir."

Also ging Ben richtig zur Sache, drang tiefer ein und begann dann ernsthaft zu ficken, schob sich auf dem Bett vor und zurück und erhöhte bei jedem Stoß die Geschwindigkeit. Travis schlang ihm die Arme noch fester um den Hals und atmete immer schneller.

„Ben? Ich glaube …"

„Was ist los?"

„Nichts. Hör nicht auf. Fick mich. Aber ich glaube, ich spritze gleich ab."

Anstatt zu antworten, rammte Ben seinen Schwanz noch tiefer in Travis' Arsch. Travis stöhnte laut auf, und Ben wurde schneller. Er fuhr Travis mit den Lippen über die Wange und küsste ihn leidenschaftlich. Als er spürte, wie sich Travis' Körper verkrampfte, wusste er, was zu tun war. Er stieß langsamer, aber dabei immer kräftiger zu, gab Travis die langen, treibenden Stöße, die er brauchte. Travis warf den Kopf zurück und erstickte seine Schreie.

„Ja. Ja. Fick mich."

Sperma schoss aus Travis' Schwanz und spritzte stoßweise zwischen ihre Körper, was Ben den Rest gab. Er bäumte sich auf und ergoss sich tief in Travis' Arsch. Wohlige Schauer durchliefen seinen Körper. Ben senkte den Kopf und schaute Travis tief in die Augen.

Travis zog ihn an sich und flüsterte ihm ins Ohr: „Mein Arsch gehört dir."

Dabei kamen Ben fast die Tränen. Er brach auf Travis zusammen und ließ alle Anspannung von sich abfließen. Er hatte gerade den besten Sex seines Lebens gehabt. Ein Orgasmus wie eine Offenbarung gepaart mit allem, was er bereits für Travis empfand – das alles berührte ihn emotional auf eine ganz und gar fremdartige Art und Weise. War es das, was ihm immer gefehlt hatte?

Nach einer Weile rollte Ben sich auf den Rücken und legte sich neben Travis.

„Wie ist das überhaupt möglich?", fragte Travis.

„Wie ist was möglich?"

„Dass ich gekommen bin, ohne mich zu berühren. Ich konnte es nicht einmal kontrollieren. Ist das etwa immer so?"

Ben lachte. „Ich weiß nicht. Gesehen hab ich es schon mal, aber es ist selten. Wer weiß? Vielleicht ist es bei dir immer so."

„Verdammt, dann habe ich ein Problem."

„Wieso?"

Travis antwortete nicht darauf.

„Nein. Ich sollte die Klappe halten." Er rollte sich herüber, bis er auf Ben lag. „Bereust du etwas?"

„Machst du Witze? Du etwa?"

„Nein. Aber jetzt würde ich dich am liebsten in eine Pizza verwandeln."

„Typisch Mann", sagte Ben. „Willst du dich waschen?"

„Nein. Ich mag den Geruch."

„Gute Antwort. Lass uns in die Küche gehen, damit du uns etwas zu essen machen kannst."

Aber da sie stattdessen wieder zu knutschen begannen, kamen sie nicht weit. Dabei grinsten sie beide, und als ihnen die Luft ausging und sie sich lachend und keuchend voneinander lösten, schauten sie einander an.

„Was?", fragte Ben atemlos.

„Schlafe ich heute hier?"

„Das würde mich freuen."

„Hast du noch mehr Kondome?"

„Nun hör' sich den einer an", sagte Ben, während er aufstand und auf dem Boden nach ihrer Unterwäsche suchte. Er warf Travis eine Unterhose zu. Travis fing sie auf und streifte sie sich über. „Ich habe eine ganze Packung. Sei also lieber vorsichtig mit deinen Wünschen."

„Wieso?"

Ben zog seine Boxershorts an und öffnete die Schlafzimmertür.

„Altes chinesisches Sprichwort", sagte er, schon auf dem Weg in die Küche. „Wer die ganze Nacht in den Arsch gefickt wird, wacht mit schmerzendem Arschloch auf."

Travis folgte ihm lachend.

„Naja, wie meine Mama immer sagte: Wenn's nicht wehtut, machst du's nicht richtig."

11

ALS BEN am nächsten Morgen aufwachte, glaubte er noch zu träumen. Schließlich lag Travis neben ihm, und die Kurve seiner Schulter und seines Arms sahen genauso aus, wie er sie sich vorgestellt hatte. Er spürte, wie Travis sich an seine Morgenlatte presste. Ben griff sich ein Kondom vom Nachttisch. Er ließ seinen Schwanz in Travis' Arsch gleiten und sie stöhnten gemeinsam auf.

„Der perfekte Morgen", sagte Travis.

Es war kein Traum.

„Guten Morgen", flüsterte Ben.

„Wie spät ist es?"

Ben schaute auf seinen Wecker.

„Zwei Minuten nach sieben."

„Wann wachen deine Brüder auf?"

„Cade wird immer zuerst wach. Wir haben noch etwa eine Stunde."

„Gehen sie nicht mehr in die Kirche?"

„Nein. Aber das war ihre Entscheidung."

Ben fickte Travis sanft, während sie weiterredeten.

„Sollen wir ihnen was sagen?"

Ben hatte noch nicht wirklich darüber nachgedacht. Travis' Arsch hatte seine Gedanken die ganze Nacht über zu sehr gefesselt.

„Was willst du ihnen denn sagen?"

Travis keuchte und griff nach ihm, packte Ben am Hintern und zog ihn an sich.

„Du treibst mich zur Verzweiflung, weißt du das? Ist dir eigentlich klar, dass du alle Fragen mit Gegenfragen beantwortest?"

„Habe ich mir im Jurastudium angewöhnt."

„Tja, es ist verdammt nervig."

Ben begann sich zurückzuziehen.

„Oh nein, das machst du nicht", befahl Travis und hielt ihn fest. „Wehe, du hörst auf. Ich bin doch nicht verrückt. Das heißt nicht, dass ich irgendwas an dir ändern will. Nur, dass ich dir manchmal die Ohren lang ziehen möchte."

Ben lächelte und küsste ihn auf den Hals.

„Also", fuhr Travis fort, „was sollen wir ihnen sagen?"

Ben musste nicht lange über die Antwort nachdenken. „Wir sagen ihnen die Wahrheit."

„Und was ist die Wahrheit? Bist du bereit, dem Kind einen Namen zu geben?"

„Dem Kind einen Namen zu geben?"

„Unsere Beziehung öffentlich zu machen."

Ben kicherte und rammte seinen Penis tiefer hinein. „Nein, dazu bin ich noch nicht bereit. Wäre es für dich in Ordnung, es noch eine Weile geheim zu halten?"

Travis schwieg einen Moment, dann sagte er: „Ist in Ordnung. Für eine Weile."

Zwei Wochen lang hielten Ben und Travis ihr Verhältnis geheim. Da sie kaum die Finger voneinander lassen konnten, nutzten sie jede nur mögliche Gelegenheit. Travis kam fast jeden Tag in der Mittagspause vorbei. Jeden Abend warteten sie, bis die Jungs im Bett waren, und taten es dann wieder. Morgens erwachte Ben häufig schon mit einem Kondom auf dem Schwanz, das Travis ihm übergestreift hatte, weil er ihn besteigen wollte, ehe er sich aus dem Haus schlich. Bei jeder Gelegenheit fickten sie. Mit Blowjobs oder irgendeiner Art von Vorspiel hielten sie sich nicht auf. Wenn Travis Sex wollte, und das wollte er quasi immer, hieß das, dass er Bens Schwanz in seinem Arsch haben wollte. Wenn er einmal drin war, experimentierten sie mit Geschwindigkeiten und Stellungen. Aber wenn Ben versuchte, ihn herauszuziehen, protestierte und jammerte Travis. Ben musste zugeben, dass ihn das anmachte, insbesondere weil Travis stundenlang durchhielt. Häufig führten sie ausführliche Gespräche, während sie bumsten und Ben seinen Penis gemächlich in Travis bewegte. Manchmal machten sie es wie Hunde, im wahrsten Sinne des Wortes, denn Travis hatte Gefallen daran gefunden, sich auf allen vieren nehmen zu lassen. Wenn Ben ihn zum Abspritzen bringen wollte, musste er nur in einem bestimmten Winkel zustoßen, und sehr bald spritzte Travis alles voll.

Schließlich, eines Freitagmorgens, zufällig am Valentinstag, wachte Travis auf und wollte sich nicht wegschleichen. Er rollte sich in Bens Armen zusammen und kuschelte sich in die Kuhle zwischen seinem Hals und seiner Schulter.

„Ich muss dir was gestehen. Ich habe keine Lust, mich hinauszuschleichen, bevor deine Brüder aufwachen. Nicht mehr. Heute ist Valentinstag. Wäre es nicht schön, wenn wir zusammen frühstücken könnten? Wir müssen ihnen sagen, was los ist."

Ben stimmte zu. „Tun wir das. Bleib zum Frühstück und wir sagen es ihnen. Sie werden es besser schlucken, wenn sie nebenbei Pfannkuchen futtern."

Das Gespräch verlief erwartungsgemäß gut. Ben ging ohne Umschweife auf das Thema Sex ein. Er erklärte, dass Travis in Zukunft in seinem Zimmer schlafen würde. Dabei warf er Travis einen Seitenblick zu, da er nicht für ihn sprechen wollte. Seinem Lächeln nach zu schließen hatte Travis damit jedoch kein Problem.

Quentin zeigte sich natürlich kein bisschen überrascht von diesen Neuigkeiten. Ben legte fünf Zwanzig-Dollar-Scheine auf den Tisch und schob sie ihm zu.

„Danke", sagte Quentin, sammelte die Scheine ein und stopfte sie in die Tasche. „Schön für euch, ihr Turteltäubchen. Willkommen in der Familie, Travis. Noch mal."

„Wofür war das denn?", fragte Travis.

„Erzähle ich dir später", sagte Ben.

Cade verstand nicht, wie Travis sein Leben lang auf Mädchen stehen konnte und jetzt plötzlich auf Jungs. Ben erklärte sich darüber auch verwundert, aber Travis zufolge war das Leben eben voller Überraschungen.

„Manche Dinge sind einfach so, wie sie sind. Auch wenn man sie nicht erklären kann."

„Ich weiß nicht", sagte Cade. „Dieses Haus wird immer schwuler. Aber wenn ihr glücklich seid, ist das okay für mich. Glaube ich."

Jason hatte nicht viel zu sagen, und Ben wusste, dass er mit ihm reden musste. Aber das würde warten müssen. Mal wieder. Ben hatte einen Plan für den Valentinstag, sein erstes offizielles Date mit Travis, und dafür musste er noch proben. Daher setzte er sich, nachdem er seine Brüder in die Schule gefahren hatte und Travis zur Arbeit gegangen war, im Wohnzimmer ans Klavier seiner Mutter und frischte seine Kenntnisse auf. Das Kulturamt von Austin hatte in der ganzen Innenstadt Klaviere aufgestellt. Eins davon stand auf der Fußgängerbrücke an der Lamar Straße. Ben hatte in der Highschool bei einigen Musicals mitgemacht und konnte ein wenig Klavier spielen. Er sah die Notenblätter seiner Mutter durch, die sie unter dem Sitz der Klavierbank aufbewahrt hatte. Er fand den Klassiker „*My funny Valentine*" von Rodgers und Hart. Perfekt. Er spielte das Stück einige Male durch, seinem Können entsprechend mit vereinfachten Akkorden.

Weil am Valentinstag alle Welt essen ging, holte Ben stattdessen für sich und Travis etwas aus einem Grillrestaurant zum Abendessen. Inzwischen wusste er, dass nichts Travis so glücklich machte wie ein Teller voll Rinderfilet und Grillwürstchen. Als Travis von der Arbeit kam, führte Ben ihn in den Garten, wo er zwischen den beiden Gartenstühlen einen kleinen Tisch für sie gedeckt hatte.

„Was hast du getan, Obi-Wan?"

„Ich dachte, wir könnten hier draußen ein romantisches Picknick machen. Zur Feier des Tages. Weil wir's den Brüdern gesagt haben."

„Meine Güte. Dir ist es wirklich ernst, was?"

„So hast du es dir doch gewünscht", antwortete Ben lächelnd. „Kein Versteckspiel mehr. Also bitte, da hast du's."

Travis fiel ihm um den Hals und küsste ihn. „Da hab' ich's", echote er. „Hast du mir etwa Rinderfilet *und* Würstchen geholt?"

„Es ist Valentinstag, Travis. Natürlich hab' ich dir beides geholt."

Die beiden Männer setzten sich zu Tisch. Zum Abendessen gab es für jeden eine Flasche Shiner Bock, womit sie auf den Abend anstießen. Travis verputzte nicht nur alles, was er auf dem Teller hatte, sondern auch noch die scharfen Bohnen, den Kartoffelsalat mit Mayonnaise (nicht mit Senf, was in Texas ein wichtiger Unterschied ist), die Essiggurken, Zwiebeln und mehrere Scheiben Weißbrot.

„Du solltest mal in der Werkstatt vorbeischauen", schlug er zwischen zwei Bissen vor.

„Bist du sicher, dass du bereit dafür bist?"

„Naja, gib mir noch ein-, zwei Wochen. Ich muss mir noch überlegen, wie ich es ihnen beibringe."

„Wollen wir heute Abend in die Stadt fahren und einen Spaziergang um den See machen? Es ist ein schöner Abend."

„Sieh an, der nächste Schritt."

„Warum nicht? Wenn ich schon ein Date mit dir habe, will ich auch mit dir angeben."

Travis errötete. „Also echt, Ben. Manchmal übertreibst du maßlos."

Nach dem Essen fuhren sie im Pick-up von Bens Vater in die Stadt und parkten an der Ecke von 7. und West Street. „Laufen wir zum Fluss", schlug Ben vor. „Aber erst holen wir uns im Bioladen noch ein paar Erdbeeren mit Schokoladenüberzug. Wenigstens ein Klischee müssen wir doch heute Abend erfüllen."

Nach dem Dessert steuerte Ben auf die Fußgängerbrücke an der Lamar Straße zu.

„Darf ich deine Hand nehmen?", fragte Ben.

Travis lachte. „Geht das hier in Ordnung?"

„Ja. Du lebst in einer sehr schwulenfreundlichen Stadt. Nur damit du's weißt."

„Das dachte ich mir schon. Ich hab' schon genug Jungs Hand in Hand hier rumlaufen sehen." Er atmete tief ein. „Also ja, du kannst meine Hand nehmen."

Ben grinste von einem Ohr zum anderen, als er nach Travis' Hand griff und ihre Finger ineinander verschränkte. Er wusste, dass die Leute sie anstarrten, aber das gehörte alles zu seinem Plan. Während sie auf die Brücke zugingen, hielt Ben schon von weitem nach dem Klavier Ausschau. Er stieß einen erleichterten Seufzer aus, als er feststellte, dass gerade niemand darauf spielte.

Als sie die Brücke betraten, deutete Ben auf das Klavier. „Siehst du das?", fragte er.

„Was gibt's da zu sehen? Die Fledermäuse?", entgegnete Travis.

„Tut mir leid, Atwood. Fledermäuse fliegen nur im Sommer. Nein, ich meine das Klavier da drüben. Siehst du das?"

„Ja, ich seh's."

„Ich frag' mich, wozu das gut sein soll."

Ben blieb stehen und sprach eine junge Frau an, die mit ihrem Freund am Brückengeländer lehnte. „Entschuldigung. Wisst ihr, warum dort ein Klavier auf der Brücke steht?"

„Davon stehen in der Innenstadt ganz viele", antwortete der Mann. „Man kann sich einfach hinsetzen und darauf spielen. Ist echt cool."

„Danke, Mann", sagte Ben, ging weiter und zog Travis hinter sich her. „Kannst du Klavier spielen?"

Travis lachte. „Nein. Meine Mama hätte nie ihr sauer verdientes Geld für Musikunterricht ausgegeben. Wieso, kannst du's etwa?"

Ben hob die Schultern. „Das werden wir ja gleich sehen."

Er setzte sich ans Klavier und schlug versuchsweise ein paar Tasten an, um zu überprüfen, ob es gestimmt war. Dann legte er mit den ersten Akkorden von „My Funny Valentine" los.

„Was um alles in der Welt machst du da, Obi-Wan?"

Einige Leute waren bereits stehen geblieben, um Ben zuzuhören.

„Ladies and Gentlemen", begrüßte Ben mit lauter Stimme die ständig größer werdende Zuschauermenge, wobei er weiter die Einleitung klimperte. „Mein Name ist Ben und das ist mein Freund Travis."

„Hallo, Ben", und „Hallo, Travis", schallte es vereinzelt aus dem Publikum zurück.

„Travis geht heute zum ersten Mal in seinem Leben mit einem Mann aus. Das heißt, dass ich heute das große Los gezogen habe."

„Willkommen im Club, Travis", rief ein junger Mann von ganz hinten in der Menge.

„Danke", antwortete Travis mit hochrotem Kopf.

„My funny Valentine ...", begann Ben zu singen. Travis lauschte hingerissen; er strahlte vor Freude und Stolz über das ganze Gesicht. „But don't change a hair for me ...", sang Ben weiter, während einige Zuschauer ihre Handys zückten, Fotos machten und das Ereignis über Twitter verbreiteten. Ben spielte den Mittelteil des Liedes leidenschaftlich, das Ende ruhig. Nachdem der letzte Ton verklungen war, fragte Ben: „Travis, willst du mein Valentinsschatz sein?"

Travis blickte sich um. „Naja, ich kann dich ja schlecht vor den ganzen Leuten blamieren, also sag' ich mal lieber ja."

Alle klatschten und jubelten und Ben stand auf, um Travis einen Kuss zu geben.

Am Sonntagabend beschloss Ben, dass es Zeit für ein Gespräch mit Jason unter vier Augen war. Also ließ er Cade und Quentin bei Travis und ging mit Jason in einem Grillrestaurant essen.

„Wie läuft's denn so bei dir?", fragte Ben, nachdem sie sich gesetzt hatten.

Ein Hilfskellner stellte zwei Gläser Wasser auf den Tisch und verschwand wieder. Jason zuckte die Achseln.

„Ganz okay, denk' ich."

„Quentin hat's mir gesagt. Das mit dem Jungen in deinem Zimmer. Tut mir leid, dass ich dich nicht eher darauf angesprochen habe."

Zuerst sagte Jason gar nichts. Dann fragte er: „Krieg' ich jetzt Ärger?"

„Nein, natürlich nicht."

Ein junger Mann trat an ihren Tisch. Er stellte sich als „Joe" vor. „Darf's sonst noch was zu trinken sein, Jungs?", fragte er.

„Ich nehme ein Dr. Pepper", antwortete Ben.

„Ich auch", schloss sich Jason an. „Und kann ich schon mal Pommes haben, bitte? Mit extra Sauce?"

„Aber sicher. Kommt sofort."

Joe ging weg und Jason trank einen Schluck Wasser.

„Ich war's nicht, weißt du."

„Was meinst du?"

„Ich hab' nicht angefangen. Er hat mich zuerst geküsst."

„Macht das einen Unterschied?"

Erneut zuckte Jason die Achseln.

„Wer war dieser Junge?"

„Jake McAlister. Hat gerade angefangen zu studieren."

„Wo hast du den denn kennengelernt? Du bist noch in der Highschool."

„Bei einem OutYouth-Picknick."

„Du warst bei einem OutYouth-Picknick? Ganz allein?"

„Klar, wieso nicht? Ich kann ja wohl schlecht in eine Schwulenbar gehen."

„Habt ihr euch seither noch mal getroffen?"

„Eigentlich nicht, nein. Als Mama so ausgeflippt ist, da ist er auch ausgeflippt, weil seine Mama kein Problem damit hat, dass er ... na, egal. Er hat mir ein paar SMS geschrieben und ich hab' ihn noch mal bei der Weihnachtsfeier gesehen, aber viel zu sagen hatte er mir nicht. Nur ‚hey, wie läuft's?' Langweilig."

„Ist er süß?"

Jason errötete.

„Aber so was von. Ein totaler Justin."

„Justin?"

„So nennen die Mädchen in der Schule einen süßen Typen."

„So wie Justin Timberlake?"

„So wie Justin Bieber."

Ben schüttelte den Kopf und lachte. Joe kam mit ihren Getränken und Jasons Pommes zurück. Die Pommes in diesem Lokal waren legendär; sie wurden erst in Teig getaucht, dann frittiert und mit einer besonderen Tartarsauce serviert. Joe stellte sie in der Mitte des Tisches ab. Ben aß eine. Er hatte vergessen, wie lecker sie waren.

„Du und Colin, ihr habt euch anscheinend auf Anhieb verstanden."

Jasons Augen leuchteten auf, während er weiter kaute.

„OMG, endlich ein Onkel, den ich auch tatsächlich mag. Er hat mir angeboten, ihn Onkel Colin zu nennen. Ist das okay? Hast du gewusst, dass seine Familie eine Yacht hat?"

„Auf der war ich schon mal. Wirst du auch irgendwann."

„Wirklich?"

„Klar. Wenn wir nach New York ziehen, wirst du mit Sicherheit sofort eingeladen."

Ben nahm sich noch eine Pommes.

„Was ist mit Travis?"

„Was soll mit ihm sein?", fragte Ben.

Jason sah verwirrt aus.

„Ihr seid doch jetzt ein Paar, oder nicht?"

„Ich ... Ich weiß nicht, was wir sind. Aber kein Paar. Noch nicht."

„Er hat mir erzählt, was du unten an der Brücke für ihn veranstaltet hast. In dich kann man sich wirklich verknallen, Ben. Aber wenn du findest, dass ihr kein Paar seid ... na, sagen wir mal so: Wird Zeit, dass ihr zwei euch mal gegenseitig klar macht, was Sache ist."

„So weit sind wir noch lange nicht, besten Dank auch."

„Ziehen wir ohne ihn nach New York?"

Ben schaute in die Karte. „Was gibt's denn hier heute Feines?"

Jason aß eine Pommes. Er hatte den Wink mit dem Zaunpfahl verstanden und ging nicht weiter auf das Thema ein.

„Hast du eigentlich nicht daran gedacht, mich anzurufen?", fragte Ben.

„Wann?"

„Als Mama und Papa es herausgefunden haben. Warum hast du da nicht zum Telefon gegriffen?"

Jason starrte in die Karte.

„Hab' ich ja."

„Was soll denn das heißen?"

„Ich hab' dich angerufen. Du hast gesagt, du wärst gerade mitten in einer Besprechung oder so und würdest mich zurückrufen."

Ben saß sprachlos da. Jetzt erinnerte er sich wieder an den Anruf.

„Und ich habe es nie getan."

Jason schüttelte den Kopf.

„Es tut mir so leid."

Jason nickte. „Schon okay."

„Nein, ist es nicht. Ich bin wirklich nicht glücklich darüber, wie ich mich in den letzten Jahren benommen habe. Ich hätte für dich da sein sollen."

„Jetzt bist du ja da. Lass uns in den Frühlingsferien gehen."

„Nach New York?"

„Ja. Und Travis sollte auch mitkommen. Vielleicht will er auch dauerhaft dort leben, wenn er es einmal gesehen hat."

Ben dachte darüber nach.

„Das ist keine schlechte Idee. Colin hatte recht mit dem, was er über dich gesagt hat. Du bist ein kleines Genie."

ALS SIE nach Hause kamen, erklärte Ben Travis, er müsste Colin anrufen und ihm von dem Gespräch erzählen. Er ging in sein Zimmer und schloss die Tür.

„Wir tun es", sagte Ben, als Colin abhob.

„Was?"

„Ich und Travis. Wir ficken wie die Mormonen."

„Seit wann?"

„Seit etwa zwei Wochen."

„Meine Güte, Walsh. Was ist bloß in dich gefahren? Ich dachte, von Hetero-Typen lässt du die Finger."

„Ich breche ständig meine eigenen Regeln. Abgesehen davon kommt er mir gar nicht so hetero vor, wenn er meinen Schwanz im Arsch hat. Mich hat's ganz schön erwischt, Colin. Ich kann die Hände nicht von ihm lassen."

„Tja, ich kann nicht behaupten, dass ich überrascht bin. Das habe ich schon von weitem kommen sehen."

„Am Valentinstag sind wir zum ersten Mal richtig miteinander ausgegangen. Was würdest du davon halten, wenn ich ihn nach New York mitbringen würde? Mit meinen Brüdern? Ich würde ihm in den Frühlingsferien gerne die Stadt zeigen."

„Großer Gott, dich hat es tatsächlich schwer erwischt. Willst du etwa, dass er mit euch nach New York zieht?"

„Das habe ich nicht gesagt."

„War auch gar nicht nötig. Du kannst ja nicht mal mehr klar denken. Aber ich unterstütze dich trotzdem auf jeden Fall."

„Magst du ihn nicht?"

„Ich habe nichts gegen ihn. Aber warum musst du aus dieser Bilderbuchromanze eine echte Beziehung machen? Unter solchen Umständen funktioniert das mit dem Umziehen niemals. Irgendwann nimmt er es dir nur übel, dass du ihn verpflanzt hast."

„Ich will ihn ja nicht zwingen. Ich habe es ihm noch nicht einmal vorgeschlagen. Ich dachte, ich bringe ihn erst mal mit und hoffe, dass die Stadt ihn in ihren Bann zieht. Dann kann er immer noch entscheiden, was er tun will. Was ist falsch daran, ihm eine Option aufzuzeigen?"

„Nichts ist falsch daran. Aber was, wenn er nicht tut, was du dir von ihm erhoffst?"

„Das überlege ich mir, wenn es so weit ist."

„Ich hasse diesen Spruch. Der negiert das Konzept der Planung komplett. Apropos, Jason hat mir vorhin aus dem Lokal eine SMS geschickt. Er hat geschrieben, ihr würdet gerade *das Gespräch* führen. Das wurde ja auch Zeit."

„Dieser Jake McAlister klingt seltsam."

„Meiner Meinung nach klingt er nach einem Scheißkerl. Hat kaum mehr mit Jason geredet, seit eure Mutter sie erwischt hatte."

„Der Kleine ist fünfzehn. Und wenn du je einen Ausraster von meiner Mutter miterlebt hättest, würdest du ihm keine Vorwürfe machen. Abgesehen davon dachte ich, du dürftest mir eigentlich gar nichts darüber sagen."

„Oops. Also zurück zu dir und Travis. Wie ist er denn so im Bett?"

Ben konnte seine Begeisterung nicht verbergen. „Der absolute Wahnsinn."

SPÄTER AM Abend, nach einer heißen Nummer, rollte Travis sich in Bens Armen zusammen.

„Soll ich dir ein Schlaflied singen?", scherzte er und kitzelte Ben unter den Rippen.

„Kannst du überhaupt singen?"

Travis räusperte sich und stimmte Michael Jacksons *„Ben"* an. Er sang zwar nicht ganz richtig, hatte aber eine schöne Tenorstimme.

„Du weißt schon, dass es in diesem Lied um eine Ratte geht, oder?", fragte Ben.

„Willst du mich verarschen?"

„Keineswegs. Hey, Jason hat heute Abend beim Essen einen Vorschlag gemacht."

„Ach ja? Was für einen Vorschlag?"

„Dass wir doch alle zusammen in den Frühlingsferien nach New York fliegen könnten. Was meinst du? Ich würde dir gerne die Stadt zeigen."

Travis antwortete nicht.

„Was ist los?"

„Nichts. Alles. Soll das etwa so was wie ein Probelauf werden? Schon die Vorstellung allein ist verrückt, aber willst du mich etwa auf den Gedanken bringen, dass ich mit euch nach New York ziehen könnte?"

„Ich habe dich eingeladen, mit uns einen Ausflug dorthin zu machen. Ganz unverbindlich. Aber komm schon, Travis. Ist es nicht offensichtlich? Hier geht's nicht nur um Sex. Für mich zumindest. Und wenn wir im Mai immer noch so zueinander stehen und die Möbel auf dem Umzugswagen sind, dann wäre ich verdammt unglücklich, wenn ich dich hier zurücklassen müsste."

„Naja, ich wäre auch ziemlich unglücklich."

„Dann denk' doch wenigstens mal drüber nach. Das könnte unser gemeinsamer Weg sein. Eine Zukunft."

„Okay, okay. Ich frag' mal bei der Arbeit, ob ich die Woche frei kriege. Aber meine Reisekosten bezahle ich selber. Ein Flugticket und ein Hotelzimmer kann ich mir leisten, ich hab' was gespart."

„Behalt' deine Ersparnisse. Wir können bei Colins Familie wohnen."

„Ich finde das keine so gute Idee."

„Hör auf. Die wickelst du doch im Nu um den Finger."

„Dass das bei dir geklappt hat heißt noch lange nicht, dass es auch bei der New Yorker High Society funktioniert."

„So ein Quatsch", sagte Ben und küsste ihn auf den Mund. „Du wirst meine persönliche kleine Molly Brown sein."

„Wer zum Teufel ist Molly Brown?"

„Kathy Bates in *Titanic*."

Travis sah verwirrt aus.

„Gab's die in echt?"

AM ANDEREN Morgen erwachte Ben mit Halsweh, einem Hämmern im Kopf, Gliederschmerzen und Fieber. Er hatte sich eine Grippe eingefangen und musste im Bett bleiben. Letzten Herbst war er zu beschäftigt gewesen, um sich impfen zu lassen – im Gegensatz zu allen anderen im Haus. Denen ging es gut. Ben schlief fünf Tage lang. Er wusste, dass Travis ihn regelmäßig weckte, um ihm Suppe einzuflößen. Er stand auf, um aufs Klo zu gehen, schaffte es aber häufig nicht alleine zurück ins Bett. Irgendwann verlor er sein Zeitgefühl. Er hatte Fieberträume, in denen er dieselben Anwaltsbriefe immer und immer wieder schrieb. Er fragte sich, ob sie ihn irgendwann ins Krankenhaus bringen würden. Dann wachte er eines Nachts auf und schaute auf den Wecker: 3 Uhr 14. Ben blickte aus dem Fenster in die dunkle Nacht hinaus.

Die Laken fühlten sich nass an und sein Kopf war klar. Sein Fieber war gesunken. Er sah sich um, aber Travis war nicht da. Er ging ins Bad, zog sein T-Shirt aus und rieb sich mit einem Handtuch trocken. Er ging zurück ins Schlafzimmer und zog sich ein frisches Shirt an. Er hörte Geräusche aus der Küche. Wer außer Travis konnte um die Uhrzeit wach sein? *Er macht sich bestimmt riesige Sorgen,* dachte Ben. Er machte sich auf den Weg in die Küche, um Travis die guten Neuigkeiten zu bringen.

„Hey, Trav", sagte er und öffnete die Tür. Er erwartete, Travis beim Pfannkuchen backen oder so vorzufinden. „Ich fühle mich ..." Er brach ab.

„Ben, habe ich dich geweckt? Das wollte ich nicht. Aber wo du jetzt schon mal hier bist ... na was soll's, komm, setz' dich. Ich mache gerade Migas und ich weiß ja, wie gern du das magst."

Ben traute seinen Augen nicht. Das konnte nicht wahr sein.

Denn dort in der Küche, zwischen gewürfelten Tomaten und verquirlten Eiern, stand sein Vater.

12

„WAS GEHT hier vor?", fragte Ben.

„Setz dich, es gibt gleich Frühstück."

„Es ist mitten in der Nacht."

„Das hat dich doch sonst nie gestört. Weißt du noch, als du noch klein warst und nicht schlafen konntest? Wir sind in die Küche gegangen und ich habe dir etwas zu essen gemacht. Und danach hast du immer geschlafen wie ein Engel."

„Was machst du hier, Papa? Du bist tot."

„Das Leben ist voller Überraschungen", antwortete sein Vater und hob resigniert die Hände. „Setz dich."

Ben setzte sich an den Küchentisch. Sein Vater verrührte die Eier mit dem Gemüse und gab zuletzt noch in Streifen geschnittene Tortillas in die Pfanne. Den Inhalt der Pfanne verteilte er dann auf zwei Teller, streute geriebenen Käse darüber und brachte sie an den Tisch. Dann ging er zum Kühlschrank und holte ein Glas Salsa. Schließlich setzte er sich und atmete das Aroma des Essens ein.

„Ah, riecht super, oder?"

Er verteilte einige Löffel Salsa auf dem Tex-Mex Gericht und schaufelte sich dann die erste Gabel voll in den Mund.

„Hau rein, Ben."

Ben nahm die Gabel und probierte das Migas. Perfekt. Er gab Salsa darüber und beobachtete seinen Vater beim Essen.

„Was machst du hier?", fragte Ben.

„Nur mal nach dem Rechten sehen. Das Schicksal hat dir ja ziemlich übel mitgespielt, was, mein Sohn?"

„Ziemlich übel, Papa. Wenn ich wenigstens sagen könnte, ich wäre wie ein Superheld angeflogen gekommen und hätte alle gerettet … aber bisher stelle ich mich echt scheiße an. Ich war auch nicht begeistert von der Aussicht, wieder hier leben zu müssen. Um ehrlich zu sein, ich war total angepisst."

„Ja, das weiß ich. Sprich es ruhig aus. Du warst schon immer ein wenig egoistisch, schon als Kind. Du wolltest dein Spielzeug nie mit anderen Kindern teilen. Du weißt wohl nicht mehr, wie du mal mitten in Tante Julies Wohnzimmer ein Riesengeschrei gemacht hast? Als du dich mit deinem Cousin Billy gestritten hast? Um ein mickriges Spielzeugauto. Aber, mein Sohn, es ist egal, in welcher Laune du dich auf den richtigen Weg machst. Du kannst gern die ganze Zeit jammern und meckern. Du tust trotzdem das Richtige, und nur darauf kommt's an. Und du stellst dich *nicht* scheiße an. Solange alle am Leben sind, machst du alles gut. Und soweit ich weiß, atmen sie alle noch. Du brauchst kein Superheld zu sein."

„Deine Ansprüche sind zu niedrig."

„Ich wäre nicht böse, wenn aus dir ein besserer Mann würde, als ich es je war."

„Ich habe nicht immer nur gemeckert und gejammert. Ich mag meine Brüder. Vor diesem Drama wusste ich sie gar nicht richtig zu schätzen. Ich hatte ja keine Ahnung, dass sie so interessant sind. Ich meine, Quentin ist schon ein Früchtchen, aber ich liebe ihn abgöttisch. Jason möchte ich einfach nur beschützen. Und Cade … naja, das muss dir doch auch aufgefallen sein. Er erinnert mich so sehr an dich. Jeden Tag wird er dir ähnlicher. Quentin merkt es auch. Manchmal ertappe ich ihn dabei, wie er Cade so traurig anschaut. Er wird dich am meisten von allen vermissen, Papa."

„Wen meinst du, Cade oder Quentin?"

„Cade."

„Tja, und da kommt Travis ins Spiel."

Ben lächelte. „Gehört Travis jetzt etwa zur Familie?"

„Mein Sohn, im Leben geht es mehr oder weniger immer nur um das Lösen von Problemen. Sicher, ich habe genauso viel Ahnung von Philosophie wie jeder andere Englischprofessor, aber letztendlich sind die erfolgreichsten Menschen immer diejenigen, die erkennen, welche Lösung zu welchem Problem passt. Cade hat Interessen, die keiner von euch teilt. Das ist ein Problem. Wenn du Travis nicht als Lösung erkennst – als Teil eurer Zukunft – dann passt du einfach nicht gut genug auf. Ich erzähle dir jetzt eine Geschichte, und die ist absolut wahr. Gleich am ersten Tag, nachdem ich ihn zum ersten Mal auf der Straße getroffen hatte, bin ich hier in die Küche gekommen und hab's deiner Mutter gesagt. ‚Grace', hab' ich gesagt, ‚der Junge da ist der Richtige für Ben.' Naja, sie hat mich für völlig verrückt erklärt. Und jetzt schau euch beide nur mal an. ‚Turteltäubchen', so hat Quentin euch doch genannt, oder?"

„Das mit dem Schwulsein hat dich immer gestört, oder?"

Sein Vater machte sich über die Unterstellung lustig.

„Quatsch. Ich hatte nicht das Geringste dagegen. Keiner von uns hat da irgendwas dagegen."

„Warum hast du Travis dann alles über mich erzählt und nur das nicht?"

„Weil *das* etwas war, was er von dir hören musste. Dein Problem ist, dass du viel zu viel Wind um dein Schwulsein machst, weil du glaubst, sonst nicht interessant genug zu sein."

„Das ist nicht …"

„Sei vorsichtig."

„… wahr. Mamas Familie hat sehr wohl was dagegen."

„Vielleicht, vielleicht auch nicht. Ich sage dir noch etwas, was du nicht weißt. Das mit Travis und dir wäre genauso gekommen, wenn du nicht schwul wärst. Ihr zwei seid kein Zufall; euch beide verbindet mehr, als euch selber je klar sein wird. Aber auch bei euch ist nicht immer alles Friede, Freude, Eierkuchen.

Dies wird für keinen von euch beiden ein leichter Weg. Eines Tages werdet ihr euch fragen, ob es das alles wert …" Sein Vater verstummte. „Vergiss es. Es ist nicht fair, wenn ich noch mehr sage. Denk nur immer daran, für jede Lösung gibt es das passende Problem. Und wenn du mal nicht mehr weiter weißt, hör auf Quentin."

„Quentin?"

„Er ist weise für sein Alter."

Ben sah seinen Vater an und blinzelte.

„Ich weiß eigentlich gar nicht, was ich hier mache."

„Das ist okay. Ich habe es eigentlich auch nie gewusst."

„Du warst ein toller Vater."

„Du weißt so gut wie ich, dass das nicht immer der Fall war. Ich habe ja noch nicht mal das mit der verdammten Weihnachtsbeleuchtung hingekriegt."

„Tja, ich kann mich jedenfalls nicht beschweren. Wenn man Travis glauben darf, ist aus mir ein ganz anständiger Kerl geworden." Ben stockte kurz. „Allerdings habe ich immer das Gefühl, als warte ich auf einen ganz bestimmten Moment. In dem alles für mich wieder einen Sinn ergibt. In dem ich nicht mehr so wütend bin. Ich weiß, dass du uns verlassen hast, obwohl wir hier gerade sitzen und uns unterhalten. Das ist inzwischen bei mir angekommen. Aber unser Leben … scheint sich irgendwie nicht vorwärts zu bewegen. Klingt das plausibel?"

„Lass mich dir eine Geschichte erzählen. Alles begann, als ich noch ein Junge war und meine Eltern mit mir und deinem Onkel Tommy in den Ferien immer ins Haus am See gefahren sind. Jeden Sommer. Das war in den Siebzigern. Ich war vielleicht dreizehn oder vierzehn. Mein Vater fuhr einen Chevy Impala. Ein wahres Schlachtschiff von einem Auto. Der Rücksitz war so groß, dass Tommy und ich zusammen im Liegen drauf schlafen konnten. Mein Vater hat noch so eine Bank für den Raum zwischen Vorder- und Rücksitzen gebaut. Meine Mutter hat aus den Handtüchern und dem Bettzeug, die wir fürs Ferienhaus dabei hatten, eine Matratze gemacht. Damit hatten wir hinten so was wie ein Bett, weil wir die zehn Stunden bis dorthin an einem Stück durchgefahren sind. Tommy hat immer die ganze Fahrt verschlafen. Ich saß hinten in der Mitte, die Arme auf den Vordersitz gestützt. Ich habe meinem Vater gern beim Fahren zugeschaut.

Beim Fahren hatte er immer die rechte Hand auf zwölf Uhr und die linke im Schoss. Immer mal wieder hat er die rechte Hand gehoben, sie nach rechts gedreht, als ob er sie auslüften müsste oder so, und sie dann wieder ans Lenkrad gelegt. Das hat er so alle zehn Minuten mal gemacht. Öffnen, schließen. Und ich hab's vom Rücksitz aus beobachtet, einen Sommer nach dem anderem."

„Hast du ihn je danach gefragt?"

„Nie. Ich habe nur zugesehen. Es war ein Geheimnis, das ich mit ihm teilte. Ich wusste, dass da was vor sich ging, auch wenn ich nicht wusste was. Ich wusste, dass es ein Teil von ihm war, und das machte es auch zu einem Teil von mir. Es war ein Rätsel, das mich durch meine ganze Kindheit begleitet hat.

Ab sechzehn bin ich dann selber gefahren. Wir hatten den alten Impala immer noch als Zweitwagen und mein Vater war der Meinung, wenn ich den zu Schrott fahren würde, wär's kein so großer Schaden. Also durfte ich das neue Auto nicht fahren. Eines Tages wollte Mama mit mir nach Dallas, Schulsachen kaufen, und ich wollte unbedingt fahren. Aber das hieß natürlich, dass wir den alten Impala nehmen mussten. Sie war nicht begeistert, gab aber schließlich nach. Also, wir fahren da so die I-35 lang, meine bis dahin wahrscheinlich längste Strecke auf der Autobahn. Ich rede mit meiner Mutter und achte auf den Verkehr und versuche, an den Blinker zu denken und dies und das. Und ohne es überhaupt zu merken, hab' ich dabei die rechte Hand auf zwölf Uhr und die linke im Schoß."

„Genau wie dein Vater."

Sein Vater zwinkerte ihm zu.

„Ich schaue aufs Armaturenbrett. Nun war das so ein altmodisches Ding mit einem riesigen Tacho, nicht mit einer winzigen Anzeige wie heutige Autos. Die Skala war an die dreißig Zentimeter breit und ging von Null ganz links bis 120 ganz rechts. In der Mitte war die 55, was damals die Höchstgeschwindigkeit war. Damals haben wir noch versucht, Sprit zu sparen. Nun hab' ich ja meine Mutter dabei und will sicher gehen, dass ich nicht zu schnell fahre. Also schau' ich hin. Aufs Armaturenbrett. Aber ich kann die Tachonadel nicht sehen, weil ich die rechte Hand auf zwölf Uhr habe und damit den mittleren Teil der Skala verdecke. Ohne nachzudenken und ohne zu begreifen, was ich da gerade mache, lasse ich mit der rechten Hand das Lenkrad los und drehe sie nach rechts, sodass ich die Nadel sehen kann und weiß, wie schnell ich fahre und …"

Bens Kinnlade klappte nach unten. „Öffnen. Schließen."

„Ja. In diesem Moment verstand ich meinen Vater. All die Jahre hatte ich ihm vom Rücksitz aus beim Fahren zugesehen. All die Jahre hatte ich mich gefragt, warum er alle zehn Minuten die Hand hob. Die Antwort war ganz einfach. Um auf den Tacho zu schauen. Aber vom Rücksitz aus konnte ich das nicht sehen. Von meinem Blickwinkel aus war das nicht zu erkennen."

„Hast du ihn jemals darauf angesprochen?"

„Natürlich habe ich das. Er hat es bestätigt. Genau das hatte er die ganze Zeit über getan, und er hätte es mir gesagt, wenn ich nur gefragt hätte. An diesem Tag verlor mein Vater für mich alle seine Geheimnisse. Ganz und gar. Es war ein ödipaler Schlag gegen ihn. Von da an sah ich die Dinge aus seinem Blickwinkel."

„Und jetzt sehe ich sie aus deinem."

„Naja, noch nicht ganz, aber wenn es so weit ist, wirst du es wissen. Und dann wirst du auch diese Vorwärtsbewegung spüren, die du jetzt vermisst."

„Hmm", murmelte Ben. „Verstehe."

Sein Vater löffelte sich noch etwas Salsa über sein Migas. „Du ziehst mit den Jungs nach New York?"

„Das ist der Plan. Was meinst du?"

„Und wer bezahlt das alles?"

„Colins Familie."

„Und das findest du in Ordnung?"

„Ich habe dort einen Job, Papa. Dort ist mein Lebensmittelpunkt. Colins Familie ist eine Hilfsquelle für mich, und im Augenblick kann ich weiß Gott jede Hilfe brauchen, die ich kriegen kann. Ich ordne nur der Lösung ein passendes Problem zu."

„Okay. Aber glaubst du wirklich, dass an diese Lösung keine weiteren Bedingungen geknüpft sind?"

„Wie meinst du das?"

„Wenn sie das alles bezahlen, bist du an sie gebunden, korrekt? Was, wenn du in zehn Jahren zu einer anderen Kanzlei wechseln möchtest? Oder noch besser – was, wenn du dich selbstständig machen möchtest? Glaubst du, sie werden dich gehen lassen?"

„Darüber hatte ich noch gar nicht nachgedacht."

Sein Vater schwieg, während er den Rest von seinem Migas aß. „Vielleicht solltest du das tun. Du hast dir etwas in den Kopf gesetzt und hältst das für die einzige Lösung. Hast du schon mal darüber nachgedacht, dir alle Möglichkeiten offen zu halten? Wenn du dir jetzt alles bezahlen lässt, verkaufst du damit deine Seele. An wen, das weiß ich im Moment noch gar nicht so genau. Aber irgendwer kommt garantiert eines Tages daher und verlangt eine Gegenleistung von dir, das darfst du mir glauben."

„So ist das nicht."

„Tu mir einen Gefallen."

„Was denn?"

„Melde dich für die Prüfung vor der texanischen Anwaltskammer an. Die findet nur zweimal im Jahr statt, im Februar und im August. Falls du umziehst, musst du sie ja nicht ablegen. Aber melde dich wenigstens an – mir zuliebe. Wirst du das für mich tun?"

„Klar, Papa."

„Gut. Danke."

Für einen Moment schwiegen sie beide.

„Wie lange kannst du bleiben?", fragte Ben.

„Nicht lange. Deine Mutter wird sich Sorgen machen, wenn ich nicht bald zurück bin", sagte er und prustete vor Lachen über seinen eigenen Witz. „Wirklich, Ben. Du machst die Sache mit deinen Brüdern gut. Ich bin stolz auf dich. Aber sei geduldig mit Travis. Er wird eine Weile brauchen, um …"

„Ich bin dabei, mich ernsthaft in ihn zu verlieben, Papa."

Sein Vater nickte. „Ich weiß."

„Ich verliebe mich und weiß nicht, was ich tun soll. Es kommt mir alles so vergänglich vor. Erinnerst du dich daran, wie ich in der Schule bei *Brigadoon* mitgespielt habe?"

„Das war das Stück mit dem schottischen Dorf, das nur alle hundert Jahre für einen Tag auftaucht?"

„Genau. Ich habe Tommy gespielt, der sich an diesem einen Tag in Fiona verliebt, und dann ist sie verschwunden. So fühle ich mich mit Travis. Als wäre er nur für einen Tag da, und wenn der vorbei ist, verschwindet er wieder für die nächsten hundert Jahre. Und ich streife allein durch die schottischen Highlands und suche nach ihm. Ich stecke in einem Broadway-Musical fest. So surreal ist mein Leben geworden."

„Trübe Wasser, Ben."

„Ja, ich weiß. Aber für wie lange?"

Sein Vater stand vom Tisch auf und räumte die Teller ab, spülte sie ab, bevor er sie in die Spülmaschine stellte, so wie er es immer getan hatte.

„Du solltest wieder ins Bett gehen. Das Fieber hat dich ganz schön mitgenommen. Schlaf ein wenig, dann fühlst du dich morgen gleich viel besser."

Ben bewegte sich nicht. „Für wie lange?"

„So lange es eben dauert", antwortete sein Vater. „Es wird nicht immer so sein, Ben. Eine Zeit lang schon. Aber nicht für immer."

Er sah seinen Vater ein letztes Mal an.

„Danke, Papa."

„Ich liebe dich, Sohn."

Ben stand vom Tisch auf.

„Eins noch", sagte sein Vater. „Weißt du noch, wie das Musical endet?"

Ben blieb in der Küchentür stehen, drehte sich aber nicht um. „Ja. Er liebt sie so sehr, dass das Dorf wieder auftaucht und er wieder mit ihr zusammen sein kann."

„Daran solltest du immer denken."

BEN VERLIESS die Küche. Er suchte Travis im Wohnzimmer, aber dort war er nicht. Als er wieder ins Schlafzimmer kam, war es ebenfalls leer. Vielleicht war er über die Straße in sein eigenes Zimmer gegangen. Oder vielleicht war Travis nur seiner Fantasie entsprungen, so wie sein Vater – eine imaginäre Figur, die Ben sich ausgedacht hatte, um den Schmerz über den Verlust seiner Eltern zu verwinden. Oder vielleicht war er auch immer noch im Fieberwahn.

Ben kroch unter die Decke und ließ seine schweren Augenlider zufallen. Er würde es morgen herausfinden, dachte er, während die Müdigkeit ihn übermannte. Langsam sank er in einen Zustand zwischen Wachsein und Schlaf. Und da sah er es, ein Bild, das vor seinem inneren Auge erstand. Er saß neben Travis und hielt seine Hand. Der Horizont war verschwunden. Er konnte nur Wolken und Himmel sehen, keinen Boden und keine Grenze zwischen Himmel und Erde. Die Gegenwart verschwand und nur dieser zukünftige Horizont blieb zurück. Während die letzten Minuten der Nacht vergingen und Ben sich dem Schlaf ergab, verzogen sich seine Lippen zu einem Lächeln und er murmelte eine Frage.

„Wirst du dieses Jahr die Weihnachtsbeleuchtung aufhängen?"

13

„BEN? WACH auf."

Ben öffnete die Augen und kniff sie sofort wieder zusammen, weil das Morgenlicht ihn blendete.

„Wie spät ist es?", fragte er.

„Kurz nach neun."

„Welcher Tag ist heute?"

Travis lachte.

„Samstag. Letzte Nacht ist dein Fieber gesunken."

„Wo warst du? Ich bin aufgestanden, konnte dich aber nicht finden."

„Das hast du bestimmt geträumt. Ich war nicht weg."

Quentin streckte den Kopf zur Tür herein.

„Weilst du wieder unter den Lebenden, großer Bruder?"

Ben rieb sich die Stirn.

„Ich glaube schon. Ich habe letzte Nacht mit Papa geredet."

„Ach, wirklich?", antwortete Quentin und sah Travis an, um dann demonstrativ die Augen zu verdrehen. „Hattest du einen Flashback, so wie bei *Lost*?"

„So was in der Art."

„Ich muss mich fertig machen. Muss gleich zur Arbeit", unterbrach Travis, „jetzt, wo du über den Berg bist. Um sechs hab' ich Feierabend, dann komme ich wieder." Er beugte sich vor und küsste Ben auf die Lippen.

„Oha", sagte Quentin. „Wenn ihr zwei euch selbst sehen könntet …"

Travis warf ihm einen strafenden Blick zu, während er auf die Tür zuging.

„Kümmere dich um deinen Bruder, so lange ich weg bin."

„Tschüss", sagte Ben zu Travis' Rücken. „Was ist los mit ihm?", fragte er, nachdem Travis gegangen war.

„Was glaubst du, wer sich die ganze Woche um alles gekümmert hat? Er war Nurse Jackie und Phil Dunphy in einer Person."

„Geht's ihm nicht gut?"

Quentin winkte ab. „Doch, dem geht's gut. Er ist nur ein bisschen gereizt. Er war ja kaum bei der Arbeit und sein Chef war nicht begeistert. Du warst zwischenzeitlich ziemlich weggetreten. Wir haben sogar überlegt, ob wir dich einschläfern lassen sollen."

„Sehr witzig", sagte Ben.

„Also, stehst du irgendwann demnächst mal auf oder was? Ich bräuchte Hilfe bei einem Projekt für Geschichte, falls du laufen kannst."

„Ich kann laufen", erklärte Ben und schlug die Decke zurück. „Was für ein Projekt ist es denn?"

„Wir sollen uns eine Gruppe aussuchen und ihren Kampf um Bürgerrechte erforschen, also Afroamerikaner, Latinos oder Homosexuelle. Ich dachte, ich nehme die Homosexuellen, weil … naja, schließlich habe ich zwei schwule Brüder. Aber online gibt's dazu nicht viel."

„Da kann ich dir helfen", antwortete Ben und setzte sich auf die Bettkante. „Ein ehemaliger Mitstudent von mir hat seine Magisterarbeit über die Schwulenbewegung in Austin geschrieben. Davon müsste ein ausgedrucktes Exemplar in der Bibliothek stehen." Ben stand auf und ging ins Bad. „Hey", rief er, „hat Travis irgendwas über die Frühlingsferien gesagt?"

„Ja", rief Quentin zurück. „Das wird nichts bringen, weißt du? Ihn dahin mitzunehmen."

„Das weißt du doch gar nicht. Er war noch nie in New York. Alles ist möglich." Er schnappte sich eine Flasche Mundwasser und nahm einen Schluck.

„Dieses Mädel, Stephanie, hat bei mir angerufen."

Ben streckte den Kopf aus der Tür und fragte durch einen Mund voll Mundwasser: „Die, der Colin deine Serviette gezeigt hat?"

Quentin lachte. „Ja. Sie meint es ernst, das mit den Zeichnungen."

Ben zog den Kopf zurück, um das Mundwasser auszuspucken.

„Ihrer Ansicht nach kann sie mich wunderbar als jugendliches Genie verkaufen", erzählte Quentin weiter. „Die Kunstfuzzis stehen auf so etwas. Und dass ich so gut aussehe, schadet auch nicht, meint sie."

„Ein Fluch, mit dem wir alle belegt sind", sagte Ben und durchquerte das Zimmer. Quentin folgte ihm in die Küche und redete im Gehen mit Bens Hinterkopf.

„Kunst besteht heutzutage zu neunzig Prozent aus Marketing. Ernsthaft, sie hat gefragt, ob ich mit texanischem Akzent sprechen kann."

„Und, machst du's?"

Quentin zuckte die Achseln, während Ben den Kühlschrank öffnete, um den Orangensaft herauszunehmen.

„Ich tu jedenfalls nicht so, als würd' ich wie Travis sprechen", imitierte Quentin Travis' texanischen Dialekt.

Ben holte ein Glas aus dem Schrank und goss sich Saft ein.

„Nein. Ich meine, ob du das mit den Zeichnungen machen wirst."

„Ich weiß nicht. Wahrscheinlich schon. Sie meinte, wenn ich auf die LaGuardia gehen will, wäre eine Ausstellung in einer Galerie in Soho mein Freifahrtschein. Ich könnte ein kleiner Wunderkünstler werden, und das mit sechzehn."

Ben nahm einen Schluck Orangensaft. Er zog eine Grimasse, drehte sich um und spuckte ihn in die Spüle. „Igitt. Mundspülung und Orangensaft passen wirklich nicht zusammen. Jedenfalls – danke, Q. Dass du der Sache eine Chance gibst. In dieser Stadt wirst du große Pläne schmieden und verwirklichen, glaub mir. Und du bist wirklich talentiert."

„Wie auch immer. Zieh dich an, damit wir zu diesem Ort gehen können, von dem du gesprochen hast. Wie hast du ihn noch genannt, Bibliothek?"

„Genau, Kleiner. Vor Wikipedia gab's da mal so Dinger, die nannte man Bücher."

AM MONTAG fühlte Ben sich wieder völlig gesund. Travis war zwei Tage lang sehr still gewesen, und sie hatten seit über einer Woche keinen Sex mehr gehabt. Als die Brüder an diesem Nachmittag von der Schule kamen, eröffnete Ben ihnen sein Bedürfnis nach etwas Zeit mit Travis. Alleine.

„Kein Problem, Bruder. Jetzt hab' ich ja meinen Führerschein, da kann ich mit ihnen ins Kino fahren und wir ziehen uns einen Film rein. Jason wollte *The King's Speech* sehen."

„Ja!", bestätigte Jason freudestrahlend.

„Damit habt ihr Zeit bis um neun oder so."

„Danke, Q."

„Dafür zahlst du die Kinokarten."

„Und das Popcorn", fügte Cade hinzu.

Sie machten sich gegen halb sieben auf den Weg. Kurz danach kam Travis von der Arbeit. Ben fiel auf, dass er nicht mehr anklopfte. Er kam einfach direkt herein. Das musste er sich angewöhnt haben, während Ben sterbenskrank darniederlag.

„Was riecht denn hier so gut?", fragte Travis, während er seine Jacke neben der Tür an einen Haken hängte.

„Schmorbraten", antwortete Ben und setzte sich auf einem der Sofas im Wohnzimmer auf. „Komm her." Travis kam zu ihm. „Setz' dich", sagte Ben und ließ ein verschlagenes Lächeln aufblitzen. „Leg' die Füße hoch."

„Schmorbraten, hm? Du kochst?"

„Ich habe ein paar Asse im Ärmel."

„Hast du einen Schuss Balsamicoessig an die Brühe gegeben?"

„Setz dich."

„Aber das macht wirklich …"

„Setz' dich", beharrte Ben.

„Okay, okay." Travis ließ sich aufs Sofa fallen und legte Ben seine Füße auf den Schoß. Ben schnürte Travis' Arbeitsstiefel auf und zog sie ihm aus, dann die dicken weißen Socken. Travis lehnte sich zurück und schloss genießerisch die Augen, als Ben ihm die Füße zu massieren begann.

„Das fühlt sich verdammt gut an. Womit hab' ich mir so eine königliche Behandlung verdient?"

„Du hast dich um mich gekümmert, als ich krank war. Dafür danke ich dir."

„Letzte Woche ging's mir ziemlich miserabel, Obi-Wan. Ich hab' meinen Job schlimm vernachlässigt und mich ständig gefragt, ob ich dich ins Krankenhaus bringen oder einen Arzt rufen soll oder so." Travis öffnete die Augen und stützte sich auf die Ellbogen. „Aber Quentin hat gesagt, nein, es ist nur die Grippe, übertreib's nicht. Er hat Recht gehabt – der Sechzehnjährige hatte Recht. Aber du hast im Koma gelegen, und damit war ich der einzige Erwachsene in Spuckweite. Ich! Ich habe sie zur Schule gebracht, sie mit Essen versorgt und alles. Ich musste einspringen und das hat mir eine Heidenangst eingejagt."

„Wow, da hast du aber ganz schön was in dich reingefressen."

„Ja. Tut mir leid."

„Braucht dir nicht leidzutun. Ich wusste nur bisher nichts davon. Und glaub' mir, ich kann deine Panik nachvollziehen. Mir geht's genauso."

„Ja, ich weiß." Travis schloss die Augen und ließ sich wieder zurücksinken. Offensichtlich genoss er die Aufmerksamkeit, die Ben seinen Füßen widmete. „Ich habe dich vermisst."

Ben grinste. „Ich habe dich auch vermisst."

„Ich bin froh, dass du jetzt wieder zuständig bist. Ich bin ja gerne deine rechte Hand, aber deinen Platz möchte ich nicht einnehmen. Klingt das komisch?"

„Überhaupt nicht. Ich nehme auch nicht gerne meinen Platz ein. Aber naja – einer muss es wohl tun."

„Und das bist nun mal du."

„Was auch immer wir beide machen, die drei hängen immer mit drin. Manchmal machen wir's eben auch schlecht, und dann kriegen wir Schiss. Aber im Grunde kommt's doch nur darauf an, dass sie sich nicht allein gelassen fühlen. Und in der Beziehung können wir punkten."

„Und *was* machen wir genau?"

Ben sagte eine Zeit lang nichts. „Du willst unsere Beziehung definieren?"

„Das weißt du doch", sagte Travis und setzte sich wieder auf.

„Tja, also, ich bin bereit dazu. Aber du fängst an. Was erwartest du dir von dieser Sache? Ich weiß, dass du die Ferien mit uns in New York verbringst, und ein großer Teil von mir ist darüber begeistert. Aber kannst du dir wirklich eine Beziehung mit einem Mann vorstellen? Ich meine, langfristig?"

Travis atmete tief ein. „Wo sind deine Brüder?"

„Sie sind im Kino und schauen sich *The King's Speech* an."

„Verdammt, den wollte ich auch unbedingt sehen."

„Mach dich locker, Atwood. Wir können in die Spätvorstellung gehen, wenn du möchtest. Jetzt sag' schon."

Ben rieb weiterhin Travis' Füße.

„Okay. Offensichtlich ist das Ganze hier total verrückt. Ich hätte nie gedacht, dass mir mal so was passiert. Niemals. Aber wie gesagt, ich bin nicht mehr verwirrt. Ich kann's mir zwar nicht erklären, wieso ich eines Tages mit einem Mann im Bett gelandet bin. Aber das ist mir eigentlich inzwischen auch egal. Ich will mit dir zusammen sein, Ben."

„Ausschließlich mit mir?"

„Ja. Einhundertzehnprozentig."

„Und was, wenn es dir in New York nicht gefällt, wir aber trotzdem hinziehen?"

„Darum kümmere ich mich, wenn es so weit ist."

„Aber abgesehen davon bist du bereit, schwul zu sein?"

„Naja, ich hab' mir noch keine Gedanken über irgendwelche Paraden gemacht. Muss ich mir ein T-Shirt kaufen, um in den Club aufgenommen zu werden?"

Ben schüttelte den Kopf und lachte. „Nein, das T-Shirt ist gratis. Theoretisch kann sich ja jeder definieren, wie er will. Oder eben nicht. Aber wir leben nicht in einer theoretischen Welt. Wenn wir in der Öffentlichkeit Händchen halten und dich jemand eine Schwuchtel nennt, wird er sich nicht dafür bei dir entschuldigen, wenn du ihm erklärst, dass du nur mit mir schwul bist. Ganz zu schweigen davon, dass eine Ehe für uns nicht mal im Bereich des Möglichen ist. Wenn du so etwas erst mal erlebt hast und dir klar wird, dass mit mir zusammen zu sein dich zu einem Bürger zweiter Klasse macht – ganz gleich, wie du selbst dich definierst – dann überlegst du die Sache mit der Parade vielleicht noch einmal."

„Dann nenn' mich eben schwul. Das ist in Ordnung für mich. Ich habe meinen Kollegen erzählt, dass ich mit einem Mann zusammen bin."

„Wirklich?"

„Natürlich. Ich hab' dir doch gesagt, dass ich das machen werde. Da ich letzte Woche kaum da war, war das die perfekte Gelegenheit."

„Wie haben sie es aufgenommen?"

„Ein, zwei Tage lang waren sie ganz schön still. Wahrscheinlich hatten sie Angst, du könntest krepieren oder so. Aber jetzt reißen sie allerhand Witze, was wohl heißt, dass sie's okay finden."

„Ich kann also mal vorbeikommen und dir Mittagessen bringen?"

Travis lachte. „Du kannst vorbeikommen, wann immer du möchtest."

Ben lächelte.

„Jetzt bist du dran", sagte Travis.

Ben ließ sich einen Moment Zeit. „Ich fühle mich verletzlich. Das klingt jetzt zwar total feige, ist aber so. Ich bin verrückt nach dir. Ich will, dass alles so bleibt, wie es ist, und das ist das Problem. Wir ziehen wahrscheinlich in drei Monaten um und ich weiß nicht, ob du mitkommst. Ich wünschte, ich könnte denken wie du – das Problem angehen, wenn es eintritt – aber das kann ich nicht. Wie können wir über unsere Beziehung entscheiden, solange du dich noch nicht entschieden hast? Du musst New York erst kennenlernen. Das verstehe ich. Aber falls du dich entscheidest, in Austin zu bleiben, weiß ich nicht, wie es mit uns weitergehen soll.

Mein Job ist mir wichtig, und der ist nun mal dort. Noch habe ich meine Seele nicht verkauft, aber der Handel ist im Gange, und die Frist läuft ab. Bald."

Travis zog eine Grimasse. „Klingt, als könnten wir beide ganz übel verletzt werden. Dann bleibt wohl nur noch eine Frage zu klären."

„Und die wäre?"

„Sind die acht Sekunden auf dem Bullen es wert, dafür in den Dreck zu fliegen?"

Ben dachte darüber nach.

„Ja. Das sind sie wert. Mir gefällt diese Metapher übrigens sehr. Und wenn die Sache doch schief läuft, sammeln wir die Scherben auf und machen irgendwie weiter. Travis, so etwas habe ich noch für niemanden empfunden. Ich wollte noch nie so sehr mit jemandem zusammen sein." Ben brach in ein lautes Lachen aus. „Ich will dich ständig ficken. Mir tut der Bauch weh, wenn du zur Arbeit gehst, und ich schaue dauernd nach, ob du mir eine SMS geschickt hast, nur ein ‚hallo' oder ‚hab' was vergessen' oder so. Aber wie dem auch sei, ich muss zurück nach New York."

„Ich verstehe." Travis nickte. „Ich bin nicht dagegen, wirklich nicht. Mir ist es das Risiko auch wert. Aber ehrlich gesagt hab' ich die Hosen gestrichen voll und bin deshalb übervorsichtig."

„Das sollten wir beide sein. Vorsichtig, meine ich, nicht ängstlich. Aber was hältst du davon, mit dem P-Wort noch zu warten?"

„Was soll das sein?"

„Partner."

„Das habe ich noch nie benutzt."

„Ich weiß. Nur dass Jason mich neulich gefragt hat, ob wir jetzt ein Paar sind. Und ich konnte ihm keine Antwort geben. Kann ich immer noch nicht."

„Du willst also warten, bis ich mich entschieden habe? Bevor ich Partner-Status bekomme?"

„So ungefähr."

Travis seufzte und verdrehte die Augen. Ganz eindeutig gefiel ihm der Vorschlag nicht. Ben schwieg, gab jedoch nicht nach.

„Na gut", lenkte Travis schließlich ein. „Aber ich wüsste gern ganz sicher, dass du mit keinem anderen schläfst. Kannst du mir wenigstens das versprechen?"

„Travis, mach' dich nicht zum Affen. Du weißt, dass ich mit niemand anderem schlafe."

Travis versuchte, seine Füße wegzuziehen, aber Ben hielt sie fest und stürzte sich auf ihn, um die Stimmung zu heben.

„Ich mach' mich nicht zum Affen!", protestierte Travis, als Ben ihn zu kitzeln begann.

„Dafür bist du affengeil."

„Hör auf", keuchte Travis lachend.

„Vielleicht sollte ich dich lieber ficken."

„Das wird aber auch Zeit, Macker. Auf keinen Fall nenne ich jemanden meinen Partner, der mir eine Woche lang keinen Sex gönnt."

„Autsch."

„Ich sag es ja nur", ahmte er eine von Bens Lieblingsphrasen nach. „Du kannst mich nicht erst schwanzsüchtig machen und dann die Hose zu lassen."

„Tja, dann machen wir die mal lieber schnell wieder auf, was?"

„Was ist mit dem Schmorbraten?"

„Der läuft ja nicht weg. Dann essen wir eben später mit den Jungs."

Travis wand sich unter Ben hervor und sprang auf. Auf dem Weg zum Schlafzimmer schälte er sich aus seinem T-Shirt.

„Kommst du, Obi-Wan?", fragte er über die Schulter. „Mein Arsch fickt sich schließlich nicht selber."

Ben folgte ihm ins Schlafzimmer und zog sich im Gehen aus. Innerhalb weniger Minuten waren sie ineinander verschlungen. Travis rollte ein Kondom über Bens steifen Penis und rieb ihn mit Gleitgel ein. Er hob die Beine und zog Ben über sich. Dann streckte er die Hand aus und brachte Bens Schwanz in Position, sodass die Spitze bereit war, tief in ihn einzudringen.

„Schau mich an", forderte Travis.

Niemand sagte Ben im Bett, was er zu tun hatte. Trotzdem folgte er Travis' Anweisung und blickte ihm in die Augen.

„Kein anderer Mann hat mich je in den Arsch gefickt, und keiner wird es je tun."

„Ich verspreche dir, Travis, ich werde ehrlich und treu sein."

Und so kitschig das auch klang, Ben meinte es ernst.

Er liebte Travis, obwohl Ben sich noch nicht traute, dieses Wort zu gebrauchen. Aber er hätte es gern benutzt. Nach einer Woche ohne Sex brauchte Travis nicht lange und spritzte ihnen beiden seine Ladung ins Gesicht. Ben leckte das Sperma von Travis' Kinn und gab es dann mit einem Kuss an ihn weiter. Er griff nach dem Kondom, um es beim Herausziehen festzuhalten.

„Hör nicht auf, nur weil ich schon gekommen bin", sagte Travis.

„Ich dachte, wir könnten mal was anderes probieren. Etwas Neues."

Travis erlaubte Ben, seinen Schwanz herauszuziehen. „Und das wäre?"

Ben grinste und streifte das Kondom ab. „Was ist deine Lieblingszahl?"

Travis verstand sofort. „Neunundsechzig?"

„Weißt du, ich kann kaum glauben, dass ich das sage. Für mich war Blasen immer nur ein Zwischenstopp, eine reine Aufwärmübung für echten Sex, fürs Ficken. Aber jetzt vermisse ich es. Du hast mir noch nie den Schwanz gelutscht. Noch nie. Laut Dan Savage gehört jedes Modell ohne orale Fähigkeiten kommentarlos an den Hersteller zurückgeschickt."

„Wer zum Teufel ist Dan Savage?"

„Ist nicht wichtig."

„Dann schickst du mich also an den Hersteller zurück, wenn ich dir keinen blase?"

„Ich sag es ja nur."

„Du sagst es nur, hm? Naja, dann versuchen wir es mal, würde ich sagen."

Travis rutschte nach unten, bis er auf Höhe von Bens hartem Schwanz war. Er nahm ihn in die Hand und streichelte ihn. Dann bewegte er seinen Kopf darauf zu und sah Ben von unten her ins Gesicht.

„Ich soll ihn also lecken. So in etwa?"

Travis ließ seine Zunge an der Unterseite entlanggleiten, begann an der Basis und arbeitete sich langsam zur Spitze vor. Er umspielte die Eichel mit der Zunge, was Ben dazu brachte, unkontrolliert in Richtung Travis zu zucken. Als er das tat, zog Travis sich zurück.

„Wo hast du das gelernt?", fragte Ben keuchend.

„Ich habe mir ein paar Schwulenpornos angeschaut. Während du krank warst. Gefällt es dir?"

„Oh ja."

„Mehr davon?"

„Bitte."

Travis bearbeitete Ben weiter mit der Zunge, fuhr mit den Lippen an Bens inzwischen pulsierenden Schwanz auf und ab, wich zurück, wann immer Ben sich ihm entgegen schob. Als Ben Travis am Hinterkopf nahm und versuchte, seinen Kopf dichter an sich zu ziehen, reagierte Travis blitzschnell. Er packte Bens Handgelenke und hielt ihm die Arme fest. Als Bens Gegenwehr zu heftig wurde, nahm Travis dessen Schwanz ganz in den Mund und schloss die Lippen um den Schaft. Travis ging mit Genuss zur Sache, und obwohl er Bens zwanzig Zentimeter nicht komplett schlucken konnte, lutschte er ihm den Schwanz wie ein Weltmeister. Ben stieß rhythmisch die Hüften nach oben, bewegte sich im Einklang mit Travis. Er tastete nach Travis' Schwanz und stellte fest, dass er wieder hart war. Unaufgefordert drehte Travis sich herum, bis er breitbeinig über Ben kniete, ohne dabei seine Lippen auch nur eine Sekunde lang von Bens Schwanz zu lösen. Jetzt hatte Ben Travis' Ständer direkt vor dem Gesicht. Er zog ihn näher heran, bis er ihn zwischen die Lippen nehmen konnte, fuhr mit der Zunge über die Eichel und kostete den Geschmack der Lusttropfen aus, ehe er ihn ganz in den Mund nahm.

Nach einer Minute hob Travis kurz den Kopf und schnappte nach Luft. „Jesus, Maria und Josef. So sollte sich ein Blowjob also anfühlen?"

Und dann widmete er sich wieder Bens Schwanz. Sie rollten sich auf die Seite und Ben nahm Travis' Schwanz komplett in den Mund. Ben gab Travis zu verstehen, dass er in den Mund gefickt werden wollte, worauf Travis' Hüften wie wild zu zucken begannen. Travis bearbeitete Ben mit Mund und Händen, brachte ihn dem Orgasmus immer näher. Ohne einen Laut, ohne Vorwarnung füllte sich sein Mund mit Travis' bittersüßem Sperma; der Geschmack trieb ihn vollends zum Höhepunkt. Als Travis spürte, wie Ben abzuspritzen begann, stieß er so weit wie möglich auf ihn herab, sodass Ben sich buchstäblich in seine Kehle ergoss. Schließlich hob Travis den Kopf, sodass die letzten Spritzer auf seinen Lippen und Wangen landeten.

„Mein Gott", keuchte er. „Das war das Geilste, was ich je erlebt habe."

Ben ließ Travis' Schwanz langsam aus seinem Mund gleiten.

„Wirklich?"

„Wirklich", antwortete Travis, immer noch außer Atem. „Ficken ist schon verdammt geil, versteh mich nicht falsch. Aber das eben war heißer als ein Schweißbrenner. Ich liebe dein Sperma. Ich liebe den Geschmack. Ich liebe es, wenn es mir ins Gesicht spritzt. Mit einer Frau erlebst du so was nicht."

„So langsam findest du richtig Geschmack an Sex *mit einem Mann*, was?"

„Ja verdammt. Es gefällt mir, dass du einen Schwanz hast. Früher stand ich ja nie auf Männer, aber jetzt find' ich es sogar richtig gut, dass du einer bist. Ich will nie mehr was anderes."

Ben drehte sich um und küsste ihn. Statt auf seinen Verstand zu hören, ließ er sich von seinen Gefühlen übermannen.

„Brauchst du auch nicht. Sag', dass du mit mir nach New York ziehst."

„Ich muss es mir erst ansehen, das weißt du doch", beharrte Travis.

„Nein. Sag' es jetzt. Sag' mir, dass du mitkommst, ohne es gesehen zu haben. Vertrau' mir, Travis. Vertraue uns beiden."

„Das ist nicht fair."

„Ich weiß!", lachte Ben übermütig. „Das Leben ist nie fair. Ich bitte dich, mit mir den Schritt ins Unbekannte zu wagen. Sag' mir, dass du bei mir bleibst. Bitte. Sag mir', dass du nicht für hundert Jahre verschwinden wirst. Jetzt, bevor wir gehen."

„Ho, immer langsam mit den jungen Pferden. Hundert Jahre? Was soll denn das heißen? Und wie kommst du jetzt auf so was? Du warst doch derjenige, der zur Vorsicht gemahnt hat. Der gesagt hat, dass wir mit dem P-Wort noch warten sollen, schon vergessen?"

„Ich weiß. Aber in meinem Leben ist immer nur dann was wirklich Großartiges passiert, wenn ich mal *nicht* vorsichtig war. Eigentlich wollte ich damit sagen, dass du jetzt ein Teil meines Lebens bist. Ganz gleich, was passiert."

Travis schüttelte stur den Kopf. „Nein. Ich sag' gar nichts, bevor du nicht was anderes sagst."

„Ich liebe dich", platzte Ben heraus. „Ich liebe dich seit dem Valentinstag, wahrscheinlich sogar schon länger. Ich glaube daran, dass du meine Gegenwart und meine Zukunft bist – und aus irgendeinem unerklärlichen Grund auch meine Vergangenheit. Ich weiß, dass ich Großes erreichen kann, wenn du nur bei mir bist, Travis. Ich möchte dich meinen Partner nennen. Ich werde dich zum glücklichsten Mann in ganz Texas machen, wenn du mich lässt. Also sag es mir, bitte. Jetzt. Bevor wir gehen."

Travis wirkte überwältigt, aber er hob den Kopf und küsste Ben sanft. „Okay. Ja. Ich ziehe mit dir nach New York."

AM NÄCHSTEN Morgen meldete Ben sich für die Prüfung vor der texanischen Anwaltskammer an.

14

WÄHREND DER drei Wochen vor den Frühlingsferien wurde es warm in Austin, und Travis und die Walsh-Brüder verbrachten die Wochenenden in Barton Springs. Die natürlichen Quellen versorgten ein Becken mit warmem Wasser, dessen Temperatur das ganze Jahr über konstant bei 20 Grad blieb. Für ein Bad im März eindeutig zu kalt, aber perfekt als Abkühlung im heißen texanischen Sommer. Barton Springs diente auch als eine Art Stadtpark, ein Versammlungsort inmitten grüner Hügel, wo man sich mit Freunden traf. Quentin zog normalerweise mit seinen Kumpels los oder mit seiner Freundin Dakota, einer spindeldürren Blondine mit den hervortretenden Wangenknochen eines Supermodels.

„Es ist wirklich toll, wie Sie das machen", sagte sie eines Tages zu Ben und Travis. „Wie Sie sich um alle kümmern, meine ich."

„Danke, Dakota", antwortete Ben und beschloss, die Gelegenheit auf der Stelle für ein paar deutliche elterliche Worte zu nutzen. „Hat Quentin dir von unserem Grundsatz zum Thema Schwangerschaft erzählt?"

„Oh mein Gott", meckerte Quentin.

Dakota lachte. „Kein Grund zur Sorge, Mr. Walsh. Der Umzug ist die beste Garantie, dass es nicht so weit kommt."

„Oh", antwortete Ben. „Tut mir leid."

Travis neigte sich zu seinem Freund und küsste ihn. „*Mister* Walsh."

„Du magst Zärtlichkeiten in der Öffentlichkeit, was?"

„Ich gewöhne mich so langsam daran."

„Ich kotz' gleich", sagte Quentin.

Travis spielte die meiste Zeit Football oder Fangen mit Cade. Ben und Jason hingegen lagen lieber faul in der warmen Frühlingssonne oder saßen lesend im Schatten der mächtigen Eichen. Abends gingen sie oft ins *Huts* und aßen Burger und Zwiebelringe.

„Hier passt einer irgendwie nicht so recht hinein."

Ihre Kellnerin, eine kunterbunte Frau mit orangefarbenen Haar und grellen Make-up, musterte den Atwood-Walsh-Clan und versuchte zu ergründen, wie Travis ins Bild passte. Sie sah ihn an und flüsterte: „War der Postbote zufällig rothaarig?"

„Ich bin sein Partner", erklärte Travis und deutete auf Ben.

„Ach so", antwortete sie und zwinkerte Ben zu. „Sind Sie vielleicht ein Glückspilz."

Eines Tages ging Ben bei Travis' Werkstatt vorbei und überraschte ihn mit selbst gemachten Donuts. Travis' Chef und seine drei Kollegen unterbrachen die Arbeit und kamen herüber, um ihn kennenzulernen. Travis strahlte, als er sie einander vorstellte. Darrell Cook, der Chef, schüttelte Ben die Hand. Er wog zwar höchstens siebzig Kilo in Schuhen, aber mit seinem kantige Kinn, dem Bürstenschnitt und dem US Marine Corps-Tattoo machte er Ben den Eindruck, als würde er sich von niemandem etwas gefallen lassen. Die Mechaniker – Ed, Topher und Royce – schüttelten Ben ebenfalls die Hand und probierten die Donuts.

„Verdammt", sagte Royce. „Die sind besser als die von *Krispy Kreme.*"

„So häuslich bin ich eigentlich gar nicht", erklärte Ben. „Ich habe nur momentan sehr viel Freizeit." Er schaute sich um; überall standen Autos und Trucks auf Hebebühnen. *Jeden Abend,* dachte er, *kommt Travis von hier nach Hause, aus dieser Kulisse für erotische Phantasien und Männerpornos, mit Muskelkater und einem Arsch, der sich danach sehnt, gefickt zu werden.* Er verrichtete echte Männerarbeit. Ben war dankbar für seine weiten Hosen, in denen keiner seinen zunehmenden Ständer sehen konnte.

„Du also willst unseren Red nach New York entführen", sagte Darrell. „Er ist mein bestes Pferd im Stall. Hättest du dir nicht eine von den Flaschen da aussuchen können?" Er deutete auf die anderen drei Mechaniker, die allesamt durchaus fickbar waren.

„Besten Dank auch", sagte Topher mit vollem Mund.

Ben lachte und sah Travis an, der immer noch lächelte. *Ich mache ihn glücklich,* dachte er. „Würde ich, wenn ich könnte, Mr. Cook. Aber auf Travis gab's kein Flaschenpfand, also muss ich ihn wohl leider mitschleppen, egal, wohin ich gehe."

„Naja", sagte Darrell, während er sich einen Donut in den Mund stopfte, „einen Versuch war's wert. Aber im Ernst, ich wünsche euch beiden viel Glück. Das hat weiß Gott keiner so sehr verdient wie Red."

Ben wäre gerne länger im momentan so idyllischen Zuhause in Austin geblieben, aber sehr bald waren es nur noch wenige Tage bis zu ihrer Abreise. Je öfter sie beim Abendessen darüber sprachen, desto aufgeregter wurden sie alle, sogar Quentin, der mit Stephanie bereits einen Terminplan ausgearbeitet hatte, um in der ganzen Stadt die bekanntesten Restaurants aufzusuchen und dort seine Serviettenzeichnungen anzufertigen. Travis besorgte Tickets für ein Spiel der Knicks in Madison Square Garden für sich und Cade. Colin hatte Besichtigungstermine an verschiedenen Schulen für Jason organisiert, der weiter jede Gelegenheit nutzte, seine Begeisterung für New York zum Ausdruck zu bringen.

SAMSTAG, DER Tag des Abflugs, begann wunderbar. Ohne Zwischenfälle erreichten sie den Flughafen, aber schon bei der Landung in Newark fingen die Probleme an. Alle aufgegebenen Gepäckstücke waren da, nur Jasons Koffer fehlte. Sie warteten zwei Stunden, nur um dann zu erfahren, dass er erst nach Mitternacht eintreffen würde. Der Vertreter der Airline entschuldigte sich und versicherte ihnen, dass der Koffer geliefert würde, sobald er eintraf. Sie machten sich auf den Weg in die Stadt zur Upper East Side. Colins Eltern wohnten in einem vierstöckigen Stadthaus an der 68. Straße. Dort gab es mehr als genug Schlafzimmer für alle. Colins siebzehnjährige Schwester Catherine war über die Frühlingsferien aus dem Internat zuhause und verguckte sich sofort in Quentin.

Beim Abendessen hatten die Brüder weniger als üblich zu sagen. Das üppig und geschmackvoll eingerichtete Haus der Meads mit den Kunstwerken an sämtlichen Wänden stellte ihr Zuhause in Austin in den Schatten. Das Haus war vor zwei Jahren in der Architekturzeitschrift *Architectural Digest* vorgestellt worden. Ben war hier natürlich schon oft auf Besuch gewesen, aber er erinnerte sich noch gut daran, wie ihn dieses Haus zu Anfang eingeschüchtert hatte. Mr. Mead, ein lauter Mann, der seine Karriere als Jurist zugunsten höchst einträglicher Immobiliengeschäfte an den Nagel gehängt hatte, war in die Walsh-Brüder vernarrt, als wären sie seine eigenen Enkel. Besonders Cade hatte es ihm angetan und er stellte ihm Fragen über Football und wollte seine Meinung zu den Chancen der Longhorns bei den Landesmeisterschaften im nächsten Jahr hören. Colin kam erst dazu, als sie schon beim Dessert waren; er setzte sich neben Jason und tuschelte mit ihm.

„Die blöde Airline hat mein Gepäck verschlampt", beschwerte sich Jason.

„Keine Sorge", versicherte Colin. „Wenn es bis morgen nicht hier ist, gehe ich mit dir einkaufen und ersetzte dir all deine Sachen."

„Das kannst du machen, Onkel Colin?"

„Jason", antwortete er, „mit einer schwarzen American Express Karte kann man so ziemlich alles machen."

„Onkel Colin?", sagte Catherine und zog ihre perfekt in Form gezupften Augenbrauen hoch. „Ich wüsste nicht, dass ich schon Kinder hätte."

„Cathy, du weißt doch, dass Ben wie ein Bruder für mich ist."

„Wag' es ja nicht, mich so zu nennen."

Ben wusste, dass es einen todsicheren Weg gab, Catherine zur Weißglut zu treiben: indem man sie Cathy nannte. Als sie Quentin nach seinen Serviettenzeichnungen fragte, spielte er sie bescheiden herunter.

„Hast du unseren Manet im zweiten Stock gesehen?", fragte sie.

„Nein", antwortete Quentin. „Ihr habt ein Original?"

„Ja. Opa hat das Bild vor ein paar Jahren bei einer Auktion ersteigert, aber dann hatte er keinen Platz, um es aufzuhängen. Kannst du dir das vorstellen? Einen Manet zu kaufen und dann keinen Platz dafür zu finden. Wirklich absurd. Also hat er es Mama und Papa zum fünfundzwanzigsten Hochzeitstag geschenkt."

Ben merkte, wie Travis unter dem Tisch an seinem Hosenbein zupfte. Er legte seinen Arm auf die Lehne von Travis' Stuhl und beugte sich unauffällig zu ihm, sodass Travis ihm ins Ohr flüstern konnte.

„Wer ist Manet?"

„Ein Maler", flüsterte Ben zurück. „Französischer Impressionist."

„Ist er eine große Nummer?“

„Sehr.“

„Travis“, sagte Norma Mead, eine stille und elegante Frau, „Sie haben seit Ihrer Ankunft noch kein Wort gesagt. Ben hat erzählt, dass Sie zum ersten Mal in New York sind?“

„Ja, das stimmt.“

Sie lächelte ein wehmütiges Lächeln. „Ich kann mich noch an meinen ersten Besuch erinnern. Wie gefällt es Ihnen bisher?“

„Tja, ich habe ja noch nicht viel gesehen, aber die Stadt ist so groß wie die komplette Hölle und ein Teil von Texas dazu – entschuldigen Sie meine Ausdrucksweise.“

Mrs. Mead lachte vergnügt. „Und wie lange kennen Sie und unser Ben sich schon?“

Travis schwieg kurz, während er nachdachte.

„Drei Monate.“

„Meine Güte“, sagte sie und kehrte zu ihrem wehmütigen Lächeln zurück. „So eine große Entscheidung in solch kurzer Zeit.“

Am nächsten Tag brachte ein Fahrer der Airline Jasons Koffer vorbei und Mutter Natur lieferte sintflutartige Regenfälle, die die ganze Woche über anhielten. Manhattan, bei schönem Wetter ein einladender Ort, wurde ungemütlich und deprimierend, sobald es regnete. Gemeinsam unternahmen sie einen Versuch, sich die wichtigsten Sehenswürdigkeiten anzusehen, aber Nässe und Kälte verdarben allen die gute Laune. Am Montag machte sich Ben auf den Weg ins Büro von Wilson & Mead, um mit seinem Chef zu reden. Travis hatte vor, mit Cade zum Ground Zero zu fahren; er bestand darauf, den Ausflug allein unternehmen zu können. Ben gab ihm eine Karte des U-Bahn-Netzes und eine detaillierte Wegbeschreibung, aber eine Stunde später rief Travis völlig verzweifelt an. Er hatte den Zug in die falsche Richtung genommen und war in Spanish Harlem gelandet. Ben erklärte ihm, was genau jetzt zu tun war, aber als die beiden zum Haus der Meads zurückkamen, waren sie triefnass und sichtlich verunsichert.

Am nächsten Morgen wachte Cade mit einer üblen Erkältung auf, durch die er den Rest der Woche im Bett bleiben musste. Ben meldete sich freiwillig, um Travis am Abend zum Basketballspiel zu begleiten, aber er hatte den ganzen Tag im Büro verbracht und konnte dem Sport nichts abgewinnen. Nach der Hälfte des Spiels gingen sie nach Hause. Am Mittwoch scheuchte Gail D'Angelo, die kesse Maklerin der Meads, alle außer Cade durch eine Reihe von Wohnungen in Manhattan. Sie zeigte ihnen mindestens zehn verschiedene Apartments, aber keines, mit dem alle zufrieden waren. Travis hielt seine Bestürzung über die generelle Enge nicht zurück. Quentin und Jason sperrten sich gegen den Vorschlag, sich womöglich ein Zimmer mit Cade teilen zu müssen. Ben wurde immer frustrierter, und als der Abend hereinbrach, kochte er geradezu vor Wut. Travis hatte keine Ahnung, wie er mit dieser Gemütsverfassung umgehen sollte, und hielt sich von ihm fern. Als sie an diesem Abend gemeinsam ins Bett krochen, sprachen sie kaum miteinander und berührten einander nicht.

Quentins Plan, die Woche mit Zeichnen zu verbringen, war von Anfang an zum Scheitern verurteilt. Der Regen machte alles grau und undurchsichtig. Aber Quentin hatte auch seine persönlichen Probleme. Sobald sich das Zeichnen in Arbeit verwandelte und nicht mehr nur zu seiner Ablenkung während des Essens diente, brachte er nur noch einfallslose, langweilige Kritzeleien zustande. Als er diese Stephanie am Donnerstag zeigte, verpackte sie ihre Kritik in taktvolle Worte und deutete an, eine Ausstellung zu planen sei wohl voreilig gewesen. Quentin tat diese Abfuhr als unbedeutend ab, doch Ben wusste es besser. Er konnte inzwischen Quentins wahre Gefühle ganz gut erkennen, denn im Grunde waren sie sich doch sehr ähnlich. Beide hassten sie es, bei irgendetwas zu versagen. Obwohl Quentin versuchte, es herunterzuspielen, wusste Ben, dass die Zurückweisung schmerzte.

Freitagabend lud Colin Ben und Travis zum Abendessen in seine Wohnung in Chelsea ein, und Catherine nahm Quentin mit auf die Geburtstagsparty einer ihrer Freundinnen. Als Jason davon Wind bekam, bettelte er solange darum, mitkommen zu dürfen, bis die beiden einwilligten. Cade, der endlich aus dem Bett war und sich besser fühlte, hatte den Nachmittag mit Mr. Mead im Studierzimmer verbracht und das Schachspielen gelernt.

„Er ist ein echter Stratege", sagte Mr. Mead zu Ben, der sich mit Travis im Foyer zum Ausgehen fertigmachte.

„Vielen Dank, dass Sie sich diese Woche um ihn gekümmert haben."

„Es war uns eine Freude", sagte Mrs. Mead. „Es bricht mir das Herz, dass er ohne Mutter aufwachsen muss."

„Ich wünsche Ihnen einen wunderbaren Abend, und richten Sie meinem Sohn bitte aus, dass wir ihn am Sonntag zum Abendessen erwarten."

„Ich werde daran denken."

Sie gingen zu Fuß bis zur Lexington Avenue und Ben winkte ein Taxi heran. Er und Travis sprachen während der Fahrt zu Colins Wohnung in der 23. Straße kaum miteinander. Völlig erschöpft gestattete Ben sich zum ersten Mal die Frage, ob er das alles möglicherweise ganz falsch angefangen hatte.

Bei ihrer Ankunft sah Ben, dass David im Wohnzimmer saß. Colin hatte ihm verschwiegen, dass er auch da sein würde. David umarmte Ben ein wenig zu lang, und Travis musterte sie verwirrt. Ben ignorierte den Blick. Er begrüßte Johnny und Martin; die beiden hatten es bisher noch immer geschafft, ihn aufzuheitern. Colin und Ben hatten Johnny während des Studiums kennengelernt, und er und Martin hatten sich über die Jahre als gute Freunde erwiesen. Sie begrüßten ihn begeistert und bekundeten ihm ihr Beileid persönlich. Martin stellte sich Travis vor und machte sich sofort daran, ihm die Befangenheit zu nehmen – womit er alle Hände voll zu tun hatte, nach Travis' Gesichtsausdruck zu schließen. Blaine Webster, ein Schulfreund von Colin, und dessen Freund Stewart machten die Runde komplett. Nachdem Colin alle einander vorgestellt hatte, entschuldigte er sich und verschwand in der Küche. Da Martin sich immer noch mit Travis unterhielt, beschloss Ben, Colin zu folgen.

„Was macht David hier?", fragte Ben, sobald sie außer Hörweite der anderen waren.

„Das klingt wie ein Vorwurf, Walsh."

„Was fällt dir ein, meinen Ex und meinen aktuellen Freund zu derselben Feier einzuladen?"

„Ich habe eben eine gerade Anzahl von Gästen gebraucht. Und soweit ich weiß, ist das hier immer noch meine Wohnung und meine Gästeliste. Es geht nicht immer nur um dich, mein Freund."

„Aber …"

Colin hob die Hand und Ben verstummte. „Du benimmst dich wie ein Kind. David ist ein toller Typ und du bist derjenige, der ihn in unser Leben gebracht hat. Wir sind hier nicht in der Highschool. Nur weil du mit ihm Schluss gemacht hast, müssen wir anderen ihm doch nicht auch die Freundschaft kündigen."

Ben starrte ihn an. In seinem Kopf drehten sich die Rädchen auf Hochtouren. „Stehst du auf ihn?"

Colin lachte über die Frage. „Du bist seit drei Monaten weg, Ben. Das Leben geht weiter. Geh' besser wieder rüber und rette deinen Freund. Sonst kriegt ihn am Ende noch Blaine in die Krallen."

Ben beschloss, die Anspielung zu ignorieren. „Dein Vater hat mich gebeten, dich an das Abendessen am Sonntag zu erinnern."

„Schon verstanden. Jetzt lass mich in Ruhe, damit ich hier fertig machen kann."

„Warum hast du das Essen nicht liefern lassen?"

„Weil ich niemanden mehr brauche, der alles für mich übernimmt. Jetzt verzieh dich, bitte."

Ben ging zurück ins Wohnzimmer, wo Travis jetzt neben Martin saß. Er blickte auf, als Ben zurückkam, und versuchte zu lächeln. Ben wusste, dass Travis Bestätigung von ihm gebraucht hätte, aber stattdessen setzte er sich auf den einzigen noch freien Platz – neben David – der nach seinen Brüdern fragte. Ben gab ihm eine kurze Zusammenfassung ihrer Urlaubswoche.

„Klingt, als hättest du eine anstrengende Woche hinter dir."

„Das ist noch untertrieben. Murphys Gesetz hat voll zugeschlagen." Ben blickte sich im Zimmer um und senkte die Stimme. „Tut mir leid, falls dir das peinlich ist. Mit Travis, meine ich."

„Alles in Ordnung", antwortete David. „Es ist ja jetzt schon Monate her. Ich bin drüber weg."

Blaine mischte sich in ihr Gespräch.

„Mein Beileid, Ben."

„Danke, Blaine."

„Tragisch", fügte Stewart hinzu.

„Wechseln wir das Thema", schlug Ben vor. „Was machst du denn so, Blaine? Immer noch mit deiner Promotion beschäftigt?"

„Leider ja."

„In welchem Fach?", fragte Travis.

„Ich erarbeite eine post-strukturalistische Lesart von Joyces *A Portrait of the Artist as a Young Man*. Kennst du das?"

„Nein", antwortete Travis. „Nie von ihr gehört."

Stewart unterdrückte ein Kichern und alle anderen schauten peinlich berührt zu Boden.

„Was hab' ich denn gesagt?"

„Nichts", beteuerte Ben. „Joyce ist ein Mann, James Joyce."

„Oh, tut mir leid. Ich …"

„Martin", unterbrach Ben, „reist du für die Neuinszenierung von *Follies* nach DC?"

„Natürlich", antwortete Martin. „Wir fliegen im Mai rüber. Das wird mit Sicherheit episch. Wenn Bernadette sich Sondheim zur Brust nimmt, kann das Ergebnis nur episch werden."

„Wir haben jetzt einen Extraposten im Budget", sagte Johnny. „Für *Follies*-Karten, sobald es auch am Broadway aufgeführt wird."

Martin winkte ab. Ben sah Travis an, der auf seine Hände starrte und versuchte, das permanent vorhandene Öl unter seinen Fingernägeln zu entfernen. Ben fühlte mit ihm, unternahm aber nichts, um ihm zu helfen.

„Ich bin wirklich gespannt, was Bernadette mit den wirklich großen Nummern anstellt", fuhr Martin fort. „Ich mache mir nicht so viele Gedanken über *'In Buddy's Eyes'*, aber *'Losing My Mind'*? Ich meine, das Original von Dorothy Collins ist ein Klassiker. Andererseits ist es das absolut beste Lied über Herzschmerz im gesamten Kanon des Musical-Theaters, also … was könnte sie falsch machen?"

Alle schwiegen für einen Moment.

„Travis", sagte David. „Wie gefällt dir New York?

Ben fand es nett von David, das Gespräch von moderner Literatur und Sondheims Musicals abzulenken. Doch Travis schien das anders zu sehen.

„Es gefällt mir nicht besonders."

„Wie bitte?", fragte Blaine.

„Die Frage krieg' ich ständig zu hören, seit ich hier bin, und ich hab' mich bemüht, höflich zu sein. Aber Tatsache ist, ich finde diese Stadt so toll wie Hühnerscheiße am Pumpengriff. Hier ist es kalt und nass – im Ernst, hört diese Sintflut da draußen auch mal irgendwann wieder auf? An meinem zweiten Tag hier bin ich beinahe überfallen worden. Alles ist vollgestopft mit Menschen und total beengt. Die Wohnungen, die wir uns hier angeschaut haben, sind in etwa so groß wie mein Kleiderschrank. Ben ist andauernd stinkwütend. Diese Stephanie-Tussi hat Quentin gestern das Herz gebrochen und ihm eingeredet, dass seine

Zeichnungen nicht gut genug sind. Ehrlich gesagt ist mir nicht klar, warum jemand freiwillig hier leben möchte."

Seine Worte brachten alle im Raum zum Schweigen.

„Wow", sagte Stewart nach einer Weile. „Das nenne ich mal einen Nörgler, wie er im Buche steht."

„Wir hatten eine anstrengende Woche", versuchte Ben Travis' Kommentar zu entschuldigen.

Colin kam aus der Küche zurück und verkündete: „Abendessen ist serviert." Er sah sich um und alle starrten ausdruckslos zurück. „Was habe ich verpasst?"

„Absolut nichts", sagte David. „Es ging nur um Sondheim und Joyce."

„Oh, wie öde. Alle mitkommen ins Esszimmer."

Travis sagte den ganzen Abend über kein Wort mehr und aß kaum etwas, stocherte stattdessen nur lustlos in seinem Essen herum. Die anderen ignorierten ihn und führten eine hitzige politische Debatte über die nächste Präsidentschaftswahl. Ben beteiligte sich allenfalls halbherzig daran. Er konnte nicht aufhören, sich zu fragen, ob Travis gerade vor allen seinen Freunden mit ihm Schluss gemacht hatte. Hatte er seine Meinung geändert? War der Umzug abgesagt, zumindest für ihn? Ben verging der Appetit, und er entschuldigte sich.

„Ich muss mal für kleine Jungs."

„Wunderbar, Walsh. Während des Essens?"

Ben antwortete nicht. Er stand auf und ging durch den Flur zum Badezimmer. Nachdem er gepinkelt hatte, spritzte er sich kaltes Wasser ins Gesicht und schaute in den Spiegel, während er sich mit dem Handtuch abtrocknete.

Ist es das wert?

Ben erstarrte bei dem Gedanken. Er erinnerte sich an das Gespräch, das er mit seinem Vater in der Küche geführt hatte. Er hängte das Handtuch wieder auf die Stange neben dem Waschbecken. Als er die Tür öffnete, rannte er David fast um.

„Entschuldige", sagte David. „Ich muss auch mal."

Ben trat hinaus in den Flur.

„Mein Fehler. Ich sollte aufpassen, wo ich hinlaufe. Gott, das war die schlimmste … naja, die zweitschlimmste Woche meines Lebens. Ich kann's nicht fassen, dass er vorhin so ausgerastet ist."

„Sei nicht so streng mit ihm. Das ist bestimmt nicht einfach für ihn."

„Ich habe die Nase voll."

„Sag' das nicht."

„Ich will nur noch ins Bett und mich unter der Decke verkriechen."

„Liebst du ihn?"

„Ich dachte schon. Aber im Moment bin ich einfach nur kaputt."

David streckte die Hand aus und berührte Ben am Arm, streichelte ihn sanft und tröstend. Ben hörte ein Scharren und blickte auf. Am anderen Ende des Flures stand Travis; er hatte Tränen in den Augen und wirkte einsam und niedergeschlagen. David zog augenblicklich seine Hand weg.

„Travis", stieß David hervor, „es ist nicht so, wie du denkst."

„Ist doch inzwischen egal, was ich denke." Er schnappte sich seine Jacke vom Kleiderständer neben der Tür. „Ich nehm' mir ein Taxi."

„Scheiße", sagte Ben, als Travis die Tür aufriss und flüchtete. „Sag Colin Bescheid, dass wir weg mussten. Ich rufe ihn nachher an."

Er zerrte seine Jacke vom Ständer und lief Travis nach, zwei Treppen hinunter und hinaus auf die Straße. Er blickte nach rechts und links und sah ihn auf die 8. Avenue zusteuern. Ben rief seinen Namen, aber Travis blieb nicht stehen. Ben rannte, bis er ihn eingeholt hatte, dann packte er ihn am Ellbogen und riss ihn herum.

„Würdest du bitte auf mich warten?"

„Was soll das noch bringen?"

Ben stand schweigend auf dem Bürgersteig. Er hatte keine Antwort auf diese Frage.

„Was, jetzt hast du nichts mehr zu sagen?", fragte Travis laut. „Du weißt so gut wie ich, dass ich nicht hierher gehöre. Wie konntest du das nur tun?"

„Ist es etwa meine Schuld, dass du nicht weißt, wer James Joyce ist?"

„Leck mich. Du hättest mir helfen können."

„Wie?"

„Hätte es dich umgebracht, dich neben mich zu setzen? Wenn du mich – nur so eine Idee – wie deinen Freund und Partner behandelt hättest?"

„Du bist erwachsen, Travis. Mir war nicht bewusst, dass ich dir das Händchen halten muss. Scheiße, ich trage schon die Verantwortung für drei Jungen. Ich brauche keinen vierten."

„Du bist so eiskalt, Ben Walsh." Er wandte sich zum Gehen, blickte sich dann aber noch einmal um. „Ach und übrigens, danke für die Sache mit David. Das war wirklich die Krönung."

„Na schön. Du hast recht. Also dann, diskutieren wir es aus."

Travis wirbelte herum und schlug Ben mit der Faust ins Gesicht.

„Was zum …"

„Du hast es mich versprechen lassen!" Travis' Augen funkelten vor Wut. „Du hast mich versprechen lassen, mit dir zu kommen, bevor ich überhaupt wusste, worauf ich mich hier einlasse. Du und dein Scheiß-Vertrauen. Mir ging's bestens, bevor du dahergekommen bist. Und jetzt sieh mich an. Ich erkenne mich selbst nicht mehr wieder."

„Ich habe dich nie zu etwas gezwungen."

„Ich habe mich in dich verliebt, Ben. Ich war auf Wolke sieben. Endlich hatte ich eine richtige Familie. Jemanden, der mich lieben und sich um mich kümmern würde und den ich auch lieben durfte. Wenn Schwulsein mir das alles bringen konnte, hätte mir verdammt noch mal nichts Besseres passieren können."

„Wir hatten eine schlimme Woche."

„Ich hab' dich da drin gehört. Ich bin danebengestanden, als David dich gefragt hat, ob du mich liebst. Ich hab' deine Antwort gehört.“

„Ich bin erschöpft, Travis. Nimm das nicht so ernst.“

„Du *dachtest,* du liebst mich? Was, hast du's dir jetzt anders überlegt?“

„Travis …“

„Nein. Du hast mein Leben ruiniert. Wenn ich dir jetzt egal bin, dann bist du es mir auch.“

Ben wusste nicht, was er sagen sollte. Zwei Frauen gingen an ihnen vorüber, den Blick diskret abgewandt, um sie in diesem schmerzhaft intimen Moment nicht zu stören.

Ben bemerkte, dass der Regen aufgehört hatte. „Das war es also?“, fragte er. Er hatte schon öfter so an der Kante der Beziehungsklippe gestanden. Er erkannte den rutschigen Untergrund wieder. Einige wenige wohl gewählte Worte würden sie ins Strauchelen bringen, und ihre Beziehung läge zerschmettert unten auf den Felsen. Normalerweise hätte Ben jetzt einen erleichterten Seufzer ausgestoßen. Normalerweise brachte *er* seine Beziehungen an diesen Punkt, aber es gefiel ihm gar nicht, gegen seinen Willen hierher geschleift worden zu sein. Er wollte sie beide von der Kante zurückreißen, auf sicheren Boden.

Bens Telefon klingelte und er zog es aus der Tasche.

Quentin.

Er ließ den Finger über das Display gleiten und drückte sich das Telefon ans Ohr.

„Ben, du musst uns abholen kommen. Jason ist etwas passiert.“

„Was soll das heißen, Jason ist etwas passiert? Wo seid ihr?“

Keine Antwort. Er hörte Quentin mit jemandem sprechen. Travis schaute ihn an und Ben sah eindeutig Panik in seinen Augen aufflackern.

„Was ist los?“, fragte Travis.

„Ich weiß es noch nicht“, flüsterte Ben.

Quentins Stimme war wieder deutlich zu hören.

„Broadway und 10. Straße.“

„Okay, bleib ruhig und lass dein Handy an. Ihr seid nur zehn Minuten von hier. Ich rufe dich an, wenn wir da sind.“

„Es tut mir leid, Ben.“

Quentin legte auf.

„Scheiße“, sagte Ben. „Gehen wir.“

„Was ist los?“

„Ich habe keine Ahnung.“

Sie rannten zur Straßenecke und winkten hektisch ein Taxi herbei. Ben sagte dem Fahrer die Straßenkreuzung und auch, dass es sich um einen Notfall handelte. Er wippte unablässig und zwanghaft mit dem Knie, während der Fahrer das Taxi zügig durch den dichten Verkehr in Richtung Downtown manövrierte.

„Geht's nicht etwas schneller?", fragte Ben den Fahrer, der so tat, als hätte er nichts gehört.

„Alles wird gut", versuchte Travis ihn zu beruhigen.

„Blödsinn." Ben blickte aus dem Fenster. „Nichts wird gut."

Schließlich kamen sie an der Kreuzung an und hielten vor der Grace Church. Ben warf dem Fahrer einige Geldscheine hin und sprang aus dem Wagen. Quentin und Catherine standen auf der anderen Straßenseite vor einem Wohnheim der New York University. Jason saß auf dem Bürgersteig. Ben und Travis rannten über die Straße, und Ben hockte sich sofort neben Jason, um nach ihm zu sehen.

„Was ist passiert?", blaffte er.

Catherine antwortete. „Es ist meine Schuld, Ben. Ich habe nicht aufgepasst."

„Dich hab' ich nicht gefragt, Catherine. Was ist passiert, Q?"

„Es war wie eine Szene aus *Twelve*", erklärte Quentin. „Sie hatten ‚Happy Birthday' auf den Tisch geschrieben. Mit Kokain."

Ben sah zu ihm auf. „Du hast deinen Bruder koksen lassen?"

„Mein Gott, natürlich nicht. Catherine hat ihn einigen ihrer schwulen Freunde vorgestellt und ich dachte, bei denen wäre er gut aufgehoben."

„Alles war in bester Ordnung", fügte Catherine hinzu. „Bis Nathan zu mir gekommen ist und mir sagte, dass Jason Ecstasy genommen hat. Seither ist er total neben der Spur."

„Jason", sagte Ben zu seinem Bruder. „Kannst du mit mir sprechen?"

„Ich liebe dich, Ben", antwortete Jason, offensichtlich desorientiert, aber erstaunlich deutlich. „Du bist der beste Bruder auf der ganzen Welt."

Ben sah Catherine an. „Weißt du, wie viel er genommen hat?"

„Nathan meinte, nur eine Kapsel. Es war pures MDMA."

„Und du bist sicher, dass es nicht mit irgendwas gestreckt war?"

„Absolut sicher. Nathan kauft nur Arzneimittelqualität."

„Hat er schon gekotzt?"

„Ja", sagte Quentin. „Gleich nachdem ich dich angerufen habe. Was ist mit deiner Lippe passiert? Seid ihr zwei in eine Schlägerei geraten?"

Ben antwortete nicht. Er musste die Situation abwägen. Er konnte Jason erst zu den Meads bringen, wenn er von seinem Trip wieder runter war. Er überlegte, was sein Vater getan hätte. Der hätte Jason sofort ins Krankenhaus gebracht. Aber Ben fiel etwas Besseres ein. Und da spürte er es.

Vorwärtsbewegung.

Ben saß jetzt am Steuer und musste seinem Instinkt folgen. Sein Blickwinkel zählte, nicht der seines Vaters. Im Krankenhaus würde Jason nur durchdrehen. So unorthodox es auch klingen mochte, Ben musste dafür sorgen, dass bei dieser Erfahrung etwas Gutes für Jason herauskam.

„Jason", sagte er. „Kannst du aufstehen und dich auf mich stützen?"

Jason legte Ben die Arme um den Hals und ließ sich auf die Füße ziehen. Er hielt Ben weiter umarmt und stützte sich auf seinen älteren Bruder.

„Catherine, kannst du Travis und Quentin für mich nach Hause bringen?"

„Was hast du jetzt vor?", fragte Quentin.

„Nicht jetzt, Quentin. Um dich kümmere ich mich später. Catherine?"

„Natürlich. Was immer du willst. Wir können sofort ein Taxi nehmen."

„Sag deinen Eltern bitte nichts. Falls sie fragen, sag ihnen, Jason wollte die Stadt bei Nacht sehen. Denk' dir was aus, egal was."

„Verstehe."

Catherine fasste Quentin am Ärmel und zog ihn in Richtung Broadway.

„Ben …"

„Bitte, Travis. Geh' mit ihnen. Ich hab' hier alles im Griff, versprochen. Lass mich mit ihm alleine."

Travis zögerte kurz und folgte dann Catherine und Quentin, die die Straße überquerten und ein Taxi anhielten. Ben steuerte Jason in die entgegengesetzte Richtung auf den University Place zu. Nach einigen Schritten wurde Jason standfester und konnte beinahe ohne Hilfe von Ben laufen. Er blickte zum Himmel auf.

„Es hat aufgehört zu regnen."

„Stimmt, Kumpel. Wie fühlst du dich?"

„Als könnte mich nichts auf der Welt je wieder verletzen. Weil ich jetzt weiß, dass alles kommen muss, wie es kommt."

„Ich weiß, Jason. Möchtest du darüber reden?"

„Worüber?"

„Über alles. Das Leben. Das Universum. Mama und Papa vielleicht."

„Glaubst du, wir werden sie je wiedersehen?"

„Das hoffe ich."

Jason sagte einen Moment lang nichts. „Ich auch. Ben, kann ich dir was sagen?"

„Du kannst mir alles sagen, Jason."

„Du hast mir das Leben gerettet. Du hast uns alle gerettet. Quentin hat mir gesagt, dass sie uns voneinander trennen wollten. Ich weiß nicht, was ich gemacht hätte, wenn du mich zu Onkel Nick geschickt hättest. Oder zu Onkel Sam. Sie hassen mich."

„Sie hassen dich nicht."

„Oh doch. Und dich hassen sie auch. Hast du das nicht gewusst?"

„Niemand trennt uns voneinander. Dir wird nichts Schlimmes mehr passieren. Nie mehr."

„Oh, Ben. Du kannst doch keine Versprechungen machen, die du nicht halten kannst. Ich lese, weißt du. Sehr viel. Und du hast keine Ahnung, wie viele Bücher vom Verlust der Unschuld handeln. Ich bin erst vierzehn und dürfte das eigentlich noch gar nicht verstehen, aber ich versteh's trotzdem. Du weißt, dass du uns nicht ewig beschützen kannst, oder?"

„Aber versuchen kann ich es."

Jason lachte. „Ben, findest du mich zu jung für die Liebe?"

„Möglicherweise. Du hast keinen Grund, irgendetwas zu überstürzen. Abgesehen davon gibt es eine Menge Leute, die dich lieben."

„Das meine ich nicht. Ich meine so wie du und Travis. Glaubst du, jemand wird mich auch irgendwann so lieben?"

Bens Gedanken kehrten zu dem Abendessen bei Colin und ihrem Streit auf der Straße zurück.

„Bei dir werden die Jungs Schlange stehen, junger Mann. Und der eine, der dich einmal liebt, wird der glücklichste Mann der Welt sein."

„Also ernsthaft, Ben, es interessiert mich nicht, ob die Jungs bei mir Schlange stehen. Ehrlich gesagt mochte ich Jake. Sehr sogar."

Sie überquerten den University Place und gingen weiter in Richtung 10. Straße und 5. Avenue.

„Meinst du, du kannst jetzt alleine laufen?", fragte Ben.

Sie blieben stehen und Jason nahm seinen Arm von Bens Schulter. Er stand still.

„Wo sind wir?"

„Im West Village."

„Warum sind die Straßenlaternen so hell? Und warum kribbelt meine Haut so?"

„Weißt du noch, dass du auf der Party was genommen hast?"

Jason lächelte und lief weiter. „Nathan. Er hat mich gefragt, ob ich schon mal E genommen hätte. Ich wollte nicht wie ein totaler Hinterwäldler dastehen, also habe ich ja gesagt. Kriege ich jetzt Ärger?"

„Nein", versicherte ihm Ben, während sie nebeneinander herliefen. „Du kriegst keinen Ärger. Wenn hier überhaupt jemand Ärger bekommt, dann ich. Also, erzähl' mir mehr über Jake."

„Er hat mich geküsst, Ben. Mir ist total heiß geworden. Wird dir auch heiß, wenn Travis dich küsst?"

„Aber so was von."

„Dachte ich mir. Aber jetzt redet er nicht mehr mit mir. Ich meine, er redet schon mit mir, aber er will sich nicht mehr mit mir treffen. Mama ist total ausgeflippt, als sie uns zusammen erwischt hat, und davon hat er sich nie so richtig erholt."

„Kannst du ihm das übel nehmen?"

Jason lachte laut.

„Sie war wirklich die beste Mutter überhaupt, oder? Aber das war ihm zu viel Drama, hat er gesagt. Allerdings habe ich ihn nicht mehr gesehen, seit Mama und Papa gestorben sind."

Jason atmete kurz durch.

„Ich glaube, das habe ich eben zum ersten Mal laut gesagt. Sie sind wirklich für immer weg, nicht wahr?"

„Ja, Jason. Sie sind für immer weg. Aber ich bin hier."

Ben legte den Arm um seinen Bruder und lief weiter.

„Hey", sagte Jason, „vielleicht können wir mal zusammen zu einem OutYouth-Picknick gehen. Du und ich."

„Natürlich können wir das machen. Aber lass uns erst mal kurz in das Geschäft da gehen und dir etwas zu trinken besorgen. Nur sollten wir da drin lieber nicht reden. Der Verkäufer braucht nicht mitzukriegen, worüber wir uns unterhalten, okay?"

„Ein Geheimnis. Schon verstanden."

Ben manövrierte sie in den Laden und schnappte sich rasch einen Orangensaft und eine Flasche Wasser aus dem Kühlregal. Er legte noch ein Päckchen zuckerfreies Kaugummi dazu, bezahlte für die Artikel und zog Jason dann wieder mit nach draußen.

„Hier, trink das", sagte er, öffnete den Orangensaft und drückte Jason die Flasche in die Hand. Jason nahm einen großen Schluck und gab ihm dann die Flasche zurück. Ben hatte inzwischen das Wasser aufgemacht. „Jetzt das", kommandierte er und reichte Jason die zweite Flasche. Jason nahm einen Schluck und wollte ihm auch diese Flasche zurückgeben. „Nein, die behältst du. Und kau' das hier", wies Ben ihn an und packte einen Streifen Kaugummi für Jason aus, der ihn kommentarlos in den Mund steckte.

„Lecker. Traube. Was ist eigentlich mit deinem Gesicht passiert?"

„Travis hat mich geschlagen."

Jason begann zu lachen. „Wirklich? Was hast du angestellt?"

„Ich habe ihm ein Versprechen abgenommen, das er nicht halten konnte."

„Ben, dafür, dass du so schlau bist, stellst du dich manchmal wirklich dämlich an."

„Ja, ich weiß. Lass uns weitergehen. Spuck' das Kaugummi nicht aus, sonst fängst du an, mit den Zähnen zu knirschen. Und ich will, dass du Wasser trinkst, damit du nicht dehydrierst."

„Okay", stimmte Jason zu. Inzwischen waren sie unterwegs in Richtung 6. Avenue. Jason nahm die umliegenden Gebäude in Augenschein, betrachtete die Bäume an der Straße, die Lichter in den Fenstern und die Passanten. „Ich hab' dich schrecklich vermisst, als du weg warst, aber jetzt kann ich verstehen, warum du unbedingt hier sein wolltest. Es ist wie in einer anderen Welt. Ziehen wir wirklich hier her?"

„Ich weiß es nicht", antwortete Ben. Er bezweifelte inzwischen ernsthaft, ob sie an diesem Ort zusammen leben konnten. „Möchtest du hier leben?"

„Ich weiß es auch nicht. Ich habe gelogen, als du gefragt hast, ob ich gehänselt werde. Einige von den Jungs nennen mich Schwuchtel und sagen, ich soll doch aufs Mädchenklo gehen. Woher wissen die das? Ich habe niemandem in der Schule etwas erzählt und die Leute vom Picknick würden nie etwas ausplaudern."

„Niemand hat etwas gesagt, Jason. Sie wissen es einfach. Ich werde mich darum kümmern, wenn wir zu Hause sind. Ich verspreche es dir. Und nächstes Jahr schicken wir dich auf eine Privatschule. Egal, wo wir dann sind."

„Wirklich, das würdest du für mich tun?"

„Für dich und deine Brüder würde ich alles tun."

„Dad meinte, öffentliche Schulen wären das Rückgrat unseres Bildungssystems. Ich seh' das anders."

„Das glaube ich dir gerne. Aber möglicherweise kannte er in deinem Fall nicht alle Fakten. Falls er sie gekannt hätte, würde er mir jetzt zustimmen."

„Ich habe ihn enttäuscht. Ob er uns wohl verzeiht, dass wir schwul sind, was meinst du?"

Ben wandte seinem Bruder das Gesicht zu.

„Da gibt es nichts zu verzeihen. Wir haben nichts falsch gemacht."

„Du weißt, was ich meine."

„Ja, er verzeiht uns."

„Wie kannst du dir da so sicher sein?"

„Weil ich vor etwa einem Monat mit ihm gesprochen habe. Er hat mir Migas gemacht."

Jason gab Ben einen Klaps auf den Arm. „Hast du sie nicht mehr alle? Tote können doch kein Migas machen."

„Ich weiß. Aber er hat gesagt, er hätte kein Problem damit gehabt, dass ich schwul bin. Dann brauchst du dir deshalb auch keine Sorgen zu machen, okay?"

„Okay. Können wir noch ein bisschen herumlaufen? Hier in der Gegend gibt's doch bestimmt viele coole Sachen zu sehen."

„Klar, Jason. Gehen wir weiter, dann zeige ich dir die Highlights. Erinnerst du dich an Thomas Wolfe? Der *Look Homeward, Angel* geschrieben hat?"

„Das war eins von Papas Lieblingsbüchern! Ich habe es gerade fertig gelesen", sagte Jason und zitierte: „Wir können an die Nichtigkeit des Lebens glauben, wir können an die Nichtigkeit des Todes und des Lebens nach dem Tod glauben – aber wer kann an die Nichtigkeit Bens glauben?"

„Genau. Der Satz gefällt mir. Er hat hier gewohnt. So wie E. E. Cummings. Und Edgar Allan Poe."

„Die haben alle hier gewohnt?"

„Ja. Lass uns weitergehen, dann zeige ich dir wo."

Sie spazierten noch etwa eine Stunde durch Greenwich Village. Ben zeigte Jason, wo die berühmten Schriftsteller gewohnt hatten. Dann gingen sie die Christopher Street entlang, am Stonewall Inn vorbei, wo Ben seinem Bruder die Anfänge der Schwulenbewegung im Jahr 1969 erklärte. Irgendwann blieb Jason plötzlich stehen und blickte sich um, als ob er gerade vom Himmel gefallen wäre.

„Was ist passiert?", fragte er.

Ben schaute ihm in die Augen. Seine Pupillen waren schon fast wieder normal; der Trip war vorbei.

„Hast du einen Filmriss?"

Jason nickte.

„Okay. Also, dann hör' mir jetzt mal ganz genau zu. Du warst auf einer Party und hast eine Droge genommen, die dir jemand angeboten hat. Ecstasy. Weißt du, was das ist?"

Er nickte erneut.

„Du bekommst keinen Ärger. Aber wenn du das noch einmal tust, mache ich dir die Hölle heiß. Hast du mich verstanden?"

„Ja."

„Jetzt wird folgendes passieren. Du wirst heute Nacht kaum schlafen können und dich morgen hundeelend fühlen. Aber wir gehen jetzt wieder zurück zu den Meads und verlieren kein Sterbenswort über die ganze Sache. Alles klar?"

„Alles klar."

„Und wenn wir erst wieder zu Hause sind, werden wir uns mal ausführlich unterhalten, Quentin, du und ich. Und ihr werdet beide nie wieder so etwas anstellen. Falls doch, sperre ich dich in deinem Zimmer ein, bis du achtzehn bist. Verstanden?"

„Verstanden."

„Gut. Dann lass uns ein Taxi nehmen und zurückfahren, bevor Mrs. Mead noch die Polizei ruft."

AM NÄCHSTEN Morgen flogen sie heim nach Texas. Die Meads stellten keine Fragen zu den Geschehnissen der letzten Nacht, auch nicht beim Anblick von Bens geschwollener Lippe. Wie erwartet fühlte sich Jason, als hätte ihn ein Güterzug überfahren. Quentin sagte kein Wort und Cade schaute auf seinem Handy einen Film, unberührt von der gedrückten Stimmung seiner Brüder. Dafür, dass Travis Ben einen Fausthieb verpasst hatte, zeigte Cade vollstes Verständnis.

„Das hätte ich selber auch schon ein paar Mal gern gemacht."

Sobald sie in der Luft waren, wusste Ben, dass er und Travis ihr Gespräch vom Vorabend zu Ende führen mussten.

„Wir müssen reden", begann er.

„Ja. Ich weiß."

„Es tut mir leid, dass ich dich zu einer Entscheidung gedrängt habe, bevor du alle Fakten kanntest. Das war völlig unfair dir gegenüber."

„Entschuldigung angenommen. Mir tut es leid, dass ich dich geschlagen habe."

„Das hatte ich vermutlich verdient."

Die Stewardess kam mit ihrem Wagen an ihren Sitzen vorbei und bot Getränke an. Beide entschieden sich für Cola und Kekse.

„Und was jetzt?", fragte Travis.

„Wenn das mit Jason gestern Abend nicht passiert wäre … dann wäre vielleicht alles anders. Aber es ist nun mal passiert. Tatsache ist, dass ich abgelenkt war. Durch meine Trauer. Durch meinen egoistischen Wunsch, nach New York zurückzukehren." Er hielt kurz inne. „Durch meine Beziehung zu dir. Ich habe einfach nicht aufgepasst. Ich würde gerne Quentin die Schuld für das geben, was gestern Abend passiert ist, aber ich hatte ja nicht einmal gefragt, wo die Party stattfindet und ob Erwachsene dabei sein würden. Fragen, die alle Eltern gestellt hätten. Ich habe Catherine einfach blind vertraut, obwohl eigentlich ich die Verantwortung trage. Anscheinend hatte Julie also doch recht: Ich bin nicht bereit dafür. Ich hatte keine Ahnung, was Elternschaft bedeutet. Aber wenn einem von den Jungs etwas zustoßen würde, könnte ich mir das nie verzeihen. Mein Sündenregister ist jetzt schon viel zu lang."

„Ich verstehe."

„Wirklich?"

„Ben, ich hatte gestern Abend Todesangst. An deiner Stelle hätte ich nicht mehr ein noch aus gewusst. Was hast du überhaupt gemacht?"

„Ich habe einen schlechten Trip in einen guten verwandelt. Er hatte ja schon gekotzt, also hätte Magen auspumpen nichts mehr genutzt. Und ich weiß, dass reines MDMA keine tödliche Droge ist. Er war high, da war nichts mehr zu machen. Er hat seinen Bruder gebraucht, kein Krankenhaus."

„Woher weißt du das alles?"

„Komm schon, Travis. Ich bin ein siebenundzwanzigjähriger schwuler Mann, der in Manhattan lebt. Ich war auf der Black Party. Glaubst du, ich hätte noch nie Ecstasy genommen?"

„Also, was hast du mit Jason gemacht?"

„Wir sind durchs East Village gelaufen und haben geredet. Junge, Junge, er hatte verdammt viel zu erzählen. Passiert bei Ecstasy. Alles, was er auf dem Herzen hatte, ist förmlich aus ihm herausgebrochen. Ich habe erfahren, dass er in der Schule gehänselt wird. Ich weiß nicht, was meine Onkel zu ihm gesagt haben, aber aus irgendeinem Grund glaubt er, dass sie ihn hassen. Er ist total verknallt in einen Jungen namens Jake. Als wir so geredet haben … Ich weiß nicht. Da war er mir wichtiger als alles andere in meinem Leben. Ich muss meinen Brüdern oberste Priorität geben. Sie sind wichtiger als mein Job. Wichtiger als ich selbst …"

„Und als ich."

„Tut mir leid."

Travis wandte sich ab und schaute aus dem Fenster. Ben kämpfte gegen die Tränen an und sah, dass auch Travis sich die Augen wischen musste, als er ihm wieder das Gesicht zuwandte.

„Hast du immer noch vor, im Mai umzuziehen?"

Die Frage konnte Ben ihm nicht beantworten.

„Ich weiß nicht. Ich muss mit ihnen darüber reden. Es war ein Desaster, aber es war ja nur eine Woche. Ich muss herausfinden, ob es echte Probleme geben könnte. Und wenn ich wirklich meine Brüder an die erste Stelle setzen will, dann liegt die Entscheidung bei ihnen. Sie haben die absolute Macht."

„Quentin und Jason würden es dir nie abschlagen. Nicht nach letzter Nacht. Ich habe mit Q zwei Stunden lang zusammengesessen und auf dich gewartet. Er hat sich die schlimmsten Vorwürfe gemacht und ständig gesagt, wie enttäuscht euer Vater jetzt von ihm wäre. Aber dich hat er in den höchsten Tönen gelobt."

Ben versuchte zu lächeln. „Vielleicht war es notwendig. Der ganze Ausflug. Wir haben drei Monate lang in einer Seifenblase gelebt. Die musste ja irgendwann platzen."

Travis schaute wieder aus dem Fenster und beide schwiegen eine Zeit lang.

„Also, was machen wir jetzt?", fragte Travis, ohne den Blick von den Wolken vor dem Fenster zu lösen.

„Ich wünschte, ich könnte dir eine Antwort geben. Ganz ehrlich, das wünschte ich. Falls wir wirklich umziehen, erwarte ich bestimmt nicht von dir, dass du mitkommst. Ich weiß, dass du in New York fehl am Platz bist. Aber falls wir doch in Austin bleiben … nun, dann muss ich trotzdem andere Prioritäten setzen. Vielleicht bin ich der Falsche für dich, Travis, zumindest im Augenblick. Ich will, dass du ein Teil ihres Lebens bleibst. Ich will dich in meinem Leben. Aber ich weiß nicht, wie ich Vater und Partner gleichzeitig sein soll."

„Dann warte ich eben, bis du's weißt", sagte Travis und wandte Ben wieder das Gesicht zu.

„Nein, das kann ich nicht von dir verlangen."

„Hast du ja auch nicht."

Sie verstummten.

„Okay", sagte Ben schließlich. „Aber ich brauche eine Auszeit."

„Wie lange?"

Ben schüttelte den Kopf. „Ich weiß nicht."

Travis trank einen Schluck Cola. „Okay. Dann lass mich dir wenigstens sagen, dass ich die Hälfte von dem, was ich gestern Abend gesagt habe, nicht ernst gemeint habe. Manches wohl schon, aber ich kann mich kaum erinnern, wann ich das letzte Mal so wütend war. Ich weiß nicht, was mich da gepackt hat. Es war falsch von mir, zu sagen, dass du mein Leben ruiniert hast. Tatsache ist, das Gegenteil ist der Fall. Du hast mich aufgeweckt, Ben, und ich meine damit nicht mein schwules Ich. Eines Tages werde ich zurückblicken und feststellen, dass du der Wendepunkt in meinem Leben warst, das weiß ich genau. Ganz gleich, was passiert." Er schluchzte auf und musste sich erneut abwenden. Nach einem kurzen Moment wischte er sich die Augen und sprach weiter. „Ich weiß nicht, ob ich irgendwann mal dasselbe für jemand anderen fühlen werde. Aber jedenfalls weiß ich jetzt, dass ich das kann. So was empfinden, meine ich. Jetzt weiß ich, dass ich dazu fähig bin, und das wusste ich vorher nicht. Ich liebe dich, Ben, und das habe ich noch nie zu jemandem gesagt und so ehrlich gemeint wie jetzt."

„Ich liebe dich auch, Travis. Ohne dich hätte ich die letzten drei Monate nie durchgestanden."

„Das ist nicht wahr, aber es ist schön zu hören."

Danach sagten sie nicht mehr viel.

Als sie nach Hause kamen, ging Travis über die Straße ins Haus von Mrs. Wright. Die Brüder ließen sich im Wohnzimmer aufs Sofa fallen und schalteten den Fernseher ein, froh, zu Hause zu sein und das Abenteuer New York vorläufig hinter sich gelassen zu haben.

TRAVIS KAM danach nicht mehr auf Besuch. Cade fragte nach ihm, aber als er von Ben hörte, dass Travis für eine Weile wegbleiben würde, ließ Cade die Sache auf sich beruhen. Noch in derselben Woche setzte Ben sich mit Quentin und Jason zusammen, und die drei führten ein langes Gespräch. Ben erzählte ihnen, was zwischen Travis und ihm vorgefallen war, und seine Brüder entschuldigten sich für die Rolle, die sie dabei gespielt hatten. Sie sprachen über die Party und die Drogen. Ben konnte ihnen keine Strafpredigt halten wie ihr richtiger Vater, aber dennoch überdachte er seinen lockeren Erziehungsstil und stellte einige Regeln auf. Sie sollten erst einmal ihr Urteilsvermögen unter Beweis stellen, dann würde er *vielleicht* die Zügel wieder etwas lockerer lassen.

Eine Woche später erhielt Ben per Post einen Vertrag von Wilson & Mead. Auf fünfzehn Seiten waren die Bedingungen dargelegt, unter denen die Kanzlei den Walsh-Brüdern finanzielle Hilfe zusicherte. Ben brauchte fast eine Stunde, bis er das Schriftstück ganz durchgelesen hatte und bei Seite vierzehn ankam. Die las er wieder und wieder, wobei ihm die Worte seines Vaters in den Ohren klangen. Der Vertrag enthielt eine Wettbewerbsverbotsklausel. Mit seiner Unterschrift und der Annahme des Geldes erklärte Ben sich faktisch damit einverstanden, im Falle seines Ausscheidens aus der Kanzlei Wilson & Mead fünfundzwanzig Jahre lang im gesamten Staat New York nicht als Anwalt zu arbeiten.

Nach ihrer Reise waren Ben bereits die ersten ernsthaften Zweifel an ihrem geplanten Umzug nach New York gekommen. Diese Vertragsklausel besiegelte seine Entscheidung. Solchen Bedingungen würde er niemals zustimmen und er wusste, dass Colin da auch nichts machen konnte. Abgesehen davon hatte Ben das Bedürfnis, auf eigenen Füßen zu stehen und sich weniger auf Colin zu verlassen. Er dachte an jenen Tag in New York zurück, als er den Anruf von Pfarrer Davenport bekommen hatte und als es seine größte Sorge gewesen war, ein passendes Weihnachtsgeschenk für David zu finden. Jetzt schien ihm das eine Ewigkeit her zu sein und ihm ging auf, wie kindisch er sich in der ersten Zeit nach dem Tod seiner Eltern benommen hatte.

Beim Abendessen eröffnete er seinen Brüdern, dass sie in Austin bleiben würden. Er würde im August die Prüfung vor der texanischen Anwaltskammer ablegen und bis zum Labor Day einen Job haben. Alle drei Jungen brachten ihre Erleichterung zum Ausdruck, selbst Jason, den der Zusammenstoß mit der frühreifen Jugend von Manhattan eingeschüchtert hatte.

Eines Nachmittags im April fiel Ben auf, dass Travis' Truck seit Tagen nicht mehr in der Einfahrt gegenüber parkte. Ben vermisste ihn und bereute allmählich, was er auf dem Rückflug von New York zu ihm gesagt hatte. Er beschloss, über die Straße zu gehen und sich zu erkundigen. Ben klopfte an die Haustür und wartete. Er hörte Mrs. Walsh drinnen herumschlurfen, dann rief sie „Wer ist da?" durch die Tür.

„Ben Walsh. Von gegenüber."

Gleich darauf öffnete sie ihm lächelnd die Tür.

„Oh, ich hatte dich schon erwartet, Ben."

„Wirklich?"

„Ja", antwortete sie. „Aber erst einmal muss ich dir eine Frage stellen."

„Und die wäre?"

„Zieht ihr nach New York oder bleibt ihr hier in Austin?"

„Wir bleiben hier. Wieso?"

„Travis hat gesagt, ich darf dir das hier nur geben, wenn ihr hierbleibt." Sie drehte sich um, nahm einen Umschlag vom Beistelltisch neben ihrem Sofa und reichte ihn Ben. „Bitte sehr."

Er warf einen Blick auf den Umschlag. Travis hatte mit schwarzem Filzstift seinen Namen darauf gekritzelt.

BEN

„Wo ist er jetzt?"

„Hat er mir nicht gesagt. Hat vor ein paar Tagen einfach seine Sachen gepackt und ist ausgezogen. Du würdest es verstehen, wenn du das hier liest, hat er gesagt."

Ben spürte, wie ihm das Blut aus dem Gesicht wich. Sein Mund wurde trocken und er räusperte sich. „Danke, Mrs. Wright."

„Wie geht es deinen Brüdern?"

„Gut, danke der Nachfrage. Aber jetzt muss ich wieder rüber. Ich muss sie gleich von der Schule abholen."

„Gut. Wir schließen euch jeden Sonntag in der Kirche in unsere Gebete ein. Schaden kann es ja nicht."

„Vielen Dank. Da haben Sie wohl recht." Er wandte sich zum Gehen, drehte sich dann aber noch einmal um. „Falls er anruft oder so, könnten Sie mir Bescheid sagen?"

„Natürlich, mein Lieber."

Auf dem Rückweg über die Straße pochte ihm das Herz bis zum Hals. Er beeilte sich, ging durch die Hintertür hinein und ließ sich in der Küche auf einen Stuhl sinken. Minutenlang starrte er den Umschlag an, voll panischer Angst, dass darin ein Abschiedsbrief sein könnte. Er nahm den Umschlag in die Hand und betastete ihn. Es war kein Brief. Schließlich riss er ihn auf und ließ den Inhalt auf die Tischplatte gleiten.

Es war die Landkarte von Alaska, die Ben Travis zu Weihnachten geschenkt hatte. Auf der Vorderseite standen drei Worte, mit demselben Filzstift gekritzelt.

ICH KOMME ZURÜCK

15

„Was ist das?", fragte Quentin und hielt die Landkarte hoch. Ben hatte die Brüder von der Schule abgeholt und nun saßen sie in der Küche zusammen, um ihre Pläne fürs Abendessen zu besprechen. „Was heißt ‚Ich komme zurück'?"

„Die hat Travis für mich dagelassen. Ich war heute Nachmittag drüben bei Mrs. Wright, um nach ihm zu fragen, weil ich sein Auto ein paar Tage lang nicht gesehen habe. Sie sagte, er hätte seine Sachen gepackt und sei weggefahren. Sie wusste allerdings nicht, wo er hinwollte."

Cade ging um den Tisch herum und nahm Quentin die Karte aus der Hand.

„Nach Alaska natürlich, wohin sonst?"

„Aber das ist doch Unsinn", konterte Ben. „Wenn er nach Alaska gefahren wäre, hätte er doch die Karte mitgenommen. Deshalb habe ich sie ihm ja geschenkt."

„Du denkst nicht wie Travis", beharrte Cade. „Er mag Rätselfilme. Wenn er dir die Karte dagelassen hat, will er dir damit sagen, wo er ist. Er wollte schon immer mal den Ort sehen, wo die Sonne nie untergeht. Hast du hineingesehen?"

„Nein", antwortete Ben. „Wieso?"

„Einer von Travis' Lieblingsfilmen ist *Indiana Jones and the Last Crusade*. X markiert die Stelle. Erinnerst du dich? In der Bibliothek?"

Cade klappte die Karte auf und breitete sie auf dem Tisch aus.

„Siehst du?", sagte er und deutete auf den nördlichen Teil des Staates.

Mit demselben Filzstift hatte Travis ein X auf die Stadt Barrow gemalt.

„Das liegt an der Nordküste von Alaska", sagte Jason, „oberhalb vom Polarkreis. Von Mitte Mai bis Ende Juli geht dort die Sonne nicht unter."

„Woher weißt du das?", fragte Ben.

„Er hat uns alles darüber erzählt", antwortete Quentin. „Er hat sich darüber schon vor einer Weile ausführlich informiert. Ich glaube, er hatte sogar einen Job dort in Aussicht. Zweieinhalb Monate Tageslicht. Er war total aus dem Häuschen."

Ben fehlten vor Verblüffung die Worte. Er hatte Travis um eine Auszeit von ihrer Beziehung gebeten und die hatte er jetzt bekommen. *Ich komme zurück.* Er hatte nicht geschrieben wann, aber Ben nahm an, es würde irgendwann nach dem Labor Day sein. Keine Garantie, nur eine auf eine Karte gekritzelte Notiz. Trotzdem, das konnte eine gute Sache sein. Ben musste sich auf seine Familie konzentrieren und ihr Leben in den Griff bekommen. Vermutlich würde er sowieso einen Großteil des Sommers damit verbringen, für die Prüfung zu lernen. Vielleicht würde er versuchen, frühere Kontakte hier in der Stadt wiederzubeleben und alte Freundschaften neu zu knüpfen. Und was romantische Verabredungen anging … Ben hätte Travis hinter sich lassen und sich ins Vergnügen stürzen können, aber er dachte immer wieder an die Worte seines Vaters zurück.

Trübe Wasser.

Also beschloss er zu warten.

KURZ NACH Travis' Verschwinden machte Ben einen Termin mit der Leiterin von Jasons Schule aus und erzählte ihr von den Hänseleien. Sie versprach, sich darum zu kümmern, aber Ben hatte so eine Ahnung, dass sie wenig tun würde (oder konnte). Er musste Jason zum nächsten Schuljahr da rausholen. Als er sich nach Privatschulen umhörte, wurden ihm zwei Namen wieder und wieder genannt: St. Stephen's und St. Andrew's, beide episkopal. Also vereinbarte Ben mit beiden Schulleitern einen Termin und brachte Jasons Situation zur Sprache. Nachdem sie Jasons Noten gesehen hatten, waren die Vertreter beider Schulen höchst interessiert. Der Tod der Eltern und die Homosexualität waren in diesem Fall wohl kein Nachteil; in Bezug auf Homosexualität war die Episkopalkirche die liberalste aller christlichen Gemeinschaften. Ben wusste, dass solche Schulen Außenseiter willkommen hießen und keinerlei Mobbing duldeten. Nachdem Jason sich beide Schulen selbst angesehen hatte, entschied er sich für St. Stephen's. Er bastelte einen Kalender für den Kühlschrank, an dem er seine letzten Tage in einer öffentlichen Schule herunterzählte und durchstrich. „Nächstes Jahr", sagte er, „wird alles besser."

IM MAI ging Ben mit Jason zum monatlichen Picknick der OutYouth.

„Also", sagte Ben, als sie mit einem Teller mit Steaks und Gemüsespießen den Raum betraten: „Ich möchte, dass du mir diesen Jack McAlister zeigst."

„Er heißt Jake", korrigierte Jason und schaute sich um. „Da drüben sitzt er, an dem Tisch mit den beiden Lesben. Die mit dem gleichen Irokesenschnitt. Neben ihm am Tisch, das ist seine Mutter. Die mit den Chanel-Klamotten, die telefoniert."

„Wie fortschrittlich von ihr. Auf welche Schule geht er?"

„Westlake."

Ben nickte. „Du hast schon ein goldenes Händchen, hm? Der Vergleich mit Justin trifft definitiv ins Schwarze."

„Igitt."

„Was? Darf ich nicht mal sagen, dass ich deinen Freund heiß finde?"

„Nein. Bitte halt' dich zurück. Und du weißt, dass er nicht mein Freund ist, also sei so nett und blamier' mich nicht vor ihm, ja?"

„Glaub mir, Jason, ich bin nicht wie unser Vater. Was hat er denn so für Interessen?"

„Er will ins Filmgeschäft. Er weiß eine Menge über Filme."

„Hmm. Wie ein moderner Dawson Leery."

„Wer ist das?"

„Was hat er sonst für Hobbies?"

„Er liebt Wasser. Sein Vater hat ein Schnellboot, aber er hat gesagt, er würde lieber Segeln lernen."

„Was macht sein Vater?"

„Er ist Anwalt."

Ben lachte.

„Das ist ja viel zu einfach. Okay, ich kümmere mich um den schwierigen Teil, aber wenn ich so mache" - er tippte sich mit dem Zeigefinger an die Nasenspitze wie Paul Newman und Robert Redford in *The Sting* - „übernimmst du und lädst ihn ein."

„Wozu soll ich ihn einladen?"

„Das wirst du schon sehen. Pass einfach auf."

Nachdem sie das mitgebrachte Essen auf dem Tisch mit den warmen Gerichten abgestellt hatten, traten Ben und Jason zu Jake McAlister und seinen Lesbenfreundinnen. Jakes Mutter saß neben ihm, aber am Nachbartisch.

„Hi, Jake", sagte Jason. Das lesbische Paar blickte auf und Jake drehte sich um.

„Hey, Jas, wie läuft's denn so? Ist das dein Bruder?"

Jake stand auf, während seine Mutter Ben über ihr Telefon hinweg musterte.

„Ja, das ist Ben. Ben, Jake."

Jake schüttelte Ben lächelnd die Hand.

„Freut mich, dich kennenzulernen, Jake."

„Gleichfalls. Das ist meine Mutter."

Jakes Mutter drehte sich zur Seite, klemmte sich das Telefon zwischen Ohr und Schulter und streckte Ben ihre rechte Hand hin.

„Sarah McAlister. Freut mich."

„Ben Walsh", sagte er und schüttelte ihr die Hand. „Hat jemand was dagegen, wenn wir uns zu euch setzen? Ich bin zum ersten Mal hier und es wäre schön, am coolen Tisch zu sitzen."

Alle lachten.

„Bitte", sagte Jakes Mutter, „setzt euch zu uns."

Ben ging um den Tisch herum und setzte sich ihr gegenüber. Jason setzte sich auf den Platz neben Jake und gegenüber von Brenda und Debbie, dem Pärchen im Irokesenlook.

„Ich muss auflegen", sagte Sarah McAlister ins Telefon. „Ich rufe dich nachher an. Ja, ich stimme dir zu. Darüber reden wir, wenn ich zu Hause bin. Versprochen. Bis dann." Sie machte das Handy aus und verstaute es in ihre

Handtasche. „Entschuldigung, ich wollte nicht unhöflich sein. Ben, das mit deinen Eltern tut mir sehr leid. Ich darf dich doch Ben nennen?"

„Aber gerne. Sarah?"

„Natürlich." Ben nahm sie in Augenschein. Sie hatte Geld, war aber sicher nicht stinkreich. Sie ließ sich den Haaransatz nicht oft genug nachfärben. Unter fünfunddreißig. Vermutlich als Teenager schon Mutter geworden. „Danke. Wir hatten im Winter eine schwere Zeit, aber jetzt im Frühling wird es besser. Dieses Outfit steht dir übrigens fantastisch. Ist das Chanel?"

„Ja, ist es", antwortete sie errötend. „Danke."

Jake verdrehte die Augen. „Jason sagt, du hast in New York gelebt. Musstest du hierher zurückziehen? Nachdem ... du weißt schon ...?"

„Ja, musste ich."

„Das ist echt Scheiße."

„Jake, bitte", tadelte seine Mutter.

„Naja, ist doch so", beharrte er. „Wie würde es dir gefallen, wenn du aus New York wieder hierher zurückkommen und noch mal ganz von vorn anfangen müsstest?"

Ben mochte den Jungen jetzt schon.

„Hast du schon einen Job gefunden?", fragte Jake.

„Nein, noch nicht."

„Was machst du denn beruflich?", hakte Sarah nach.

„Ich bin Strafverteidiger."

„Wirklich? Mein Mann ist Anwalt. Vielleicht kann er dir helfen. Sich deine Bewerbungen einmal ansehen oder so."

„Das wäre toll. Arbeitet er zufällig für Harrison & Pope?" Ben konnte zusehen, wie Sarahs Mundwinkel sich in die andere Richtung bogen. „Die wollten mich sofort unter Vertrag nehmen, aber ich glaube, ich sollte mit der endgültigen Entscheidung bis zum Herbst warten. Mein Vater hat mir geraten, mir immer alle Optionen offen zu halten."

„Ist das nicht eine von den Firmen, für die Papa arbeiten wollte?", fragte Jake seine Mutter.

Perfekt, dachte Ben.

Sarah ignorierte ihren Sohn. „Du hast ein Angebot von Harrison & Pope?", fragte sie.

„Ja, aber wie gesagt, ich möchte vor September keine Entscheidung treffen. Ich habe vor, den Sommer mit meinen Brüdern zu verbringen. Vielleicht fahren wir nach Southampton und gehen segeln."

Jake richtete sich auf.

„Du segelst?"

„Aber sicher. Ein ehemaliger Mitstudent von der Columbia hat mich vor ein paar Jahren mal mitgenommen, und seither bin ich ganz wild darauf. Letzten Sommer sind wir von New York bis nach Miami gesegelt. Und zurück."

„Ach Quatsch!", rief Jake.

„Columbia?", murmelte Sarah.

„Jason?", fragte Ben. „Sage ich die Wahrheit?"

„Er sagt die Wahrheit."

„Erst mal muss ich allerdings Jason und seinen Brüdern das Segeln beibringen. Ich dachte, wir könnten am Memorial Day-Wochenende ein Boot mieten. Auf den Lake Travis hinausfahren und üben. Vielleicht nachts zelten."

„Das klingt …" Jake verstummte. „Ich wünschte, mein Vater wäre für so was zu haben. Aber den interessiert nur sein dämliches Schnellboot."

Ben tippte sich mit dem Zeigefinger an die Nasenspitze.

Jasons Augen weiteten sich. „Möchtest du mitkommen?", fragte er.

„Wirklich?", sagte Jack ungläubig.

„Geht das in Ordnung, Ben?"

„Klar", bestätigte Ben und wandte sich an Sarah. „Ich habe die Bande schon im Griff, und mein Kumpel Colin kommt auch mit. Er segelt schon seit seiner Kindheit. Und Jake kann sich ein Zelt mit einem von Jasons Brüdern teilen."

„Bitte, Mama, darf ich mit?", bettelte Jake.

„Naja, ich müsste erst mit deinem Vater darüber reden, aber er hat bestimmt nichts dagegen."

„Oh mein Gott", sagte Jake und drehte sich zu Jason um. „Das wird bestimmt der Wahnsinn!"

Jason konnte kaum still sitzen vor Aufregung.

„Ich weiß", jubelte er.

„Holen wir uns was zu essen", schlug Jake vor. Er stand auf und zog höflich Jasons Stuhl zurück.

Ben wandte sich im Flüsterton an Debbie und Brenda. „Ihr solltet die Steaks und die Gemüsespieße probieren. Habe ich selbst gemacht." Sie lächelten und versprachen es ihm, setzten sich aber bald darauf an einen anderen Tisch, weil einige Freunde von ihnen aufgetaucht waren. So hatten Jason und Jake Gelegenheit, sich miteinander zu unterhalten, während Ben Sarah mit einem Schwall von Fragen zur Erziehung von Teenagern überschüttete. Als es Zeit war, zu gehen, tauschten sie Telefonnummern aus und Ben versprach, sich nächste Woche wegen des Segeltörns bei ihr zu melden.

„Ihr solltet schon vorher mal zum Essen vorbeikommen", schlug sie vor. „Dan würde dich sicher gern kennenlernen. So fühlt er sich auch wohler, wenn Jake mit euch wegfährt."

„Das wäre schön. Was meinst du, Jason?"

„Ja, klingt super. Danke, Mrs. McAlister."

Auf dem Heimweg konnte Jason sich gar nicht beruhigen. „Ich kann's nicht fassen! Ich werde am Memorial Day Wochenende mit Jake McAlister segeln gehen? Kneif mich, bitte."

„Ganz ruhig", warnte Ben. „Das gibt dir Gelegenheit, ihn wirklich kennenzulernen. Werdet erst mal Freunde, dann kannst du immer noch entscheiden, ob du ihn noch mal küssen willst. Und falls ja, kannst du ihm sagen, dass ich ihn nicht aus dem Haus werfen werde. Du wirst in zwei Monaten fünfzehn. In dem Alter mit anderen Jungs rumzuknutschen ist absolut okay. Habe ich ja auch gemacht."

„Keine Sorge. Onkel Colin hat mit mir schon über Sex gesprochen."

„Hat er mir gesagt. Apropos Onkel Colin, du schreibst ihm besser mal eine SMS. Sag ihm, er soll für das Memorial Day-Wochenende einen Flug nach Austin buchen und dass er dir und deinem potentiellen Freund Segelunterricht geben muss. Dazu kann er auf keinen Fall nein sagen."

„An dem Wochenende hat Cade auch Geburtstag."

„Das ist perfekt. Segeln zu lernen gefällt ihm mit Sicherheit. Wir müssen uns allerdings noch ein gutes Geschenk überlegen."

„Er wünscht sich …"

„Moment", unterbrach Ben. „Ich versuche, mich zu bessern, aufmerksamer zu sein, also sollte ich das wissen. Er … warte mal – er beschwert sich in letzter Zeit ziemlich oft über sein Fahrrad, richtig? Natürlich, ist doch ganz einfach – er wünscht sich ein neues Fahrrad."

„Volltreffer."

„Jason", sagte Ben grinsend, „wir werden für deinen kleinen Bruder das krasseste Fahrrad überhaupt aussuchen."

BEN GENOSS das Abendessen bei den McAlisters außerordentlich. In Dan McAlisters Stimme lag dieselbe Mischung aus Bewunderung und Neid, die Ben schon von anderen Anwälten her kannte. Da Jake keine Geschwister hatte, saßen sie zu fünft am Tisch, und das Gespräch drehte sich sehr bald um Bens bisherige und zukünftige Karriere.

„Du warst auf der Columbia?", fragte Dan. „Wie war es dort?"

„Das waren die besten drei Jahre meines Lebens."

„Wirklich? Das kann ich von meinem Studium nicht gerade behaupten."

„Wo hast du studiert?"

„Hier, an der Universität von Texas. Genau wie die Hälfte aller Anwälte in Austin." Er wechselte das Thema. „Du segelst also, wie ich höre. Ich persönlich habe ja mehr für Schnellboote übrig."

„Ja," bestätigte Ben. „Mein Kumpel, Colin Mead, kommt aus New York und gibt allen eine Einweisung. Er segelt schon, seit er ein kleiner Junge ist."

„Mead? Ist er mit Joseph Mead verwandt?"

„Sein Enkel. Ich habe bei Wilson & Mead gearbeitet. Colin und ich haben zusammen studiert. Auf einem von Joseph Meads Booten habe ich segeln gelernt. Und ehrlich, ich erzähle das ohne Hintergedanken, nicht um …"

„Meine Güte", rief Dan. „Der bist du also! Neulich habe ich im Gerichtsgebäude zufällig ein Gespräch mitgehört, in dem es darum ging, dass Joseph Meads Protegé künftig in Austin leben wird. Kein Wunder, dass du schon ein Angebot von Harrison & Pope hast. Die Kanzleien stehen bestimmt Schlange bei dir."

„Ich habe einige Angebote bekommen", bestätigte Ben. „Aber ich habe vor, noch eine Weile zu warten, um zu sehen, ob die Angebote noch besser werden."

„Kluger Mann, das werden sie. Ach übrigens, Sarah und ich wollten uns bedanken für das Angebot, Jake mit auf euren Ausflug zu nehmen. Ich bin mir sicher, dass es ein tolles Wochenende wird. Und er wird sich natürlich tadellos benehmen, nicht, JJ?"

„Ja, Papa."

Ben kam zurück zum Geschäft. „Wir sollten mal zusammen zu Mittag essen, Dan. Ich würde wirklich gern mal deine Einschätzung der Lage in Austin hören."

Dan setzte sich aufrecht hin und wirkte gleich einige Zentimeter größer.

„Selbstverständlich", sagte er. „Bei mir steht zwar niemand Schlange, aber ich bin schon eine Weile hier und kenne die üblichen Verdächtigen, so viel steht fest."

„Und du würdest mir alles erklären?"

„Es wäre mir eine Freude."

„Danke. Das weiß ich wirklich zu schätzen."

„Also, Jason", sagte Sarah, bereit, endgültig das Thema zu wechseln, „Jake sagt, du wechselst zum kommenden Schuljahr die Schule?"

„Ja. Nur noch neun Tage im öffentlichen Schulsystem."

„Hey", protestierte Jake. „Ich gehe auf eine öffentliche Schule."

„Also bitte", wies Jason seinen Einspruch zurück. „Westlake ist eine private Eliteschule, als öffentliche Einrichtung getarnt. Um dort zur Schule gehen zu können, muss man erst einmal hier wohnen, was unmöglich ist, wenn man nicht ganz schön reich ist. Das Privileg wird nur denjenigen in einer bestimmten Zone gewährt, örtlich und finanziell."

Jake lachte. „Willst du jetzt eine Rede zum Klassenkampf halten, Walsh?"

„Gute Idee", antwortete Jason. „Ist nicht böse gemeint, Mr. und Mrs. McAlister."

„Schon gut, Junge", sagte Dan lächelnd.

„Unser Vater hat uns zu … hitzigen Diskussionen bei Tisch ermuntert", erklärte Ben.

„Er mochte Streit", gab Jason offen zu.

Ben lachte. „Ich hoffe, euch geht das nicht zu weit."

„Keine Sorge," versicherte Sarah. „Was auch immer dein Vater getan hat, es kam ein Ivy-League-Anwalt dabei raus. Also wenn eine hitzige Debatte beim Nudelessen meinen Sohn auf die Columbia bringt, habe ich nicht das Geringste dagegen."

DAS MEMORIAL Day Wochenende ähnelte einer Szene aus *White Squall* – zwei Männer und vier Jungen auf dem offenen Wasser. Lake Travis war zwar nicht direkt das offene Meer, aber sie hatten trotzdem eine Menge Spaß. Jake fügte sich mühelos in die Gruppe ein und hing an Colins Lippen, als dieser den Jungen das Segeln beibrachte. Ben konnte sich nicht daran erinnern, wann er Colin zuletzt so glücklich gesehen hatte.

„Du machst das wirklich gern, oder?"

Die Sonne war schon lange untergegangen und die Jungen waren für die erste Nacht in ihre Schlafsäcke gekrochen. Ben und Colin saßen am Lagerfeuer und sahen der letzten Glut beim Verglimmen zu.

„Ich liebe solche Männerfreundschaften", gab Colin zu. „Und beim Zelten fällt mir immer gleich *Brokeback Mountain* ein." Er rückte näher an Ben heran und fragte im Flüsterton: „Was hältst du von Jake?"

„Er ist ein guter Junge", flüsterte Ben zurück. „Wie's scheint, macht Segeln ihm richtig viel Spaß."

„Er ist ein Naturtalent. Er hat ein Gefühl für das Boot."

Sie hörten auf zu flüstern und wechselten das Thema.

„Also", sagte Colin. „Wie geht es dir?"

„Ganz gut. Ich muss diesen Sommer für das Anwaltsexamen lernen. Kannst du dir das vorstellen? Noch einmal? Ich dachte, das hätte ich alles längst hinter mir."

„Mach dir keinen Stress, Walsh. Das schaffst du doch mit links, ob du lernst oder nicht."

„Danke für dein Vertrauen, aber ich lasse es lieber nicht darauf ankommen. Wie läuft es bei dir so?"

„Sehr gut. Ich sollte dir wohl sagen, dass ich jetzt mit David zusammen bin." Ben schüttelte lächelnd den Kopf. „Wusste ich's doch."

„Findest du das okay? Ich kann mir nämlich nie merken, was sich unter Brüdern so gehört und was nicht."

„Colin, ich habe wirklich nichts dagegen." Er meinte es ernst. „Ihr zwei seid wie füreinander geschaffen."

„Hat Travis mal von sich hören lassen?"

Ben schüttelte den Kopf. „Nein. Wird er wohl auch nicht, bevor er zurückkommt. Falls er zurückkommt."

„Alaska, hm? Irgendwie mag ich ihn inzwischen ganz gern. Nicht, dass ich ihn vorher nicht gemocht hätte – ich wollte eben nur so neutral wie möglich bleiben. Sieh mal, wir haben alle unsere Scudder-Fantasien, aber ..."

„Also bitte, Colin. Travis ist überhaupt nicht mit Alec Scudder zu vergleichen. Ich habe mich nicht ein einziges Mal beim Bootshaus mit ihm getroffen."

„Lässt du mich *bitte* ausreden? Erstens, Scudder war heiß. Zweitens, meine Weltsicht ist eingeschränkt, und ich habe Travis unfairerweise unterschätzt. Es ist doch so: Du hast eine Auszeit verlangt und er hat dich beim Wort genommen. Alle Achtung. Denn ehrlich gesagt war das von vornherein eine dumme Idee. Es geht um eine Beziehung, nicht um ein Footballspiel. Und drittens, es tut mir leid, dass ich David zu diesem Essen eingeladen hatte."

„Das ist doch längst Schnee von gestern. Ich habe es schon öfters gesagt und sage es gerne noch mal – abgesehen von meinen Brüdern bist du der einzige Mensch, den ich bedingungslos liebe. Du weißt, dass ich mich immer auf dich verlassen werde, ganz gleich was …"

„Ja, ich weiß."

„Und eines Tages … Ich habe es nicht vergessen."

„Ich auch nicht."

„Also, viel Spaß mit David. Er ist ein toller Kerl und hat jemanden wie dich verdient."

Am zweiten Abend ihres Segelausfluges überraschten Colin und Jason alle mit einem Kuchen zu Cades dreizehntem Geburtstag. Sein neues Fahrrad war schon zuhause ausgepackt worden.

IM WEITEREN Verlauf von Juni und Juli waren Dakota und Jake immer öfter bei den Walshs zu finden. Eines Abends rief Dakotas Mutter, Ingrid Hayes, bei Ben an, um ihn und Quentin zum Abendessen einzuladen. Ben nahm die Einladung höflich an und sie kämmten sich die Haare und polierten ihre Schuhe, um auch wirklich einen guten Eindruck zu machen.

„Benimm dich bloß nicht daneben", mahnte Quentin.

Ben fand den Abend bei den Hayes unterhaltsam, wenn auch nicht so herzlich wie den, den sie bei den McAlisters verbracht hatten. Dakotas Eltern waren etwas zu spießig für seinen Geschmack. Nach dem Dessert bat Gregg Hayes seine Tochter und Quentin höflich, den Raum zu verlassen.

Oh-oh, dachte Ben.

Quentin und Dakota gingen ins Wohnzimmer und ließen Ben mit Gregg und Ingrid Hayes allein.

Er wartete ab.

„Wir würden nur gerne hören", begann Gregg, „welchen Eindruck Sie von der Beziehung der beiden haben."

Ben überlegte sich seine Worte sorgfältig. „Mein Bruder ist ein toller Junge und ich weiß, dass Sie daran nicht zweifeln." Ben entschied sich, mal wieder, besser den direkten Weg zu wählen. „Vermutlich wollten Sie mich damit eigentlich fragen, ob ich glaube, dass die beiden miteinander schlafen?"

Ingrid nickte.

Ben atmete tief ein und redete weiter. „Nein, das tun sie nicht – jedenfalls noch nicht. Aber sie sind beide siebzehn. Im Staat Texas könnten sie legal eine sexuelle Beziehung miteinander eingehen." Ben lachte. „Nicht, dass sie das vorher davon abgehalten hätte. Sie waren einfach noch nicht soweit. Warum haben Sie nicht mit ihr darüber geredet?"

Gregg und Ingrid sahen sich an.

„Haben wir", sagte Gregg. „Sie hat uns dasselbe gesagt."

„Und Sie haben ihr nicht geglaubt?"

Ihr Schweigen sprach Bände.

„Passen Sie auf, ich bin zwar nicht Quentins Vater, aber sein Vormund. Dazu gehört meiner Meinung nach auch, zu wissen, wann man loslassen muss. Und an diesem Punkt sind wir jetzt. Die beiden müssen das selbst entscheiden und ich denke, dass es bald soweit sein wird. Wir können ihnen nur helfen, indem wir sie aufklären und ihnen beistehen, falls sie einander das Herz brechen. Was sie zweifellos irgendwann tun werden. Ich will ehrlich zu Ihnen sein – ich habe mit den beiden schon mehrmals darüber gesprochen. Ich hoffe, Sie finden nicht, dass ich damit meine Grenzen überschritten habe."

„Nein", versicherte Ingrid. „Mir … graut nur vor dem Gedanken, was ihr möglicherweise bevorstehen könnte. Aber ich kann sie nicht davor beschützen."

„Und das würden Sie auch nicht wollen", fügte Ben hinzu. „Das ist Teil des Erwachsenwerdens. Ich habe Quentin bereits klargemacht, dass eine Schwangerschaft nicht in Frage kommt, darauf können Sie sich verlassen. Ich glaube, Kondome in Verbindung mit einer weiteren Verhütungsmethode wären optimal. Das liegt ganz bei Ihnen, Mrs. Hayes. Aber meiner Ansicht nach sind die Kondome wichtig für Quentin. Sie zeigen ihm, dass er eine Verantwortung trägt – dass es Konsequenzen gibt und dass er sich auch daran beteiligen muss."

Gregg nickte. „Dann sind wir uns ja einig. Ich hoffe, Sie verstehen, warum wir das Thema angesprochen haben."

„Natürlich verstehe ich das. Häufig habe ich keine Ahnung, was zu tun ist. Wirklich, ich lerne das meiste nur nach und nach. Haben Sie eigentlich noch mehr Kinder?"

„Ja", antwortete Gregg.

„Noch eine Tochter und einen Sohn", fügte Ingrid hinzu. „Wir haben sie zum Abendessen zu ihren Großeltern geschickt."

„Naja, Quentin und Dakota kennen sich jetzt schon seit eineinhalb Jahren. Wieso haben Sie eigentlich nicht schon gleich am Anfang mit meinen Eltern gesprochen?"

„Wir haben wohl leider in Vogel-Strauß-Manier die Köpfe in den Sand gesteckt", sagte Gregg.

„Sie haben aber doch noch andere Kinder. Und jetzt haben Sie die Köpfe ja nicht mehr im Sand."

„Stimmt", sagte Ingrid. „Wir wissen schließlich auch nicht immer, was zu tun ist, Ben. Dakota ist unsere Älteste. Wir alle lernen das meiste erst nach und nach."

Texanische Eltern, stellte Ben überrascht fest, konnten wenigstens zugeben, dass sie bewusst Augen und Ohren verschlossen hatten. Auf dem Heimweg war Quentin auffallend still.

„Was hast du denn?", fragte Ben.

„Nichts."

„Hört sich aber nicht so an."

Nach einer Weile sagte Quentin: „Okay, ich hab' Angst. Was, wenn ich nicht gut bin?"

„Geht es um Sex?"

„Darum ging's doch vorhin, oder? Deswegen wurden wir rausgeschickt."

„Ja. Ihre Eltern machen sich Sorgen. Ich habe ihnen gesagt, was du mir gesagt hast."

„Und das ist die Wahrheit. Du bist mein Bruder, Ben. Ich würde dir doch wohl kaum vorlügen, dass ich *nicht* mit meiner Freundin schlafe. Wir reden oft darüber, aber ... was, wenn ich nicht gut bin?"

Ben lächelte in die Dunkelheit hinein. „Quentin, dazu sag ich nur eins: Es ist noch kein Meister vom Himmel gefallen. Aber du bist von Grund auf ehrlich und hast Sinn für Humor. Alles, was dir fehlt, ist Übung. Du wirst super sein. Das kann ich dir versprechen. Ist gar nicht so schwer."

„Wie alt warst du?"

„Bei meinem ersten Mal?"

„Ja."

„Mit sechzehn habe ich mit einem Mädchen geschlafen. Mit fünfzehn mit einem Jungen."

„Fünfzehn? Meine Güte."

„Er war wirklich süß. Pass auf, wenn du meinen Rat willst, dann warte nicht zu lange. Mach' das nicht ... zu kompliziert. Ich weiß, wie wichtig sie dir ist. Das kannst du ruhig zum Ausdruck bringen. Abgesehen davon", sagte Ben und boxte Quentin auf den Oberarm, „wird es deine Aggressionen abbauen, und das kann dir nur guttun."

„Du kannst mich mal. Mädels stehen auf nachdenkliche Typen. Das weiß doch jeder."

„Anfangs vielleicht. Aber ... du hast einfach Glück. Du hast jemanden, den du echt gern hast. Nur darauf kommt es an."

ENDE JULI feierte Ben seinen achtundzwanzigsten Geburtstag im kleinen Kreis, nur mit seinen Brüdern. Er musste daran denken, dass es auch Travis' Geburtstag war. Ob wohl jemand droben in Alaska eine Party für ihn veranstaltete? An diesem

Abend versuchte Ben ihn zum ersten Mal unter der Handynummer zu erreichen, die er von ihm hatte. Doch Travis, der am liebsten billige Prepaid–Handys benutzte, ging nicht dran. Zweifellos hatte er sich vor Ort ein neues Handy mit einer anderen Nummer zugelegt. Als Ben sein Telefon gerade wieder in die Tasche stecken wollte, begann es zu klingeln. Julie. Sie hatte seit der Beerdigung einige Male versucht, Kontakt aufzunehmen, aber er hatte immer eine Ausrede gefunden, sie nicht zu treffen.

„Herzlichen Glückwunsch, Ben", begann sie. „Ich komme nächste Woche zur Kunsthandwerker-Ausstellung nach Austin. Können wir zusammen zu Mittag essen?"

Ben zögerte erneut, aber eigentlich wollte er es nicht länger vor sich herschieben. Sie verabredeten ein Treffen im Eastside Café.

Als Ben dort ankam, wartete sie schon vor dem Restaurant auf ihn. Sie wurden an ihren Tisch geführt, und Ben bestellte sich wie üblich eine halbe Portion Manicotti mit Artischocken. Julie entrollte ihre Serviette und arrangierte das Besteck sorgfältig neben ihrem Teller. Dann legte sie sich die Serviette auf den Schoss und strich sie glatt.

„Wie geht es dir?", fragte sie.

Ben wartete einen Augenblick, dann sagte er: „Langsam kommen wir alle zur Ruhe. In ein paar Wochen lege ich die Prüfung vor der texanischen Anwaltskammer ab. Danach muss ich mich für einen Arbeitgeber entscheiden."

„Und deine Brüder?"

„Wir machen Fortschritte. Es war nicht leicht und ..." Ben verstummte. Er wollte bei Julie einen sicheren und stabilen Eindruck erwecken, aber er fühlte sich unwohl dabei. „Du hattest recht. Ich hatte keine Ahnung, worauf ich mich einlasse. Aber inzwischen komme ich klar. Wie gesagt, wir machen Fortschritte."

„Ich habe getan, was ich tun musste, Ben."

Ben fand ihre Bemerkung lächerlich. „Mir mit einer Sorgerechtsklage drohen? Das musstest du tun?"

„Es hat doch funktioniert, oder etwa nicht?"

Die Kellnerin brachte ihnen einen Korb mit Maismehl-Jalapeño-Muffins. Ben schnitt einen auf und bestrich ihn mit Butter, während er über ihre Frage nachdachte.

„Was meinst du damit, es hat funktioniert?"

Julie lächelte. „Ihr Männer seid alle gleich. Ihr haltet euch für so klug, und dabei seid ihr psychologisch so einfach gestrickt."

„Julie, falls du nur hergekommen bist, um mich zu beleidigen, bitte ..."

„Das hatte ich keineswegs vor. Als du letzte Weihnachten nach Hause gekommen bist, konnte ich es dir an der Nasenspitze ansehen."

„Was?"

„Panik. Ben ... Ich muss dir etwas sagen. Ich war nie der Ansicht, dass deine Brüder bei uns besser aufgehoben wären. Ich wusste über Jason Bescheid. Deine

Mutter hat mich gleich angerufen, nachdem sie ihn mit diesem Jungen überrascht hatte. Grace wollte dich anrufen und dich bitten, nach Hause zu kommen, aber Bill hat es ihr ausgeredet. Sie hatte Angst, bei Jason genauso zu versagen wie bei dir."

„Wovon redest du? Sie hat bei mir nicht versagt."

„Wenn ein Kind zuhause auszieht und nur einmal im Jahr zu Besuch kommt, den Sommer lieber beim Segeln mit anderen Familien verbringt, dann sieht eine Mutter das nun mal als Versagen an."

Ben saß da wie vom Donner gerührt.

„Sam und Nick haben die Sache mit dem Sorgerecht vorgeschlagen", redete sie weiter. „Ich wusste, dass das nie klappen würde, aber ich habe mitgespielt, weil … naja, wie gesagt, ihr Jungs seid alle gleich. Selbstzweifel zu haben findet ihr in Ordnung, aber sobald jemand anderes an euch zweifelt, wird das …"

„Zur Herausforderung", murmelte Ben.

„Ja. Ich wusste, dass du die Aufgabe nicht übernehmen wolltest, aber kaum hatte ich angedeutet, dass du ihr vielleicht nicht gewachsen sein könntest … da hast du sofort alles darangesetzt, mir das Gegenteil zu beweisen. Wie gesagt, es hat funktioniert."

Ben lachte. „Julie, du steckst voller Überraschungen."

Sie lächelte und nahm einen kleinen Bissen von ihrem Muffin. „Ich hoffe, ihr kommt uns bald mal in Dallas besuchen. Du und deine Brüder, ihr gehört schließlich zur Familie, weißt du?"

„Sehen Nick und Sam das genauso?"

„Ich kann nicht für meine Brüder sprechen, Ben. Ich bin alleine hier. Sie haben dich nicht immer unterstützt, das weiß ich."

„Sam hat mich einen anmaßenden Scheißkerl genannt."

„Tja, zu seiner Verteidigung muss ich sagen, dass du dich in diesem Moment schon für etwas Besseres gehalten hast."

Ben dachte kurz darüber nach und sah sie an. „Na gut."

„Ich möchte, dass meine Mädchen mit ihren Cousins aufwachsen. Sie sollen sich kennen. Alle ihre Cousins, auch die schwulen. Bitte, denk darüber nach."

„Danke, Julie. Natürlich kommen wir euch besuchen. Ich weiß nicht, ob wir es noch vor dem Beginn des neuen Schuljahres schaffen, aber auf jeden Fall vor Weihnachten."

Ihr Essen wurde aufgetragen und sie verbrachten den Rest des Treffens damit, einander auf den neusten Stand zu bringen. Ben erzählte ihr von seiner törichten Idee, die Jungen mit nach New York zu nehmen, und Julie lachte laut.

„Tut mir leid", sagte sie und nippte an ihrem Eistee. „Ich versuche mir nur gerade Quentin in New York City vorzustellen."

IN MANCHEN Nächten, wenn die texanische Hitze Ben am Einschlafen hinderte, lag er im Bett und stellte sich Travis' Körper vor. Im Geiste strich er mit den Fingern über die starke Brustmuskulatur und weiter abwärts durch den weichen Flaum auf dem flachen Bauch. Er legte Travis die Hände auf die Schultern und tastete sich an seinen Oberarmen entlang, über seine kühle, blasse Haut. Ben nahm ihn in die Arme, ließ seine Hände über Travis' Rücken wandern. Er erkundete das perfekte V zwischen den langen Rückenmuskeln, die Kuhle in Travis' unterem Rücken und die runden Hügel seines Hinterteils. Wenn er zurückwich und nach unten schaute, würde er Travis' aufragende Erektion sehen können. Dabei spürte Ben, wie sein eigener Schwanz sich regte. Und so holte er sich fast jeden Abend einen runter und träumte dabei von Travis.

CADE SPIELTE den ganzen Sommer lang Baseball, sowohl in der Mini-Liga als auch spontan auf den Baseball-Plätzen in der Stadt. Wie Travis war auch Cade ein waschechter Texaner. An einem typischen Sommertag in Austin war es etwa 40 Grad heiß, aber das machte ihm kaum etwas aus. Von allen drei Brüdern schien er am wenigsten Aufmerksamkeit zu brauchen. Eines Abends im August, auf der Heimfahrt von einem weiteren gewonnenen Spiel, erzählte Cade Ben von seinem Plan, Halbspieler in der Universitätsmannschaft zu werden. „Das wünsche ich mir mehr als alles andere auf der Welt, aber bis dahin dauert es noch so unglaublich lange!"

„Keine Eile, Kleiner. Wie geht es dir momentan so?"

„Gut. Wie geht es dir?"

Ben lächelte.

„Mir auch. Nächste Woche mache ich mein Anwaltsexamen. Das ist wirklich …"

„Seltsam?"

„Genau, seltsam. Kommt mir vor wie ein Schritt zurück, obwohl ich weiß, dass es nur eine Formalität ist."

„Vermisst du Travis?", fragte Cade.

Ben achtete darauf, den Blick beim Fahren auf die Straße gerichtet zu halten.

„Irgendwie schon. Bestimmt. Ich habe nicht mit ihm geredet, also weiß ich eigentlich gar nicht so genau, was los ist. Das ist nicht witzig."

„Keine Sorge", sagte Cade. „Ich weiß ganz genau, dass es jetzt nicht mehr lange dauert."

„Hast du mit ihm gesprochen?"

„Nein. Aber wenn die Tage erst mal wieder kürzer werden, braucht er ja nicht mehr da oben im Norden zu bleiben. Außerdem würde er nie für immer fortgehen, ohne sich von mir zu verabschieden. Und nachdem er sich nicht von mir verabschiedet hat, kann er auch nicht für immer fort sein. Und er hat's auf die Landkarte geschrieben. Er kommt zurück, Ben, da wette ich mit dir um hundert Dollar."

146

„Was habt ihr Jungs nur dauernd mit euren Wetten? Aber okay, die Wette gilt. Ich wünschte nur, es wäre nicht mehr so lange bis zum Labor Day."

UND SCHLIESSLICH war es so weit. Die Walsh-Brüder begannen das Wochenende damit, sich *The Vampire Diaries* auf DVD anzuschauen. Ausgerechnet Quentin hatte ihre Begeisterung dafür geweckt, und bis Samstagabend hatten sie vierzehn Episoden der ersten Staffel gesehen. Als der Abspann einer weiteren Episode lief, vibrierte Bens Handy in seiner Tasche. Er holte es heraus und schaute auf den Bildschirm. Da er die Nummer nicht kannte, wollte er schon die Mailbox rangehen lassen, entschied sich dann aber doch dagegen. Vielleicht war es ja jemand aus seiner neuen Kanzlei.

Ben hatte Mitte August seine Prüfung vor der texanischen Anwaltskammer abgelegt, und obwohl er die Ergebnisse nicht vor Ende September bekommen würde, zweifelte niemand daran, dass er bestanden hatte. Auch Ben selbst nicht. Während des Sommers, nachdem sich die Nachricht von seiner Ankunft wie ein Lauffeuer verbreitet hatte (Russ Hardwick sei Dank), hatte Ben Anrufe von allen wichtigen Kanzleien in Austin bekommen. Der Name Wilson & Mead warf seinen Schatten voraus und alle wichtigen Firmen hatten Ben ein Angebot unterbreitet. Er hatte sich für seine Antwort eine Frist bis Mitte September auserbeten, aber eigentlich war seine Entscheidung schon fast gefallen.

Er ging hinaus in die Küche, um den Anruf entgegenzunehmen.

„Ben Walsh."

„Ben, hier ist Chad Young. Mein Bruder sagt, Sie hätten noch nicht zurückgerufen."

„Hallo, Mr. Young."

Chad Young war Mitbegründer der Kanzlei Shackelford, Young & Young, der zweitbesten Kanzlei in Austin. „Bitte, nennen Sie mich Chad."

„Okay, Chad. Ich habe Ihrem Bruder bereits gesagt, dass ich mich für Harrison & Pope entschieden habe." Diese Kanzlei war Nummer eins in Austin. Letztendlich wollte Ben für die Besten arbeiten. Ganz zu schweigen davon, dass SY2 den großen Fehler begangen hatten, Chads Bruder Howard mit Bens Rekrutierung zu beauftragen. Howard Young war bestimmt ein fähiger Anwalt, aber auf Vertragsrecht spezialisiert, ein Gebiet, das Ben zu Tode langweilte. Noch dazu besaß Howard keinen Funken Charisma. Während eines Abendessens im TRIO, dem Restaurant im Hotel Four Seasons, hatte Ben die Unterhaltung praktisch ganz allein bestreiten müssen. Trotzdem würde er sich anhören, was Chad zu sagen hatte. Noch war das Spiel schließlich nicht entschieden.

„Haben Sie bereits unterschrieben?", fragte Chad Young.

„Nein, noch nicht, aber …"

„Ich sag' Ihnen mal was, Ben. Meine Frau und ich veranstalten am Montag ein Labor Day-Picknick für die ganze Belegschaft. Es findet in unserem Haus in Westlake statt. Wir haben einen Pool, Tennisplätze, Ponyreiten, Feuerwerk. Haufenweise gutes Essen. Warum kommen Sie nicht mit Ihren Brüdern zu uns raus und feiern mit uns? Keine Verpflichtungen, außer vielleicht, meinen Vorschlag anzuhören. Falls Sie danach immer noch für die anderen arbeiten wollen, hören Sie nie wieder von uns. Was halten Sie davon?"

Ben fiel kein triftiger Grund ein, die Einladung abzulehnen, und den Jungs würde es dort wahrscheinlich gefallen. „Okay, gern. Würden Sie mir Adresse und Uhrzeit per SMS schicken? Also dann, bis Montag."

Ben legte auf und erinnerte sich lächelnd an die Zeit nach seinem Jura-Examen zurück – wie ihn die Kanzleien umworben und sich gegenseitig mit Einladungen übertroffen hatten, um die Konkurrenz auszustechen. Anscheinend legte Chad Young sich jetzt so richtig ins Zeug. Er ging zurück ins Wohnzimmer und erkundigte sich, was seine Brüder von einem Labor Day-Picknick hielten. Nicht alle reagierten voller Begeisterung, aber alle waren sich einig, dass das ganz interessant zu werden versprach.

„Wo ist es denn?", fragte Cade.

„Westlake."

„Wir hängen mit den reichen Leuten herum", sagte Quentin mit deutlicher Verachtung.

„Hey", tadelte Ben. „Es schadet nichts, zu lernen, wie man mit reichen Leuten umgeht. Bring' reichlich Ironie mit, dann klappt das schon. Und bring' auch Dakota mit. Mit ihr sehen wir besser aus." Chad hatte in seiner Einladung nichts von zusätzlichen Gästen gesagt, aber Ben wollte seine Reaktion sehen, wenn er mit mehr Leuten als erwartet aufkreuzte. „Jason, du solltest Jake auch einladen. Er wird da wunderbar hineinpassen." Ben dachte einen Augenblick lang nach. „Eigentlich sollten wir sogar alle drei McAlisters einladen. Falls ich das Angebot annehme, möchte ich Dan dabeihaben."

„Ich schreibe ihm eine SMS", antwortete Jason.

„Hört die Arschkriecherei eigentlich auf, wenn du den Job annimmst?", fragte Quentin.

Ben lachte. „Das kannst du laut sagen. Also genieß es jetzt, so lange es eben dauert."

Sie legten eine neue DVD ein und widmeten sich wieder dem Liebesdreieck zwischen Stefan, Elena und Damon. Ben betrachtete seine Brüder unauffällig. Er lächelte, als ihm klar wurde, wie sie sich seit dem unerfreulichen Ausflug nach New York im letzten Frühling entwickelt hatten. Ben hatte alles im Griff, er war nun bereit für Travis' Rückkehr.

Am Montag quetschten sie sich alle, inklusive Dakota, in den enormen Pick-up ihres Vaters und machten sich auf den Weg nach Westlake. Sie hielten kurz bei den McAlisters, die in ihrem eigenen Auto folgen würden, um alle gemeinsam anzukommen. Während des Sommers waren Dan und Ben öfters zusammen essen gegangen und Ben betrachtete ihn als eine Rarität in der Welt der Juristen – jemanden, dem er möglicherweise vertrauen konnte. Als sie bei dem Picknick ankamen, waren bereits zahlreiche Gäste auf der weitläufigen Rasenfläche zwischen dem reichhaltigen Buffet und dem ebenso reichhaltigen Angebot an Unterhaltungsmöglichkeiten unterwegs. Hätte Chad Young noch eine Achterbahn dazugestellt, hätte er dem gigantischen Freizeitpark Six Flags Konkurrenz machen können.

„Ben!", rief Chad und winkte ihn herbei. Ben hatte ihn erst einmal zuvor flüchtig getroffen.

„Chad, danke für die Einladung. Es ist beeindruckend."

„Danke. Ich möchte Ihnen meine Frau vorstellen, Emily."

Ben stellte seine Brüder vor, dann Dakota, dann Jake und dessen Eltern.

„Chad, kennen Sie Dan McAlister schon?"

„Nein, freut mich. Woher kennen Sie Ben?"

„Sein Bruder ist mit meinem Sohn zusammen", antwortete Dan.

Chad zuckte mit keiner Wimper. „Daran merkt man, dass wir wirklich im einundzwanzigsten Jahrhundert leben. Schön, dass Sie alle gekommen sind. Ich habe zu Emily gesagt: Wenn ich eine Feier organisiere, dann müssen viele Leute da sein. Also, willkommen."

Alle verteilten sich nach und nach und schienen den Nachmittag zu genießen, so kam es Ben zumindest vor. Cade ging sofort zu den Ponys. Quentin und Dakota hielten sich die meiste Zeit am Pool auf; zuerst blieben sie unter sich, wurden dann aber von einigen Schülern der Westlake Schule in ein nettes Gespräch verwickelt. Jason und Jake spielten eine Runde Tennis, bevor auch sie sich am Pool abkühlten. Von Bens Platz aus wirkte es, als habe Jake Jason einige seiner Schulfreunde vorgestellt.

Einige Stunden später bat Chad Ben für ein Gespräch ins Haus. Die Inneneinrichtung des Hauses spiegelte Chads Status und Reichtum wieder, aber Ben war an den Reichtum der Meads gewöhnt und bemerkte einige Details, die nicht ganz stimmig waren. Emily Young hätte ein Original aussuchen sollen, auch wenn es teurer war, statt eine Kopie von *The Starry Night* ins Foyer zu hängen. Chad führte ihn in sein Büro – eine Mischung aus Bibliothek und Studierzimmer – wo bereits Howard Young und ein weiterer Mann, der sich als Barry Shackelford herausstellte, auf sie warteten. Plüschsessel, die an einen altmodischen Herrenclub erinnerten, dienten den vier Männern als Sitzgelegenheiten.

Ben begann. „Chad, ich möchte mich bei Ihnen für die Einladung bedanken. Es war mir und meiner Familie ein besonderes Vergnügen. Aber ich möchte auch nicht Ihre Zeit verschwenden, da …"

Chad Young unterbrach ihn.

„Darf ich dazu etwas sagen?"

Ben rang sich ein Lächeln ab. Er mochte Leute nicht, die ein Nein nicht akzeptieren konnten.

„Natürlich."

„Ich habe Sie nicht eingeladen, um Ihnen Zucker in den Arsch zu blasen, Ben. Und ich bitte um Entschuldigung, dass ich mich nicht früher um Sie bemüht habe, aber unsere Mutter war krank und unser Vater brauchte Hilfe, daher war ich anderweitig beschäftigt. Aber ich habe meine Hausaufgaben gemacht. Ich weiß, dass Sie immer der Beste waren und nur für die Besten gearbeitet haben. Sie haben sich für Harrison & Pope entschieden, weil das die beste Kanzlei der Stadt ist. Etwas anderes sage ich auch nicht. Aber ich sage Ihnen jetzt, dass Harrison & Pope nicht die beste *Wahl* ist. Für Sie. Und bevor Sie etwas dazu sagen, will ich Ihnen erklären, warum.

Ich weiß, dass Sie in zehn Jahren mit Colin Mead zusammen eine eigene Kanzlei eröffnen werden. Vielleicht liege ich zeitlich um ein oder zwei Jahre daneben, aber Sie beide sind als Partner unverkennbar wie füreinander geschaffen. Na also, Sie streiten es nicht ab, und ich kann Ihnen am Gesicht ansehen, dass ich recht habe. Wenn ich raten müsste, würde ich sagen, dass Sie diese Pläne Harrison & Pope gegenüber nicht erwähnt haben. Und ich will damit nicht sagen, dass Sie das tun sollten. Aber was, wenn ich Ihnen meine Hilfe dabei zusagen würde – solange Sie uns helfen, es mit Harrison & Pope aufzunehmen?“

„Wie?“

„Arbeiten Sie für uns. Wir brauchen jemanden, der unser Profil schärft. Der vor Gericht gewinnt. Das zieht Klienten an.“

„Aber das ist noch nicht alles“, bemerkte Barry Shackelford.

„Nein“, sagte Chad, „noch lange nicht. Wir würden Sie gerne nächstes Jahr mit der Werbung von neuen Mitarbeitern betrauen. Sie sollen die Ivy League und Stanford zu uns holen.“

Ben schüttelte den Kopf. „Das ist unrealistisch.“

„Nicht, wenn Sie das Reden übernehmen. Austin hat viel zu bieten. Die Leute werden da sein wollen, wo Sie sind, Ben. Sie sind jung, gut aussehend, charismatisch – ein Siegertyp. Und Sie sind einer von ihnen. Ich erwarte nicht, dass uns die Elite die Türen einrennt. Einer pro Jahr, vielleicht. Wie lange wird es noch dauern, bis Ihr Jüngster mit der Schule fertig ist – fünf, sechs Jahre?“

„Sechs, mindestens. Cade wird wahrscheinlich auf die Universität wollen, also vermutlich eher zehn. Doch jetzt frage ich mich natürlich, wo hier der Haken ist. Verzeihen Sie meine Direktheit, Chad, aber was springt für mich dabei raus?“

„Keine Entschuldigungen, Ben. Ich mag Direktheit. Also, hier mein Vorschlag: Geben Sie uns zehn Jahre und helfen Sie uns, SY2 zur besten Anwaltskanzlei in Austin zu machen, und im Gegenzug steuere ich eine Million Dollar zur Gründung der Kanzlei Mead & Walsh bei.“

Ben setzte sich aufrecht hin und atmete tief ein.

„Walsh & Mead.“

Chad lächelte. „Natürlich. Sie wissen so gut wie ich, dass Ihr Freund Colin das Geld problemlos auftreiben kann, aber Sie wollen schließlich auch nicht mit leeren Händen dastehen. Mit uns müssen Sie das nicht.“

„Wieso würden Sie das für mich tun?"

„Ich bin kein Philanthrop, Ben. Was ich für Sie tue, tue ich für uns. Wir sind Anwälte und wollen gewinnen. Wir haben es satt, in dieser Stadt die zweite Geige zu spielen, und wir sind bereit, denjenigen gut zu bezahlen, der uns hilft, das zu ändern."

„Wir stellen allerdings eine Bedingung", sagte Barry.

„Und die wäre?", fragte Ben.

„Wenn Sie gehen", erklärte Howard, „bleiben alle, die Sie rekrutiert haben, bei uns. Wir wollen sozusagen Großputz machen und unsere Kanzlei von Grund auf neu aufbauen. Damit gehen wir ein immenses Risiko ein, also können Sie uns nicht die Leute abwerben."

Ben dachte nach.

„Meine Brüder müssen immer an erster Stelle stehen. Das ist Ihnen doch klar, nicht wahr?"

„Uns geht es mit unseren Familien genauso. Denken Sie an Ihre Zukunft, Ben. Denken Sie daran, wie viel Spaß es Ihnen machen wird, uns zur Spitzenposition zu verhelfen. Ist doch viel spannender, als droben im Schloss zu sitzen und schon die Nummer eins zu sein. Denken Sie an die Million, die am Ende für Sie dabei rausspringen wird. Wir alle haben etwas davon. Wir sind für Sie die beste Wahl."

Ben sah das ein. „Nur eins noch."

„Schießen Sie los", sagte Chad.

„Ich möchte Dan McAlister mitbringen. Er ist im Augenblick selbstständig und verdient eigentlich genug, aber ich brauche jemanden wie ihn, jemanden, dem ich vertrauen kann, um erfolgreich zu sein. Das sage ich nicht nur, weil mein Bruder mit seinem Sohn zusammen ist. Wenn Sie von mir erwarten, Ihre Kanzlei neu aufzubauen, möchte ich mit ihm anfangen."

„In Ordnung. Falls Sie einen früheren Assistenten aus New York ebenfalls gerne hierher holen möchten, wäre das auch kein Problem."

„Darauf komme ich vielleicht zurück. Eine Rechtsanwaltsgehilfin bei Wilson & Mead. Sie wäre ein echter Gewinn, falls ich sie überreden kann. Aber falls ich versuchen sollte, denen die wirklichen Talente abzuwerben, werde ich an Thanksgiving nicht mehr eingeladen. Und darauf würde ich nur höchst ungern verzichten."

„Ich habe von den legendären Feiern gehört", sagte Chad.

Sie unterhielten sich noch eine Zeit lang und besiegelten dann die Vereinbarung mit Handschlag. Die Einzelheiten würden sie später ausarbeiten. Als Ben rechtzeitig zum Feuerwerk wieder in den Garten kam, nahm er Dan beiseite und erzählte ihm die Neuigkeiten.

„Willst du mich verarschen?", rief Dan, fiel Ben um den Hals und drückte ihn fest an sich. Ben entwand sich der Umarmung so sanft wie möglich, erfreut, Dan so glücklich zu sehen. „Damit ist für mich ein Traum wahrgeworden, das darfst du mir glauben. Und ich würde für dich arbeiten?"

„Offiziell schon. Aber im Grunde würdest du nicht für mich, sondern mit mir arbeiten. Und bedank dich noch nicht. Das ist eine Gelegenheit. Jetzt müssen wir beide erst mal zeigen, was wir können."

„Sarah wird ausflippen. Alle sind dort drüben, lass es uns ihnen erzählen."

Ben folgte ihm hinüber zu einer großen Decke, auf der sein Klan es sich gemütlich gemacht hatte. Sarah küsste ihren Mann, als sie die Neuigkeiten hörte, und Jake küsste Jason zum allerersten Mal in der Öffentlichkeit.

Cade zeigte sich dankbar, dass Ben endlich einen Job hatte. „Ich habe mir schon Sorgen gemacht, Bruderherz."

Während über ihnen das Feuerwerk den Himmel erleuchtete, wurde Ben immer unruhiger. Der Sommer war offiziell zu Ende, also konnte Travis jetzt theoretisch jeden Tag wieder auftauchen. Wenn nicht morgen, dann vielleicht übermorgen oder am Tag danach. Vor seinem inneren Auge konnte Ben seine Zukunft vor sich liegen sehen, immer noch so ungezähmt und unberechenbar wie zuvor. Ben wurde klar, dass das Warten noch nicht zu Ende war. Im Gegenteil, Labor Day hieß, dass es gerade erst begonnen hatte.

16

AM ERSTEN Oktober, als Ben bei Shackelford, Young & Young anfing, hatte Travis immer noch kein Lebenszeichen von sich gegeben. Wobei Ben jetzt kaum noch Zeit hatte, sich darüber Gedanken zu machen. Arbeit und Familienleben nahmen ihn ganz in Anspruch. Trotzdem sprang er manchmal mitten in der Nacht aus dem Bett, wenn er draußen Scheinwerfer vorbeihuschen sah. Das war vielleicht Travis, der im Taxi vom Flughafen kam, weil er nirgends sonst hinkonnte und mit niemand anderem zusammen sein wollte. Er würde herkommen, Ben würde ihn küssen, und alles hätte wieder einen Sinn. Manchmal kroch er aber auch nur ins Bett und schlief die ganze Nacht durch, ohne auch nur an Travis zu denken.

An einem Montag Mitte Oktober bekam er eine SMS von Quentin.

Er ist hier.

Ben spürte, wie ihm alles Blut aus dem Gesicht wich. Er schaute nach der Uhrzeit. Halb fünf Uhr nachmittags. Er war gerade dabei, mit Dan einige Gerichtsakten durchzugehen.

„Was ist los?", fragte Dan.

Ben schwieg kurz und sagte dann: „Nichts. Ich muss nach Hause. Schaffst du den Rest auch allein?"

„Na sicher. Du wirst mir nicht sagen, was los ist, oder?"

„Ein Mann. Jemand, mit dem ich letztes Frühjahr zusammen war. Er ist zurück."

„Ist das gut oder schlecht?"

Ben dachte über die Frage nach. „Das sage ich dir, sobald ich es herausgefunden habe."

Ben fuhr nach Hause und bemühte sich, ruhig zu bleiben. Nachdem er den Pick-up in der Einfahrt geparkt hatte, ging er auf die Haustür zu und wappnete sich mental für das, was ihn dahinter erwartete. Drinnen fand er seine Brüder im Wohnzimmer vor, und mit dem Rücken zur Tür saß da noch jemand. Sein rotes Haar war in den letzten Monaten gewachsen und fiel ihm jetzt bis über den Kragen. Er trug einen weißen, langärmeligen Thermopullover mit einem schwarzen T-Shirt darüber. Er bewegte den Kopf und Ben erkannte sein Lächeln.

Bleib cool, ermahnte er sich.

„Schau mal, wer da ist!", sagte Cade und ging mit aufgehaltener Hand auf Ben zu.

„Dein Geld kriegst du nachher, Kleiner."

Travis stand auf und drehte sich um.

„Howdy", sagte er.

„Hallo", antwortete Ben.

Quentin und Jason schnappten Cade und versuchten, ihn aus dem Wohnzimmer zu bugsieren.

„Lasst mich los", protestierte Cade.

„Wir verziehen uns, du Penner."

„Quentin", warnte Ben.

„Tut mir leid. Du bist kein Penner. Jetzt komm schon."

Sie verschwanden aus dem Wohnzimmer. Ben konnte sich an Travis kaum sattsehen. Irgendwie wirkte er erwachsener, und mit den langen Haaren war er verdammt sexy. Er sah aus wie neugeboren.

„Ich verliere einen Haufen Geld, indem ich gegen dich setze, Atwood."

„Dann solltest du das vielleicht lieber lassen."

Ben sah, dass sich etwas unter Travis' Shirt abzeichnete. „Ist das ein Nippelring?"

Travis grinste. „Ja. Hat am Anfang höllisch wehgetan, aber jetzt finde ich ihn irgendwie geil."

Ben schluckte. Sein Mund war trocken. Er machte eine lange Pause, bevor er mit brüchiger Stimme sagte: „Du bist weggegangen."

„Ja, ich … ich weiß. Und du bist nicht nach New York gezogen."

„Nein. Es hat sich herausgestellt, dass sie mit ihrem Scheck fünfundzwanzig Jahre meines Lebens kaufen wollten."

Travis sah ihm unverwandt in die Augen.

„Tut mir leid, dass ich einfach so gegangen bin, Ben, aber du wolltest eine Auszeit und ich hab' Zeit für mich gebraucht."

„Aber jetzt bist du zurück. Du bist zurückgekommen."

„Die Jungs haben mir gesagt, dass du meine Nachricht bekommen hast."

„Ja, stimmt. Cade musste sie mir erklären. Ich kann nicht glauben, dass du tatsächlich hier bist."

„Für eine Weile jedenfalls."

Ben verspürte einen schmerzhaften Stich. „Du bleibst nicht?"

„Weiß ich noch nicht. Ich habe einen weiteren Job in Aussicht. Im Südpazifik. Noch mal sechs Monate. Abflug von LA in ungefähr zehn Tagen."

„Oh", sagte Ben.

Er wusste nicht, was er noch sagen sollte. Sie unterhielten sich erst seit zwei Minuten, und schon hatte Travis ihn enttäuscht. Wollte er noch mehr wissen? Sollte er ihm „Schönes Leben noch" wünschen und ihn stehen lassen?

Er tat es nicht.

„Was hast du in Alaska gemacht?"

„Ich habe für ein Forscherteam der naturwissenschaftlichen Fakultät von Berkeley gearbeitet. Wir waren in Barrow stationiert. Haben Studien zu den Eiskappen durchgeführt. Ich war als Techniker dabei. Drei Boote und ein Schiff."

„Ich wusste nicht, dass du auch mit Booten arbeitest."

„Hab' ich auf den Tankern gelernt, als ich im Golf war. So habe ich den Job bekommen. Ich habe verdammt oft im Maschinenraum gearbeitet. Wie gesagt, ich kann alles reparieren."

„Brauchst du eine Bleibe?", fragte Ben, bereute seine Worte aber sofort.

„Nein", antwortete Travis. „Ich glaube auch nicht, dass das eine gute Idee wäre. Ich wohne vorläufig bei Darrell. Er hat ein Haus drüben in Berkman, mit drei Schlafzimmern. Aber ich würde gerne die Jungs besuchen, solange ich hier bin. Wenn dir das recht ist."

„Natürlich. Hast du gesehen, wie sie im letzten halben Jahr gewachsen sind? Jason hat jetzt einen Freund."

„Er hat mir erzählt, wie du das mit dem Segelunterricht eingefädelt hast. Guter Zug, Obi-Wan."

Ben starb einen winzigen Tod, als er seinen Spitznamen hörte, riss sich aber zusammen. „Kannst du zum Abendessen bleiben?", fragte er.

„Heute nicht. Ich bin mit den Jungs aus der Werkstatt verabredet. Ich geb' dir mal meine Nummer. Du weißt ja, ich und meine Wegwerfhandys – das hier ist auch schon fast leer." Er las die Nummer vor, und Ben speicherte sie in seinem iPhone. „Morgen Abend hätte ich Zeit, passt dir das?"

„Ja", bestätigte Ben. „Morgen ist perfekt. Komm irgendwann nach vier Uhr vorbei, dann sind sie alle hier. Ich komme normalerweise gegen sieben nach Hause."

„Du arbeitest aber lange."

„Ich muss einigen Erwartungen gerecht werden."

„Kann ich mir vorstellen. Gut, dann sehen wir uns morgen."

Travis trat auf Ben zu und legte die Arme um ihn, aber als Ben die Umarmung erwidern wollte, riss Travis sich los und flüchtete aus der Haustür.

„Scheiße", murmelte Ben. „Was zum Teufel mach' ich bloß falsch?"

AM NÄCHSTEN Tag hatte Ben Schwierigkeiten, sich auf seine Arbeit zu konzentrieren. Dan wollte natürlich wissen, was los war, und Ben gab ihm eine möglichst genaue Beschreibung des Wiedersehens.

„Und dann hat er mich umarmt und ist hinausgerannt. Ich war mir nicht sicher, ob mir da irgendwas entgangen ist. Was meinst du?"

„Für mich klingt das, als ob er mal eben für zehn Tage hier wäre und dann wieder weg."

„Aber er sagte doch was von einem Jobangebot. Nicht, dass er es angenommen hat."

„Du kannst diese Unterhaltung doch nicht sezieren wie eine Folge von *CSI*. Abgesehen davon hört sich das Angebot gut an. Du solltest ihn unbedingt dazu ermutigen, es anzunehmen."

„Aber ..."

„Er ist doch derjenige, der gegangen ist, oder?"

„Ja", grummelte Ben, wohl wissend, dass er mit dieser Antwort ein wichtiges Detail unterschlug. Er hatte Travis quasi weggeschickt. Er konnte niemandem die Schuld geben außer sich selbst.

„Wie lange hast du jetzt ohne ihn gelebt?"

„Sechs Monate."

„Dann entspann dich. Ihr seid doch beide im Grunde schon halb aus der Tür. Mach' einen eleganten Abgang und vergiss die Sache."

Ben schüttelte lachend den Kopf. „Was Beziehungen betrifft, bist du der schlechteste Ratgeber aller Zeiten, weißt du das? Halb aus der Tür? Ich wollte von dir hören, dass wir uns zusammenraufen sollen, nicht dass ich meinen Seelenverwandten um die halbe Welt schicken soll."

Jetzt lachte Dan. „Seelenverwandten? Tja, vermutlich hast du recht. Für so was bin ich nicht ausgerüstet. Ich bin für so manches nicht ausgerüstet. Ich hätte nie erwartet, von meinem fünfzehnjährigen Sohn zu hören, dass er schwul ist."

„Ist das ein Problem?"

„Natürlich nicht. Das weißt du doch. Ich rede hier von meinen Defiziten, nicht von seinen."

„Das ist verrückt."

„Was weiß ich schon über Männerbeziehungen? Was für einen Rat werde ich meinem Sohn geben können? Jetzt wünschte ich mir, ich hätte während des Studiums einmal mit einem Kerl rumgemacht, nur um mitreden zu können. Ich bin dafür nicht gerüstet, und manchmal macht mir das Angst. Noch ein Grund, weshalb ich froh bin, dass du hier aufgetaucht bist. Aber eins will ich dir sagen. Dieser Typ, Travis, der bringt dich aus dem Konzept. Ich bin es gewohnt, dich als Herrn der Lage zu sehen, und ehrlich gesagt ist mir dieser Ben Walsh lieber. Also lass Travis abziehen, damit dein wahres Ich wieder zum Vorschein kommen kann."

BEN VERLIESS das Büro einige Minuten früher als üblich und kam um kurz vor sieben zu Hause an. Er fand Travis und seine Brüder im Wohnzimmer vor, wo sie gerade *50 First Dates* zu Ende schauten, einen Lieblingsfilm der Walshs. Als der Film zu Ende war, versammelten sie sich in der Küche, um ihre Möglichkeiten fürs Abendessen zu besprechen. Jason schlug das *Hyde Park Bar & Grill* vor, aber Cade wollte Hähnchen-Tacos von *Julio's*. Ben stimmte für Hyde Park, Quentin für Julio's. Normalerweise hätte Travis die entscheidende Stimme abgegeben, aber in diesem Fall stimmte er dafür, eine Münze zu werfen. Cade gewann und sie machten sich auf den Weg.

Neben Travis zu sitzen brachte Ben in Versuchung, seine Finger durch das rote Haar gleiten zu lassen – eine Versuchung, der er widerstand. Cade wollte jedes Detail über Travis' Zeit in Alaska wissen. Travis erzählte viel von den Leuten, mit denen er zusammen gearbeitet hatte, vor allem aber von Tami und Gretchen, dem lesbischen Paar, mit dem er den Großteil seiner Freizeit verbracht hatte. Er sprach von dem andauernden Tageslicht wie von einer religiösen Erfahrung.

„Und sie ist nie untergegangen?", fragte Cade. „Die Sonne, meine ich."

„Nein. Zweieinhalb Monate lang hatten wir immer Tageslicht. Nur gegen drei Uhr morgens gab's mal so was wie Dämmerung. Um die Zeit bin ich manchmal mit dem kleinen Boot alleine hinausgefahren."

„Wie konntest du überhaupt schlafen?", fragte Quentin.

„Mit schwarzen Vorhängen, die kein Licht durchlassen."

Sie blieben bis zehn Uhr sitzen und lauschten den Geschichten, die Travis zu erzählen hatte. Als sie schließlich wieder zuhause ankamen, verschwanden die Jungs sofort in ihren Zimmern.

„Warum gehen wir nicht in den Garten?", schlug Travis vor. „Setzen uns draußen auf die Gartenstühle."

„Ich habe keinen Joint hier."

„Brauchen wir nicht mehr. Komm schon, ich will wissen, wie dein Sommer war."

Sie gingen nach draußen und setzten sich unter den Nachthimmel, so wie sie es vor etwa zehn Monaten am Weihnachtsabend getan hatten.

„Was ist mit dir passiert?"

„Was meinst du?"

„Du bist ... anders. Selbstbewusster. Travis 2.0."

„Der Sommer war sehr produktiv für mich", sagte Travis lächelnd. „Ich habe eine Menge Bücher gelesen. Ich weiß jetzt, wer James Joyce ist. Und Manet. Und Dan Savage. Gretchen hat sich um meine *education des beaux arts* gekümmert, wie sie es nannte, und ihre Aussprache war mit Abstand schlimmer als meine. Sie hat mir jeden Tag neue Musik auf den iPod gespielt und dann haben wir uns beim Abendessen darüber unterhalten. Du solltest mal die Kärtchen sehen, die sie für mich gemacht hat. Die würden dir gefallen."

„Was für Kärtchen?"

„Die hundert wichtigsten Bücher der Welt und ihre Autoren. Gemälde mit dem Namen des Künstlers und der jeweiligen Epoche hintendrauf. Ich weiß jetzt sogar, was Barockmusik ist."

„Wie kam sie denn auf die Idee?"

„Weil wir uns eines Abends betrunken haben, Gretchen, Tami und ich, und dann habe ich ihnen von dir und meinem Minderwertigkeitskomplex erzählt. Und dass ich von so vielen Sachen keinen Schimmer habe und wie sehr mir das stinkt. Ich hab' ihnen von diesem Abendessen bei Colin erzählt. Und Gretchen hat gesagt: ‚Das ist doch Schwachsinn, niemand hat alles gelesen!' Aber am nächsten Tag hat sie mich gefragt, ob ich die größten Bildungslücken zwischen meinen Ohren füllen will, und ich hab' ‚ja, bitte' gesagt. Ich habe mir sogar die Originalaufnahme von *Follies* angehört. Eine ganze Woche lang hab' ich ‚Losing My Mind' hoch und runter gehört. Martin hatte recht. Das beste Lied über Herzschmerz überhaupt."

157

Ben atmete tief durch. „Das hättest du nicht tun müssen."

„Ich habe es nicht für dich getan."

„Hast du jemanden kennengelernt?"

„Du meinst … romantisch? Nein, es war nicht die Art von Sommer. Du?"

„Nein", sagte Ben mit einem nachdrücklichen Kopfschütteln. „Ich habe vor allem für mein Anwaltsexamen gelernt."

„Was du auch bestimmt bestanden hast."

„Ja. Ich habe vor ein paar Tagen das Ergebnis bekommen."

Beide schwiegen eine Zeit lang. Ben wandte den Kopf und lächelte, als er Travis in die Sterne starren sah. Travis wandte ihm das Gesicht zu und erwiderte sein Lächeln.

„Also", sagte Ben. „Da wären wir wieder."

„Da wären wir wieder", wiederholte Travis. „Du siehst gut aus."

„Du auch. Mir gefallen die langen Haare."

„Danke."

Ben atmete ein. „Werden wir darüber reden?"

„Über uns, meinst du?", antwortete Travis.

„Ja."

„Was denkst du?"

Die Frage stürzte Ben in einen Konflikt. Einerseits liebte er Travis natürlich und wollte, dass er blieb. Aber andererseits hatte Dan irgendwie recht. Dieser Job gab Travis die Möglichkeit, etwas aus seinem Leben zu machen, und Ben sollte ihn dazu ermutigen und ihm nicht dabei im Weg stehen. Nach dem, was Travis beim Abendessen über seine Zeit mit der Gruppe aus Berkeley erzählt hatte, wusste Ben, dass Travis dorthin gehörte. Ben wusste aber auch, dass er nicht noch einmal sechs Monate lang warten würde. Die Zeit war reif für einen Neuanfang.

„Offenbar hast du da ein fantastisches Angebot bekommen. Noch eins. Ich finde, du solltest es annehmen. Wir bleiben nicht für immer jung, Travis. Jetzt ist für dich die Zeit, wo du sechs Monate deines Lebens in Alaska und die nächsten sechs im Pazifik verbringen solltest. Es tut dir offensichtlich gut."

„Aber was wird aus dir und mir?"

Ben schüttelte den Kopf.

„Unser Timing ist beschissen. Tut mir leid, aber manchmal kann man da einfach nichts machen, egal, wie gut der Sex ist."

Travis lachte. „Er war verdammt gut, oder?"

„Spektakulär. Aber du musst tun, was für dich am besten ist, ich verstehe das absolut. Genau das habe ich auch getan."

Travis starrte weiter geradeaus, sodass Ben sein Gesicht nicht sehen konnte. „Auch wenn es nicht das Beste für uns ist?"

Ben schwieg für einen Augenblick. „Ist das, was von uns übrig ist, überhaupt noch der Rede wert? Es ist sechs Monate her, Travis." Ben kam sich vor wie bei einem Plädoyer, an das er selbst nicht glaubte. Travis war ihm immer noch sehr wichtig, aber er war fest entschlossen, nicht mehr egoistisch zu sein.

„Ich weiß", sagte Travis. „Ich dachte nur ... na, vergiss es. Das beantwortet wohl alle meine weiteren Fragen. Ich habe das Gefühl, wirklich etwas mit meinem Leben anzufangen, obwohl ich nur Maschinen repariere."

„Das ist doch wichtig, findest du nicht?"

„Ich denke schon."

Aus dem Augenwinkel meinte Ben zu sehen, dass Travis eine Träne wegwischte. Aber er war sich nicht sicher.

„Wie war dein Sommer?", wechselte Travis das Thema.

„Heiß", antwortete Ben. „Und trocken. Und lang. Es hat nie geregnet. Wir haben die meisten Wochenenden an den Quellen verbracht. Ich habe ein paar alte Freunde getroffen. Viele Leute kommen zum Studieren hierher und gehen dann nie wieder weg. Das Leben mit den Jungs hat sich eingespielt, da haben wir wirklich Fortschritte gemacht, würde ich sagen."

„Wie ist Jasons neue Schule?"

„Ein Unterschied wie Tag und Nacht. Er findet sie toll. Er hat gute Noten *und* einen Freund. Er ist erfolgreicher als ich."

Travis lachte. „Du bringst mich immer noch zum Lachen."

„Ich bringe dich immer noch zum Lachen."

„Und dein neuer Job?"

„Gefällt mir. Ich habe die richtige Entscheidung getroffen. So wie's aussieht, wird mein Leben nun wohl doch kein Trauerspiel."

„Das ist toll, Ben."

„Schön, dass du das denkst."

Er wollte Travis bitten zu bleiben. Er wollte ihn auf Knien anflehen, nicht wieder fortzugehen. Er wollte impulsiv und romantisch und alles das sein, was er seit Travis' Verschwinden verloren geglaubt hatte. Aber dann erinnerte er sich an das letzte Mal, als er sich so benommen und dafür eine dicke Lippe kassiert hatte.

„Eine Frage hätte ich", sagte Ben.

„Und die wäre?"

„Offenbar hast du Mrs. Wright gebeten, mir die Karte nur dann zu geben, wenn ich hierbleibe. Wären wir umgezogen, wäre es also aus gewesen? Du hättest dich nicht einmal verabschiedet?"

Travis sah weg.

„Ich war total verloren, Ben, und ans Abschiednehmen hab' ich wirklich nicht gedacht. Wenn du nach New York gezogen und vorher noch bei Mrs. Wright vorbeigegangen wärst, um adios zu sagen, dann hätte ich bestimmt nicht gewollt, dass sie dir eine Landkarte gibt, wo ‚Ich komme wieder' draufsteht. In dem Fall hätte ich gewollt, dass du mich einfach vergisst."

„Okay, verstehe."

„Das hoffe ich, denn mir ist nichts anderes eingefallen. Ich konnte einfach nicht in Austin bleiben. Ich konnte nicht auf der anderen Straßenseite hocken und mich jeden Tag fragen, wann deine Auszeit vorbei ist."

Ben wandte ihm das Gesicht zu und bemühte sich um ein Lächeln. „Ich hab's vermasselt, und das tut mir leid. Du hast das Richtige getan. Ich wollte dir nicht das Gefühl geben, als müsstest du … egal, du hast das Richtige getan."

Als Travis an diesem Abend ging, hätte Ben ihn beinahe geküsst, aber er gab dem Impuls nicht nach. Wieder war es Travis, der Ben in die Arme nahm. Doch diesmal schaffte es Ben, die Umarmung zu erwidern, ehe Travis sich ihm entziehen konnte. Travis wehrte sich nicht und so standen sie eine ganze Weile so im Garten. Hätte Travis den Kopf gehoben, wäre alles vorbei gewesen. Sie hätten sich geküsst und dann, naja, sie kannten beide den Weg zum Schlafzimmer. Aber Travis hob den Kopf nicht, und sie küssten sich nicht.

Stattdessen kehrte Travis wie am Abend zuvor zu Darrells Haus zurück.

WÄHREND DER nächsten Woche kam Travis fast jeden Nachmittag vorbei und Ben versuchte, früher Feierabend zu machen. Am Wochenende brachte Jason Jake mit, um ihm den mysteriösen Travis vorzustellen (Jakes Worte), und Dakota ging am Sonntag mit ihnen zum Bowling. Es war alles fast wie früher, nur dass Travis nie über Nacht blieb. Ben wartete auf ein Zeichen, aber Travis hielt Abstand, als wäre er wieder lediglich Gast und nicht ein Mitglied der Familie.

Am Dienstag verkündete Travis, dass er den neuen Job angenommen hatte und am Donnerstagabend nach L.A. fliegen würde. Ben unterstützte seine Entscheidung weiterhin standhaft, obwohl sein Herz vor lauter guten Vorsätzen zu brechen drohte. Am nächsten Abend kam Travis zum Abendessen vorbei, um Abschied zu nehmen. Cade fragte, wann er zurückkommen würde, und Travis sagte, er wisse es nicht, werde aber regelmäßig anrufen, versprochen. Er umarmte alle drei Jungen ausgiebig, konnte sich dann aber kaum losreißen, als er mit Ben auf der Veranda stand. Beiden war unbehaglich zumute, da sie wussten, dass es vielleicht das letzte Mal war.

„Bis dann, Atwood."

Travis zögerte, biss sich auf die Unterlippe und sagte schließlich: „Lebwohl, Ben."

Dann stieg er in seinen Truck und fuhr davon.

Ben spürte, wie ihm das Blut aus dem Gesicht wich und die Welt in eine unheimliche Stille versank, genau wie nach jenem schicksalhaften Telefonat mit Pfarrer Davenport vor zehn Monaten. Er ging zurück ins Haus, wo Quentin mit verschränkten Armen stand und auf ihn wartete.

„Was ist los mit dir, großer Bruder?"

Ben rieb sich die Stirn. „Wovon redest du?"

„Warum hast du ihn nicht gebeten, zu bleiben?"

„Darum. Der Job ist eine tolle Chance für ihn und ich habe lange genug das selbstsüchtige Arschloch gespielt. Ich dachte, du findest das gut."

„Nein, ich finde das *nicht* gut. Dieser Job wäre vielleicht eine tolle Chance für jemand anderen, aber nicht für ihn. Und was heißt hier selbstsüchtig, wenn er das gleiche will wie du? Er hat nur darauf gewartet, dass du ihn darum bittest, du Depp. Dass er bleibt."

„Nein, hat er nicht."

„Doch, *hat* er. Du wolltest doch eine Auszeit, nicht er. Und ich verstehe ja, warum du es getan hast. Jeder versteht das, sogar Travis. Jemand hat Jason Drogen gegeben, und du wolltest nur alles schnell wieder in Ordnung bringen, also hast du einen Fehler gemacht und den einen Menschen weggeschickt, den du am meisten brauchtest. Merkst du's denn nicht einmal, wenn du am Zug bist?"

Ben antwortete nicht.

„Okay", sagte Quentin leise, „ich verrate dir ein Geheimnis. Er will diesen Job nicht annehmen."

„Warum hat er dann nichts gesagt?"

„Weil er hören will, dass du bereit bist für ihn. Dieses Mal wirklich. Er muss wissen, dass du deinen Scheiß geregelt gekriegt hast und dass er endlich nach Hause kommen kann. Schon klar – du hast Angst, dass du nicht gleichzeitig ein Partner für ihn und ein Elternersatz für uns sein kannst. Aber das ist Quatsch. Als sein Partner kannst du dich sogar besser um uns kümmern. Er ist bereit, du bist bereit – das Timing ist perfekt."

„Woher weißt du das alles?"

„Weil ich Augen im Kopf habe. Manchmal steckst du so tief in deinem eigenen Drama, dass du nicht mehr mitkriegst, was direkt vor deiner Nase passiert. Aber du hast ja mich."

„Jetzt ist es zu spät. Er ist zu Darrell gefahren, und morgen ist er weg."

„Ruf ihn an."

Ben nahm sein Handy und wählte Travis' Nummer. „Funktioniert nicht. Er hat kein Guthaben mehr darauf. Und ich weiß nicht, wo Darrell wohnt. Es ist zu spät."

„Nichts ist zu spät. Er wird morgen Nachmittag in der Werkstatt sein, Darrell bringt ihn zum Flughafen."

„Wann?"

„Nach dem Mittagessen. Bitte, Ben, sei da. Du machst mich ganz verrückt, dauernd bläst du Trübsal. Du musst das in Ordnung bringen."

„Hey, Ben." Es war Jason, der die Treppe herunterkam und ihm sein Telefon hinhielt.

„Was gibt's?"

„Es ist Jake. Er will mit dir reden."

Ben nahm das Telefon und hielt es sich ans Ohr. „Hallo."

„Hi, Ben. Hier ist Jake."

„Hi, Jake. Was gibt's?"

„Ich habe heute ein Gespräch zwischen meinen Eltern mitgehört. Mein Vater hat meiner Mutter erzählt, was er dir geraten hat. Wegen Travis. Dass du ihn dazu ermutigen sollst, den Job anzunehmen und wieder wegzugehen."

„Ja?"

„Tja, wahrscheinlich sollte ich das gar nicht sagen, aber ich bin da ganz anderer Meinung. Du hättest Jason den gleichen Rat geben können. Wegen mir, meine ich. Du hättest ihm sagen können, dass er mich vergessen soll, dass ich mich wie ein Idiot benommen und meine Chance vertan hätte. Aber das hast du ihm nicht gesagt. Du hast geholfen, uns zusammen zu bringen. Ich wusste, was es mit dem Segelausflug im Frühling auf sich hatte."

„Das hast du gewusst?"

„Also bitte, das war doch offensichtlich. Glaubst du, ich hätte nie *The Sting* gesehen? Die ganze Sache war dein Versuch, mir und Jason noch eine Chance zu geben. Ich fand es toll, dass er einen Bruder hat, der sich so um ihn kümmert. Auf jeden Fall finde ich, du solltest deinen eigenen Rat beherzigen, nicht den meines Vaters. Jeder verdient eine zweite Chance, Ben, besonders du und Travis. Ich habe ein wirklich gutes Gefühl bei ihm. Ich glaube, er ist der Richtige für dich."

AM NÄCHSTEN Tag nahm Ben sich den Nachmittag frei und machte sich gegen eins auf den Weg zur Werkstatt. Darrell kümmerte sich um einen Kunden, als er ankam.

„Ich bin gleich bei dir, Ben."

Ben blickte durch das Glasfenster in die Werkstatt. Während Ed und Royce an Autos arbeiteten, die auf der Hebebühne standen, sah Topher zu ihm herüber und winkte Ben, der zurück winkte. Travis hatte stets nur gute Worte für seine ehemaligen Kollegen gefunden, und sie hatten Ben immer wie ein Familienmitglied behandelt.

„Was kann ich für dich tun?", fragte Darrell.

„Hi, Darrell", sagte Ben. „Mein Bruder hat gesagt, du fährst Travis heute Nachmittag zum Flughafen."

„Stimmt. Er macht gerade noch ein paar Besorgungen, sollte aber bald zurück sein. Wir wollten uns gegen vier auf den Weg machen. Soll ich ihm etwas ausrichten?"

„Würde es dir etwas ausmachen, wenn ich hier auf ihn warte?"

„Gar nicht. Du kannst ihn anrufen, wenn du willst. Er hat sich heute Morgen ein neues Telefon besorgt."

„Nein, ich denke, ich bespreche das lieber mit ihm persönlich."

„Verstehe. Im Hinterzimmer gibt's Kaffee und altbackene Donuts, falls du Interesse hast. Bedien' dich."

„Danke."

Darrell verschwand im Büro und Ben setzte sich auf einen Stuhl im Wartebereich. Er griff nach der Fernbedienung und zappte sich durch einige Fernsehsender. Da er nichts Spannendes fand, begann er, auf seinem Handy etwas zu lesen. Zwei Stunden gingen vorüber. Ben konnte in die Werkstatt blicken und wusste, dass die Männer über ihn redeten. Er hatte den Kopf gesenkt und Kopfhörer auf, als Royce den Kopf durch die Tür streckte.

„Psst! Ben!"

Ben blickte auf und nahm die Kopfhörer aus den Ohren.

„Er ist hier."

„Danke, Mann."

„Kein Problem", flüsterte Royce. „Viel Glück."

Ben steckte sein Handy in die Tasche und ging nach draußen.

Travis stand vor den Hebebühnen, zwei Sporttaschen neben sich. Er unterhielt sich gerade mit Ed und gestikulierte dabei wie wild mit den Händen. Ed, der Ben von hinten herankommen sah, gab Travis einen Klaps auf die Schulter.

„Gute Reise, Kumpel. Ben, schön dich zu sehen."

„Gleichfalls, Ed."

Travis drehte sich um und schaute ihn an. „Ist was passiert?", fragte er, leicht schockiert. „Mit einem der Jungs?"

„Nein, denen geht's gut."

Travis schwieg und verarbeitete die Information.

„Was machst du dann hier?"

Ben schaute ihn an.

„Ich bitte dich, nicht zu gehen."

„Was?"

„Ich kann das erklären, wirklich. Als wir im letzten Frühling diesen Ausflug nach New York gemacht haben und alles auseinandergefallen ist, da bin ich auf Distanz gegangen. Mein eigener Schwung hat mich irgendwie überrollt. Aber du hast nicht auf mich gewartet, wie du gesagt hast."

„Ich habe auf dich gewartet. Aber in Alaska."

Ben legte sich die Hand auf die Stirn.

„Ich drücke das ganz falsch aus. Mir fällt gerade auf, dass das wie ein Schlussplädoyer klingt."

Travis lachte. „Ist okay, Ben. Fang noch einmal an und sag, was du zu sagen hast. Ich verspreche auch, dich nicht mehr zu unterbrechen."

„Okay", sagte Ben und atmete einmal tief durch. „Alles, was nach New York passiert ist, war mein Fehler. Ich habe bekommen, worum ich gebeten habe. Aber auf dem Rückflug nach Austin habe ich vieles gesagt, was ich hinterher schwer bereut habe. Ich dachte, du lenkst mich nur ab. Ich dachte, allein komme ich besser klar. Aber das war ein Irrtum." Ben biss sich auf die Lippe, um seine Emotionen zurückzuhalten. Er sah Travis in die Augen und sah Tränen darin aufsteigen. „Ich habe also gestern Abend mit Quentin geredet und er hat mich einen Idioten genannt, wie üblich. Du bist wiedergekommen und ich habe dir nicht gesagt, dass es falsch von mir war, dich wegzuschicken. Ich habe dir nicht gesagt, dass ich mein Leben auf die Reihe bekommen habe und bereit bin, mit dir zusammen zu sein. Also dann: *Ich hatte unrecht und jetzt bin ich bereit.* Bitte, Travis, bleib' bei mir. Du hast einmal gesagt, dass hier nichts kaputt ist, was man nicht reparieren kann. Aber wenn du weggehst, wer repariert mich dann?"

Travis stand schweigend da. Tränen rannen ihm über das Gesicht.

„Bitte", wiederholte Ben. „Ich bitte dich. Komm nach Hause und mach' mich wieder ganz."

Ed, Topher und Royce sahen zu und warteten auf seine Antwort. Darrell bekam mit, dass etwas im Gange war, und kam nach draußen. „Was ist hier los?", fragte er. „Travis, ist alles okay?"

„Mehr als okay, Darrell", antwortete Travis, ohne den Blick von Ben zu lösen. „Was glaubst du, worauf ich gewartet habe, Obi-Wan?"

„War es das, was du hören wolltest?"

„Ja, verdammt, das war es. Ich wollte nie in den gottverdammten Südpazifik. Aber du hast dauernd gesagt, dass ich …"

„Ich habe versucht, kein …"

„Stopp", sagte Travis lächelnd. „Lass mich jetzt reden. Ich habe den Großteil der Zeit in Alaska damit verbracht, über uns nachzudenken und das alles auf die Reihe zu kriegen. Bis ich begriffen habe, dass es eigentlich ganz einfach ist. Du bist der Eine, Ben. Seit der Sache mit den Knien unter dem Tisch."

„Du meinst …?"

„Ja. An Silvester. Ich hatte das nicht vorgehabt, aber unsere Knie haben ganz natürlich zueinander gefunden. Und da wusste ich es. In dieser Nacht habe ich mit Trisha Schluss gemacht."

Ben sah ihn überrascht an. „Aber du hast doch gesagt …"

„Tut mir leid, dass ich dich angelogen habe. Ich hatte Angst, Ben. Ich wusste nicht, was ich sagen sollte. Alles, was ich wusste, war …"

„Es ist egal."

„Bist du bereit für meine Rückkehr? Diesmal endgültig?"

„Ich bin mehr als bereit. Ich habe dich so vermisst, ich kann nicht einmal …"

Travis machte einen Satz nach vorn und schlang Ben die Arme um den Hals. Ihre Lippen trafen sich und Ben küsste ihn.

„Hey, Travis", rief Darrell grinsend. „Brauchst du deinen alten Job zurück?"

17

Nachdem er den Wissenschaftlern aus Berkeley telefonisch abgesagt hatte, kam Travis mit Ben zurück zum Haus der Walshs, um den Brüdern die Neuigkeiten zu verkünden. Alle waren erfreut und erleichtert, am meisten Cade, denn er hatte Travis sehr vermisst.

„Ziehst du jetzt bei uns ein?", fragte er.

Travis schaute Ben an, der keinen Augenblick zögerte.

„Hier ist jetzt dein Zuhause. Bei uns. Hast du deine Sachen irgendwo eingelagert?"

„Ja", antwortete Travis. „In einer Halle in North Lamar."

„Dann werden wir alles am Wochenende abholen."

Zwei Tage später schlief Travis, nachdem er einen Tag lang Kisten geschleppt hatte, auf dem Sofa ein. Er lag in Jeans und einem braunen *Keep Austin Weird*-T-Shirt auf der Seite, mit dem Kopf auf der Armlehne. Er hatte das rechte Bein ausgestreckt, das linke gebeugt und angezogen, sodass er halb auf der Seite lag und halb auf dem Bauch, die Arme vor dem Körper verschränkt. Seine Socken und Stiefel lagen vor dem Sofa auf dem Boden. Ben betrachtete ihn vom Flur aus. Es war Samstagnachmittag und seine Brüder waren alle unterwegs. Ben hörte nur das leise Hintergrundgeräusch des in der Nähe vorbeifließenden Verkehrs. Er ging hinüber zum Sofa und setzte sich. Ben hob Travis' nackten Fuß an und bettete ihn sich vorsichtig auf den Schoß. Er legte die rechte Hand auf Travis' Rücken und begann ihn sanft kreisend mit den Fingern zu massieren. Die andere Hand schob er in Travis' Hosenbein, um seinen Unterschenkel zu streicheln. Er bewegte die Hand nach unten bis zu Travis' Fuß und dann über der Jeans an seinem Bein entlang wieder nach oben, über Unter- und Oberschenkel, bis sie auf Travis' jeansbekleidetem Hintern ruhte. Er strich mit den Fingern an Travis' Bein auf und ab und steckte sie dann in die hintere Tasche seiner Jeans.

Travis begann, sich unter seinen Berührungen zu regen und rieb seinen Fuß an Bens Bauch. Ben senkte den Kopf und küsste Travis' Hintern, arbeitete sich Kuss um Kuss bis zu seinem unteren Rücken vor und rieb dann seine Stirn an Travis' T-Shirt, atmete seinen Duft tief ein. Alles war wieder da. Er hatte alles wieder. Seine Hände wanderten weiter nach oben, massierten die verkrampften Muskeln durch den Stoff hindurch. Travis griff nach ihm und zog ihn an sich, die Finger in Bens T-Shirt vergraben.

Sie hatten den Sex zwei Tage lang aufgeschoben, denn Travis wollte, dass sie sich auf sexuell übertragbare Krankheiten testen ließen. „Pass auf", erklärte er Ben, „ich habe mit niemandem außer dir Sex gehabt. Nicht, seit ich mich von Trisha getrennt habe."

„Und ich habe mit niemandem außer dir Sex gehabt. Nicht, seit ich mich von David getrennt habe."

„Wenn all unsere Tests negativ ausfallen, würde ich mich gern von den Kondomen verabschieden."

„Das heißt, du musst mir vertrauen."

Travis zögerte nicht. „Ich würde dir mein Leben anvertrauen."

Heute Morgen hatten sie bei der Vierundzwanzig-Stunden-Hotline ihre Testergebnisse abgerufen. Wie erwartet, waren sie beide gesund.

Ben streckte die Hand aus und rieb Travis die Brust. Travis ließ seine Finger an Bens Körper entlang gleiten, an seinem Arm, bis ihre Hände sich fanden. Sie verschränkten die Finger miteinander. Ihre Körper verschlangen sich in einer kräftigen Umarmung. Ben liebte es, Travis unter sich zu fühlen. Er rutschte herum, und legte sich auf ihn. Er schob eine Haarsträhne aus dem Weg, kuschelte sein Gesicht an Travis' Genick und knabberte an seinem Ohrläppchen. Travis gab ein leises Stöhnen von sich, als Ben sich an ihm zu reiben begann. Erneut griff er nach Ben und zog ihn an sich, drehte sich unter ihm, bis Ben ganz auf ihm lag, drückte seinen Hintern an Bens immer noch in der Jeans eingesperrten Schwanz, der immer steifer wurde. Ben berührte Travis am Kinn, drehte seinen Kopf zu sich herum. Gott, wie er das vermisst hatte. Er küsste ihn – voll Freude und Trauer zugleich. Es war herrlich.

Zum ersten Mal seit dem Tod seiner Eltern sah Ben klares Wasser.

„Ich bin froh, dass du hier einziehst", flüsterte er Travis ins Ohr.

„Bist du dir da sicher?"

„Ganz sicher. Das haben wir uns verdient, findest du nicht?"

Sie küssten sich wieder. Travis drehte sich auf den Rücken und strich Ben mit den Fingern durchs Haar. Ben machte den Reißverschluss von Travis' Jeans auf. Er musste den Kuss kurz unterbrechen, um sich darauf zu konzentrieren. Sobald die Hose offen war, umfasste er durch den grauen, feuchten Stoff der Unterhose hindurch Travis' dicken Schwanz. Er rieb ihn kräftig und kehrte zu Travis' Lippen zurück. Travis öffnete Bens Gürtel und seinen Reißverschluss und legte die Hand um die Wölbung in Bens Boxershorts.

„Das habe ich vermisst."

„Und er hat dich auch vermisst."

Travis lachte.

„Oh", sagte Ben, „du meintest nicht meinen Schwanz?"

„Doch. Du bringst mich einfach immer zum Lachen."

„Immer noch?"

„Immer noch."

166

Die Spitze von Travis' Schwanz tauchte über dem Rand seiner Unterhose auf. Ben zog den Slip herunter und enthüllte den verborgenen Schatz dahinter in all seiner steifen Pracht. Er starrte ihn fasziniert an. Travis zog Bens Schwanz durch den Eingriff seiner Boxershorts. Sie streichelten sich gegenseitig und küssten sich wieder, diesmal inniger. Schwänze, Lippen, Hände, Zungen, Körper – Ben wollte alles auf einmal. Sie lagen lange auf dem Sofa und befummelten sich wie Teenager, voll bekleidet bis auf die offenen Hosen, jeder mit dem Schwanz des anderen in der Hand. Ben schob Travis' Jeans weiter nach unten, umfasste seine Eier und strich dann mit den Fingern an den Innenseiten seiner Oberschenkel entlang. Ohne den Kuss zu unterbrechen, richtete Ben sich zum Knien auf. Travis zog Ben das T-Shirt aus, dann sein eigenes. Ben glitt vom Sofa und riss Travis die Jeans vom Leib, drehte sie auf links in seiner Hast, und Travis setzte sich auf. Er saß völlig nackt auf dem Sofa und Ben, immer noch in Jeans, kniete zwischen seinen Beinen auf dem Fußboden. Er beugte sich vor und leckte Travis' Hodensack, ließ seine Zunge über die weiche Haut huschen und dann den Schaft auf und ab, auf und ab. Er blickte zu Travis auf, während er ihm so aufreizend den Schwanz leckte.

„Was grinst du denn so?", fragte Travis.

„Über dich."

Ben hob Travis' Hodensack hoch; die Haut an der Unterseite schmeckte köstlich nach Mann. Auf und ab leckte er, hin und her, mal den Schaft, dann wieder die Eier. Als er über die empfindliche Eichel leckte, stieß Travis die Hüften vor. Ben umfasste Travis' Schwanz mit Daumen und Zeigefinger und bog ihn herunter. Mal umschloss er nur die Spitze mit den Lippen und nuckelte sanft daran, mal schnappte er zu wie eine Kobra und nahm den ganzen Schwanz auf einmal in den Mund. Während Ben begeistert weitermachte, lehnte Travis sich zurück, schloss die Augen und zupfte sanft an dem Ring in seinem rechten Nippel.

Nach einem ausgiebigen Blowjob stand Ben auf, streifte sich Jeans und Boxershorts ab und kickte beides mit dem Fuß weg. Travis streckte sich auf dem Sofa aus und blickte zu ihm auf.

„Komm her."

Ben legte sich auf ihn und schob ihm seinen Schwanz zwischen die Beine, küsste ihn auf den Hals und drückte ihn fest an sich. Ihre Körperwärme machte ihre Haut glitschig vor Schweiß, sodass Ben mühelos an Travis' Körper entlang weiter nach oben gleiten konnte, bis er breitbeinig über Travis' Brust kniete, einen Fuß auf dem Boden, um sich abzustützen. Er vergrub seine Finger in Travis' langem Haar, hielt seinen Kopf fest und steckte ihm seinen Schwanz in den Mund. Travis ließ seiner Begierde freien Lauf. Hemmungslos und mit unverhohlenem Genuss lutschte er Ben den Schwanz und bearbeitete dabei mit der Hand seinen eigenen dicken Ständer. Ben entzog sich ihm und blickte auf Travis hinab.

„Ich liebe dich, Atwood. Das weißt du, oder?"

„Ich liebe dich auch, Obi-Wan. Jetzt mach's dir bequem und lass mich deinen Schwanz lutschen."

Ben setzte sich hin und streckte sich in umgekehrter Richtung auf dem Sofa aus. Travis drehte sich um, sodass er zwischen Bens Beinen lag. Er umfasste den unteren Teil von Bens Schwanz mit den Fingern und begann an der Spitze zu lutschen. Ben wühlte seine Finger in Travis' Haar; gelegentlich übernahm er die Kontrolle, packte fester zu und bewegte Travis' Kopf auf und ab, mal langsam, mal schneller. Minutenlang lutschte und saugte Travis wie wild, dann stemmte er sich hoch, richtete sich über Ben auf und lächelte ihn an. Mit einem übermütigen Funkeln in den Augen sagte er: „Die Erde ist flach."

Ben sah ihn verwirrt an.

„Okay …"

„Die Erde ist flach."

„Was soll denn das werden?"

„Komm schon", neckte Travis. „Bist du nicht der Typ mit Block und Stift? Lass uns ein Spiel spielen."

Nach einem kurzen Moment des Nachdenkens beschloss Ben, die Herausforderung anzunehmen. Dieses Spiel würde er für sich entscheiden.

„Okay, spielen wir." Er machte eine Pause. „Aber in dem Fall ist die Erde nicht flach. Sie ist rund."

Travis senkte kommentarlos den Kopf und nahm Bens Schwanz wieder in den Mund. Er lutschte und streichelte ihn fast bis zum Höhepunkt. Als Ben ihm zu verstehen gab, dass er kurz vor dem Orgasmus stand, hörte Travis auf zu lutschen und bearbeitete ihn nur noch mit der Hand. Erneut sagte er: „Die Erde ist flach."

„Nein", antwortete Ben. „Die Erde ist rund."

Travis nahm Bens Schwanz wieder in den Mund, umspielte ihn mit der Zunge und schob ihn sich tief in den Rachen. Travis' Würgereflex hielt ihn dort für einen Moment fest, aber schließlich durchbrach Bens Eichel den Widerstand wie ein Rammbock. Ben beherrschte sich einige Sekunden lang, aber schließlich packte er Travis doch am Hinterkopf und begann ihn in den Mund zu ficken. Als er schon kurz vor dem Abspritzen war, hörte Travis wieder auf und zog seinen Kopf weg.

„Scheiße!", protestierte Ben. „Das ist nicht fair."

Travis sah ihm in die Augen. Seine Lippen glitzerten feucht. „Die Erde ist flach."

„Was ist das für ein Spiel?", rief Ben. „Die Erde ist rund, verdammt noch mal."

Travis ging wieder zur Sache. Diesmal machte er aufreizend langsam, hielt Ben leckend und saugend in der Schwebe, bis er sich schließlich Bens Schwanz wieder bis zum Anschlag in die Kehle trieb und ihn dort festhielt, bis ihm die Tränen in die Augen traten. Ben hatte seine Grenze erreicht. Sechs Monate lang hatte er keinen Sex gehabt. Er rammte Travis seinen Schwanz in den Hals und unterdrückte sein Stöhnen, um so vielleicht unbemerkt kommen zu können. Doch Travis kannte ihn in- und auswendig, und als Ben kurz davor war, entwand Travis sich seinem Griff, packte ihn an den Handgelenken und drückte ihm die Hände an die Seiten. Ein drittes Mal hob er den Kopf, mit irrem Blick und feuchten Augen, beinahe wie außer sich. „Die Erde ist flach", knurrte er.

„Was willst du von mir?", schrie Ben frustriert. „Bitte, lass' mich einfach kommen."

„Die Erde ist flach."

Grimmige Entschlossenheit durchfuhr Ben, bahnte sich von seinem Bauch einen Weg durch seinen Hals und schoss aus seinen Augen wie ein Laserstrahl.

„Lutsch meinen Schwanz!", forderte er spielerisch, lachend.

Travis grinste, gehorchte aber nicht. Er streichelte nur die Spitze von Bens Erektion und trieb ihn immer weiter zur Verzweiflung. „Die Erde ist flach."

„Bitte", bettelte Ben, klammerte sich an den letzten Rest von Willenskraft. Aber sein Körper konnte einfach nicht mehr. Ben gab auf und sank auf den Rücken. „Okay", wimmerte er. „Du hast gewonnen. Die Erde ist flach. Die Scheiß-Erde ist flach, verdammte Scheiße."

„Ich liebe dich", sagte Travis.

„Dann hol mir einen runter", bettelte Ben.

Travis hob Bens Beine an und zwängte seine Schultern dazwischen, bis Bens Knie neben seinen Ohren lagen. Dann leckte er ihm die Arschritze. Ben stöhnte, als Travis sich vorbeugte, um ihn zu küssen.

„Also", sagte Travis. „Da wären wir."

„Da wären wir."

„Wir gehören zusammen", fuhr Travis fort.

„Wir gehören zusammen", wiederholte Ben.

„Die Erde ist flach."

„Die Erde ist flach."

„Ich will, dass du mich fickst."

„Ich will, dass du …" Ben zögerte, aber nur für einen Moment. „… mich fickst. Ich will, dass du mich fickst."

Travis vergrub sein Gesicht zwischen Bens Arschbacken und leckte ihm begeistert die Rosette. Die Berührung seiner Zunge jagte Ben einen Schauer nach dem anderen über den Rücken und er hob die Beine noch höher. Travis schob sich über ihn und küsste ihn erneut, verschränkte ihre Hände miteinander und presste sich Bens Knie an die Brust.

„Versprichst du, mich nie wieder aus deinem Leben zu drängen?"

„Ja", antwortete Ben.

„Egal, was auf uns zukommt?"

„Ich verspreche es. Hand aufs He…"

Ben rieb sein Gesicht an Travis' Bartstoppeln, wohl wissend, worauf er sich gerade eingelassen hatte.

Bedingungslose Kapitulation.

Die Spitze von Travis' Schwanz lag an Bens Anus, bereit zum Zustoßen. Travis spuckte sich in die Hand, befeuchtete seinen Schwanz mit der Spucke und drückte ihn dann leicht gegen Bens Schließmuskel. Anfangs leistete Ben Widerstand, aber dann küsste Travis ihn erneut und er ergab sich.

„Zähl bis acht", wies Travis ihn an.

„Eins, zwei …"

Während er zählte, verabschiedete Ben sich von allem, was er über Sex und Liebe zu wissen glaubte. Travis drang in ihn ein und er ließ es zu, wollte es sogar. Travis schob sich Stück für Stück weiter vor; er hatte Ben so dicht an den Rand des Orgasmus gebracht, dass es in seiner Steißbeingegend kribbelte und er den Schwanz in seinem Arsch willkommen hieß.

„… sieben, acht."

„Tut es weh?"

„Nein", antwortete Ben.

Travis begann ihn zu ficken, und schon bald war klar, dass sie nicht lange durchhalten würden. Ben zog Travis an sich und flüsterte ihm ins Ohr: „Du bist der einzige Mann, der mich je ohne Kondom gefickt hat. Der je in mir gekommen ist."

Der bloße Gedanke schickte eine Schockwelle durch ihren Körper – Einzahl, da ihre beiden Körper jetzt so eins waren, dass sie es beide fühlten. Travis wurde schneller.

„Tu es", bettelte Ben. Er verdrehte die Augen.

Einige Augenblicke später bäumte sich Travis auf wie ein Mustang, als sein Höhepunkt in ihm aufwallte und dann aus ihm herausbrach. Sein Mund war zu einem stillen Schrei aufgerissen. Ben griff nach seinem eigenen harten Schwanz und hatte ihn kaum in der Hand, als sein Sperma schon aus ihm herausspritzte und in dicken Tropfen auf seinem Bauch und seiner Brust landete. Travis brach zitternd auf ihm zusammen und schnappte nach Luft. Ihre Lippen trafen sich und sie rieben ihre Gesichter aneinander.

„Siehst du?", sagte Travis. „Ich hab's dir ja gesagt. Die Erde ist flach."

„Ja", stimmte Ben zu und zog Travis an sich. „Die Erde ist definitiv flach."

18

NACH SEINEM Einzug fügte sich Travis problemlos wieder in ihr Familienleben ein. Eines Abends fiel Ben ein, dass er sich beeilen musste, um Travis noch in ihre Thanksgiving-Pläne einzubinden. Auf Colins Drängen hin würde Ben einen zweiten Versuch wagen und seine Brüder ein weiteres Mal nach Manhattan mitnehmen – und sei es auch nur, um die schlechten Erinnerungen an ihre letzte Reise auszulöschen. Da Ben die Feier bei den Meads keineswegs verpassen wollte, hatte er schon im August Flugtickets für sich und seine Brüder gekauft.

„Willst du mit?", fragte Ben, während er Grünzeug für einen Salat schnitt. Ben genoss es, Travis in der Küche zur Hand zu gehen.

„Also wirklich, Ben. Was glaubst du wohl?"

„Ich weiß nicht. Beim letzten Mal fandest du es schrecklich."

Travis schüttelte den Kopf. „Jetzt sieht die Sache anders aus. Glaubst du etwa, ich will hier bleiben und Thanksgiving alleine verbringen, wenn meine Familie droben in New York ist?"

„Aber Colin hat wieder am Freitag zum Abendessen eingeladen."

„Das geht in Ordnung", versicherte Travis. „Es sei denn, du willst mich nicht …"

„Quatsch", fiel Ben ihm ins Wort. „Ich rufe gleich bei der Airline an und frage, ob sie unsere Plätze ändern können, wenn wir dich mitnehmen. Und wir müssen dir auch einen Smoking besorgen."

„Ernsthaft?"

„Der alte Herr feiert Thanksgiving immer im St. Regis. Das ist sehr formell. Die Jungen haben schon welche."

„Der alte Herr?"

„Joseph Mead, Colins Großvater. Das wird ein Riesenrummel."

Jason kam in die Küche, als Ben mit der Airline telefonierte. „Was gibt's zum Abendessen?", fragte er.

„Paniertes Rindersteak", antwortete Travis.

„Du hast aber nicht dieses eklige Zeug gekauft, oder?"

Travis gluckste. „Nein, Jason. Ich hab' extra nicht das eklige Zeug gekauft."

Ben stellte sein Handy auf laut und Fahrstuhlmusik erfüllte den Raum. „Ich bin in der Warteschleife."

Quentin und Cade kamen aus dem Wohnzimmer.

„Riecht gut", sagte Quentin.

„Wo hängst du in der Warteschleife?", fragte Jason.

„Bei der Airline. Ich brauche noch ein Flugticket für Travis. Für Thanksgiving."

„Wenn dein Freund eingeladen ist, kann meiner dann auch mitkommen?", fragte Jason.

„Nein", antwortete Ben.

„Warum nicht?"

„Weil wir das Haus der Meads nicht als kostenloses Hotel mit Frühstück missbrauchen können."

„Mrs. Mead hat gern das Haus voller Gäste", sagte Cade.

„Woher weißt du das?", fragte Ben.

„Hat sie mir gesagt. Sie hat mir ganz schön viel erzählt, als ich krank war. Hast du gewusst, dass sie neun Geschwister hat? Sie leben in White River, South Dakota. Das weiß ich nur deshalb noch, weil es mich an Red River erinnert. Hast du gewusst, dass es in ihrem Haus fünfzehn Schlafzimmer gibt? Damit ihre ganze Familie auf einmal zu Besuch kommen kann, hat sie gesagt. Aber die kommen nie zu Besuch. Sie haben ihr gesagt, dass sie nicht in ihre Welt passen. Also gibt es jetzt nur die beiden Meads und fünfzehn Schlafzimmer."

„Kommt sie nicht aus einer reichen Familie?", fragte Travis.

„Nein", antwortete Ben kopfschüttelnd. „Sie kommt aus einfachen Verhältnissen. Sie konnte nur studieren, weil sie ein Stipendium hatte. Danach ist sie nach Chicago gezogen, um bei einer Immobilienfirma zu arbeiten. Da hat sie Carl kennengelernt."

„Ich rufe an und frage sie", erbot sich Cade.

„Nein", beharrte Ben. „Dan und Sarah möchten Jake an Thanksgiving bestimmt lieber bei sich zuhause haben."

„Die können doch auch mitkommen", sagte Cade, als hätte er für jedes Problem eine Lösung parat.

„Sei nicht albern", schimpfte Ben.

„Wenn Jake mitkommt, darf ich Dakota auch mitnehmen."

„Überleg' doch mal", fuhr Jason fort. „Sarah McAlister wird sich vorkommen wie im siebten Himmel, wenn du sie zur Thanksgiving-Feier der Meads ins St. Regis einlädst."

Ben lächelte. „Das würde ihr gefallen, was?"

„Sie und Dan gehören ja inzwischen praktisch zur Familie", stellte Quentin fest. Was der Wahrheit entsprach. Seit Ben und Dan zusammen arbeiteten, standen sich die beiden Familien sehr nahe.

„Okay, ich rufe Mrs. Mead an, aber ich werde mich auf dich berufen, Cade."

„Sir, könnten Sie bitte Ihren Tisch hochklappen?"

Travis klappte gehorsam seinen Tisch hoch. Der Flugbegleiter ging weiter den Gang hinunter.

„Du musst immer bis zum letzten Moment warten, was?"

Travis neigte sich zur Seite und küsste seinen Freund. „Ich habe den Tisch gerne unten", sagte er. „Ich verstehe nicht, warum denen das nicht egal sein kann."

Ben lachte. Heute war der Tag vor Thanksgiving, und sie saßen alle in einem Flugzeug nach New York.

Alle neun.

Als sie in Newark landeten, fanden sie ihr Gepäck ohne Probleme. Es hatte sich herausgestellt, dass Cade Norma Mead besser kannte als Ben. Selbst durchs Telefon hindurch hatte Ben ihr strahlendes Lächeln wahrgenommen, als er sie gebeten hatte, das Haus über die Feiertage mit Gästen füllen zu dürfen. Ben hatte für Travis und Dakota Plätze in ihrem Flugzeug bekommen. Jake und seine Eltern landeten einige Stunden später in LaGuardia. Natürlich waren die McAlisters schon zuvor in New York gewesen, aber so noch nie. Vor lauter ehrfürchtigem Staunen über das Haus der Meads überschlugen Sarah und Dan sich beinahe vor Dankbarkeit über die Einladung.

Jake seufzte erleichtert, als er ankam und Jason sah. „Ich hasse fliegen", sagte er, nahm Jasons Hand und drückte ihre Nasen wie bei einem Eskimokuss aneinander. Ben fand es immer herzerwärmend, die beiden zusammen zu sehen. Wenn Ben dabei geholfen hatte, Jasons Leben auf einen guten Weg zu bringen, war das eine der wichtigsten Leistungen seines Lebens.

Anders als bei ihrem ersten Besuch standen die Brüder diesmal nicht unter dem Druck eines bevorstehenden Umzugs und waren daher viel gelassener. Sie behandelten die Meads wie Familienmitglieder. Mr. und Mrs. Mead begrüßten in ihrer Rolle als Ersatzgroßeltern die Jungs mit offenen Armen, vor allem Cade. Catherine war ebenfalls über die Feiertage zuhause und frischte ihre Freundschaft mit Jason und Quentin auf. Sie versprach Ben, diesmal keine Dummheiten zu machen und stattete Dakota sogar mit einem originalen Stella-McCartney-Abendkleid für die Party aus.

Und am wichtigsten: die Temperaturen blieben angenehm und der Himmel strahlend blau.

AM DONNERSTAGABEND machte Ben sich im Bad fertig und sah dann nach Travis. Als er nur mit einem Handtuch um die Hüften ins Zimmer kam, stand Travis im Smoking vorm Spiegel.

„Wow", staunte Ben.

Auf Bens Vorschlag hin hatte Travis sich einen klassischen, einreihigen Armani-Smoking gekauft, dazu ein simples Hemd und eine schwarze Fliege, zu der Quentin ihm erklärt hatte: „Die bindet man genau wie Schnürsenkel."

„Sehe ich aus wie ein Pinguin?"

Ben, der beinahe platzte vor Stolz, grinste und stellte sich hinter ihn.

„Du siehst fantastisch aus", sagte er zu Travis' Spiegelbild. „Wie ein junger, rothaariger James Bond."

„Wohl kaum. Ich habe alle James-Bond-Filme gesehen, und in keinem hatte er lange Haare." Er trat von einem Fuß auf den anderen. „Die Schuhe sind nicht besonders bequem."

„Sollen sie auch nicht sein", erklärte Ben. „Ein gewisser Grad an Unbequemlichkeit gehört einfach dazu, wenn man formelle Kleidung trägt. Dein Aussehen ist es übrigens absolut wert."

Ben drehte Travis herum und küsste ihn. Travis zog ihm instinktiv das Handtuch vom Leib und ließ es auf den Boden fallen.

„Haben wir Zeit für einen Blowjob?", fragte er, während er Bens Schwanz rieb, bis er voll erigiert war.

„Für einen Blowjob ist immer Zeit. Du musst nur aufpassen, dass du dich nicht mit Sperma bekleckerst. Wir haben kein Hemd zum Wechseln dabei."

„Ich verspreche, keinen Tropfen zu verkleckern", sagte Travis grinsend.

Er schubste Ben rücklings aufs Bett und beugte sich über ihn, um seinen harten Ständer zu schlucken. Er leckte und saugte, bis Ben ihm eine beträchtliche Ladung in den Rachen spritzte. Ben beschwerte sich nie darüber, dass Travis seinen starken Sexualtrieb aus Alaska wieder mit nach Hause gebracht hatte. Obwohl das immer noch hieß, dass Travis meistens gefickt werden wollte, genoss Ben die passive Rolle von Mal zu Mal mehr, und beide fanden immer Zeit für einen raschen Blowjob. Danach zog Ben sich an und sie gingen hinunter ins Foyer, wo die anderen aus ihrer Gruppe schon auf sie warteten. Mr. Mead hatte zwei Limousinen bestellt, die sie zur Party bringen würden. In ihren Smokings und Abendkleidern sahen alle Männer todschick aus und die Frauen, als gehörten sie auf den roten Teppich.

„Macht euch auf was gefasst", sagte Ben zu seinen Brüdern, als sie auf die Straße traten. „Das wird die verrückteste Party eures Lebens."

JOSEPH MEAD veranstaltete zu Thanksgiving immer ein Dinner im St. Regis Hotel, das für Freunde, Familienmitglieder und Geschäftspartner einen der Höhepunkte des Jahres darstellte. Unter den über zweihundert Gästen befanden sich sogar einige Promis. Ben war vor zwei Jahren zum ersten Mal dabei gewesen. Zuvor hatte er noch nie etwas Vergleichbares gesehen. Das St. Regis, eins der feinsten Fünf-Sterne-Hotels in New York, strotzte nur so vor Glanz und Gloria. Auf Bens telefonische Bitte, sechs weitere Gäste mitbringen zu dürfen, hatte der „alte Herr" gewohnt liebenswürdig reagiert.

„Du gehörst zur Familie, Ben. Für Überraschungsgäste lasse ich immer Platz. Ich fand es bedauerlich, dich an Texas zu verlieren, aber es freut mich zu hören, dass sich für dich alles zum Guten gewendet hat. Und ich freue mich darauf, deine Brüder kennenzulernen. Colin schwärmt in den höchsten Tönen von ihnen."

Die Limousinen setzten sie in der 55. Straße vor dem Hotel ab, und die Gruppe machte sich geschlossen auf den Weg durch die Lobby hinauf in den zwanzigsten Stock, auch bekannt als *The Roof*. Beim Anblick der Wolkenfresken an der Gewölbedecke des Festsaals fühlte Ben sich an Versailles erinnert. Sechs vergoldete Kristall-Kronleuchter verliehen dem Raum atemberaubende Pracht, und die Fenster hinter den zurückgezogenen Goldvorhängen boten einen weiten Ausblick über Manhattan und den Central Park. Runde Tische, dekoriert mit herbstlichen Blumengestecken und langen Spitzkerzen nahmen einen Großteil des Festsaals ein; daneben gab es einen kleineren Dachterrassenbereich, wo sich die Gäste vor dem Essen zu einem Aperitif zusammenfanden.

Als sie aus dem Aufzug kamen, fiel Bens Blick auf Colin, der an der Bar lehnte und mit David Händchen hielt. David erblickte sie zuerst und stupste seinen Freund an. Colin drehte sich um und kam dann mit David im Schlepptau herüber, um sie zu begrüßen.

„Grundgütiger, Walsh", sagte Colin fröhlich. „Reist du neuerdings mit Entourage?"

„Was soll ich sagen? Ich bin ein Familienmensch."

Jason trat vor, schlang Colin die Arme um die Hüften und umarmte ihn fest.

„Na, das nenne ich mal eine Begrüßung", sagte Colin, umarmte Jason und küsste ihn auf den Kopf. „Jake, kümmerst du dich auch gut um meinen Neffen?"

„Ich glaube, meistens kümmert er sich eher um mich, Colin."

David trat vor und streckte Travis die Hand hin. „Schön, dich wiederzusehen. Mir gefällt die neue Frisur."

Travis nahm Davids Hand, zog ihn dann aber unerwartet an sich und umarmte ihn. „Du und Colin, hm? Wer hätte das gedacht."

„Das Leben steckt voller Überraschungen", antwortete David. „Cade, wie schlagen sich die Longhorns denn so?"

„Dieses Jahr sind sie irgendwie scheiße, aber es wird besser."

David begrüßte den Rest der Truppe und wandte sich dann an Ben. „Es ist schön, dich wiederzusehen."

„Gleichfalls", stimmte Ben zu. „Wie immer. Darf ich euch Jakes Eltern vorstellen? Das sind Sarah und Dan McAlister. Colin Mead und sein Freund, David Foster."

„Wie schön, Sie beide endlich kennenzulernen", sagte Sarah und reichte ihnen die Hand. „Ich fühle mich wie im Märchen. Dieses Hotel ist beeindruckend."

„So etwas haben wir in Texas definitiv nicht", fügte Dan hinzu und schüttelte Colin und David ebenfalls die Hände.

„Schade, dass wir uns nicht schon am Memorial Day-Wochenende getroffen haben, als ich in Austin war", sagte Colin. „Ihr Sohn ist ein Naturtalent auf dem Segelboot. Ich muss ihn irgendwann mal mitnehmen, wenn ich aufs Meer hinausfahre."

Catherine schnappte sich Quentin und Dakota und nahm sie mit, um sie einigen ihrer Cousins und Cousinen vorzustellen. Nach der allgemeinen Begrüßung fiel Ben auf, dass Travis mit vor Ehrfurcht und Unglauben geweiteten Augen eine Frau anstarrte.

„Meine Güte", rief er aus. „Ist das die ,Barefoot Contessa'?"

Ben folgte seinem Blick und erkannte Ina Garten vom Food Network. Sie und ihr Ehemann wohnten in den Hamptons und waren mit den Meads gut befreundet.

„Du meinst Ina", sagte Colin.

„Ich liebe ihre Sendung", antwortete Travis. „Ich koche ständig nach ihren Rezepten."

„Na dann komm, ich stell' dich ihr vor."

„Ach Quatsch."

„Aber sicher", sagte Colin, nahm Travis am Arm und führte ihn durch den Raum. Cade, der Ina Garten auch unbedingt kennenlernen wollte, folgte ihnen. Jason und Jake gingen die Aussicht genießen, Sarah und Dan hatten es auf die Bar abgesehen. Somit standen Ben und David sich jetzt allein gegenüber.

„Macht es dir was aus?", fragte David. „Ich und Colin, meine ich."

„Nein. Besser konnte es doch gar nicht laufen, oder? Ich freue mich wirklich sehr für dich, David. Hoffentlich kommt ihr zwei uns bald mal besuchen. Meine Brüder sind verrückt nach euch."

„Wir haben schon die Woche nach Weihnachten für einen Besuch ins Auge gefasst."

„Das wäre perfekt. Ich nehme mir frei und die Jungen haben keine Schule."

„Seit du weg bist, ist Colin nicht mehr derselbe. Er gewöhnt sich natürlich daran, aber er sagt dauernd ,das würde Ben gefallen' oder ,ich wünschte, Ben wäre hier'. Er vermisst dich."

„Ich vermisse ihn auch. Andererseits habe ich alle Hände voll zu tun."

„Wie läuft es denn so bei dir?"

„Sehr gut. Wir haben natürlich immer noch schlechte Tage … ich und drei Teenager. Kannst du dir ja vorstellen. Aber das Schlimmste liegt hinter uns. Und dass Travis jetzt wieder da ist und bei uns wohnt – das macht schon sehr viel aus. Vor allem für Cade. Travis ist jetzt wirklich sein großer Bruder für alle Lebenslagen. Ich bin nur die zweite Wahl."

„Ich habe gemerkt, dass er sich an ihn hält."

„Ja. Ich glaube, er hat Angst, Travis könnte wieder verschwinden, wenn er ihn nicht im Auge behält."

„Es ist ein schlimmes Alter, um die Eltern zu verlieren. Nicht, dass es dafür ein gutes Alter geben würde."

Ben hörte eine bekannte Stimme, die seinen Namen rief. Er drehte sich um, um Joseph Mead zu begrüßen. Sie gaben sich die Hand und Joseph tätschelte ihm herzlich den Arm.

„Wo sind denn nun die berühmten Klonbrüder, von denen ich schon so viel gehört habe?"

„Ich gehe sie rasch zusammensuchen."

Ben entschuldigte sich und sammelte seine Familie wieder ein, damit sie alle ihren Gastgeber begrüßen konnten. Joseph Mead war schon seit zehn Jahren verwitwet, also stand er den Walshs alleine gegenüber. Der alte Mann reagierte wie erwartet, als Ben ihm Quentin, Jason und Cade vorstellte. „Bemerkenswerte Ähnlichkeit." Joseph Mead hatte schon oft von Bens Brüdern gehört, aber erst als er ihre Namen einen nach dem anderen hörte, fiel bei ihm der Groschen. „Benjy, Quentin, Jason und Caddy. Ihr seid nach den Compson-Geschwistern in *The Sound and the Fury* benannt."

„Ich bin aber kein Mädchen", protestierte Cade.

„Da musste Papa eben ein bisschen schummeln", gab Ben zu.

„Und wehe, es nennt ihn jemand Benjy", sagte Quentin. „Er hasst das."

Das St. Regis servierte ein reichhaltiges, traditionelles Thanksgiving-Menü mit einigen modernen Besonderheiten, die Travis sofort auffielen, Ben dagegen nicht. Quentin, Dakota, Jason, und Jake saßen mit Catherine und ihren Cousins an einem Tisch. Ben und Travis saßen neben Colin und David, aber irgendwann tauschten Colin und Travis die Plätze, weil Travis mit David übers Kochen reden wollte. Somit konnten Ben und Colin sich den Großteil des Abends über gegenseitig auf den neuesten Stand bringen, was Ben sehr genoss. Er hatte Colin stärker vermisst, als ihm bisher bewusst gewesen war.

„Ich hab' dir noch gar nicht von dem Ballonbonus in meinem Vertrag mit SY2 erzählt."

Colin zog die Augenbrauen hoch und sah Ben über eine Gabel voll Truthahn hinweg an. „Was für ein Ballonbonus?"

„Der beste. Meine Freiheit und eine Million Mäuse für dich und mich, als Startkapital für unsere Kanzlei."

Colin verschluckte sich. „Was?"

„Zehn Jahre. Dann bin ich frei. Die Jungen sind dann alle mit der Schule fertig. Travis wird dann für einen Tapetenwechsel bereit sein. Ich sehe ihm ja jetzt schon an, dass er allmählich Gefallen an New York findet."

Colin machte den Mund auf, brachte aber kein Wort heraus. Er legte seine Gabel weg und umarmte Ben stürmisch. David und Travis drehten sich zu ihnen um, und Ben formte mit den Lippen: *Es geht ihm gut.*

„Ich habe dir ja gesagt, dass das Kapitel New York nie abgeschlossen ist", sagte Colin.

„Hey", unterbrach Travis, „warum ist da ein Platz frei, neben deinem Großvater? Ist der für seine verstorbene Frau?"

„Nein." Colin blickte zu dem Tisch, an dem Joseph Mead neben einem unberührten Gedeck saß. „Der ist für Christopher, seinen jüngsten Sohn. Er ist in den Achtzigern an AIDS gestorben. Sie hatten damals keinen Kontakt, und das hat er sich nie verziehen. Er tut das zur Erinnerung an ihn."

„Meine Güte", sagte Travis. „Jede Rose ..."

Mr. und Mrs. Mead hatten darauf bestanden, Cade den Platz zwischen sich zu geben, damit er sie unterhalten konnte. „Viele von den alten Leuten hier sind mir zu altmodisch", erklärte Mrs. Mead. Cade genoss offensichtlich die Aufmerksamkeit, mit der sie ihn überschütteten, als wäre er der Mittelpunkt ihrer Welt. *Dafür sind Großeltern da,* dachte Ben.

Gegen Ende des Festmahls erhob Joseph Mead sich von seinem Platz.

„Darf ich um Aufmerksamkeit bitten?", sagte er. Schweigen senkte sich über den Raum. „Wie Sie alle wissen, bitten wir jedes Jahr einen unserer Gäste, uns eine Geschichte über Dankbarkeit zu erzählen. Auf Anraten meines Sohnes Carl möchte ich dieses Jahr einen jungen Mann namens Quentin Walsh bitten, uns zu sagen, wofür er dankbar ist. Ich denke, Sie werden seine Geschichte ... bemerkenswert finden. Quentin?"

Quentin erhob sich von seinem Stuhl und entfaltete zwei Zettel.

Travis neigte sich zu Ben. „Hast du was davon gewusst?"

„Nein", antwortete Ben. „Du?"

„Nein."

Quentin räusperte sich und begann vorzulesen.

„Der Autor Marc Brown hat einmal geschrieben: ‚Manchmal ist es besser, ein Bruder zu sein als ein Superheld.' Dieses Zitat bedeutet mir sehr viel, denn ich habe drei Brüder. Wie einige von Ihnen wissen, wurden unsere Eltern vor elf Monaten bei einem Autounfall getötet. Das war eine große Veränderung, und unsere Zukunft sah damals ziemlich düster aus. Eigentlich war es so ziemlich das Schlimmste, was einem Sechzehnjährigen passieren konnte. Ich war stinkwütend. Mein älterer Bruder Ben kam zurück nach Texas, und er war auch stinkwütend. Die ersten Tage waren echt furchtbar, und ich war ziemlich schroff zu ihm. Ich dachte, er würde mich und meine beiden Brüder bei der Verwandtschaft abladen und dann gleich wieder nach New York zurückfahren.

Aber dann ist etwas passiert: Er hat mich überrascht. Er beschloss zu bleiben und sich um uns zu kümmern. Er hat sämtliche Hoffnungen und Pläne für sein eigenes Leben auf Eis gelegt. Anstatt als Staranwalt in New York Karriere zu machen, hat er die Verantwortung für drei Kinder übernommen, die er nicht einmal besonders gut kannte. Er hat ein gewaltiges Opfer gebracht, das ich damals gar nicht so richtig zu schätzen wusste. Ich weiß, dass er geglaubt hat, sein Leben wäre zu Ende. Anfangs sah es jedenfalls ganz danach aus.

Und dann ist da diese andere Sache passiert. Mitten in der ganzen Tragödie hat Ben seinen Seelenverwandten gefunden – Travis. Denn manchmal, und das ist wirklich wichtig, muss man erst durch die Hölle gehen, um da anzukommen, wo das Schicksal einen von Anfang an haben wollte. Selbst in den schlimmsten Zeiten gibt das Leben einem einen Grund, dankbar zu sein.

178

Also danke, Ben, dass du alles aufgegeben hast, um dich um uns zu kümmern. Du hast uns im wahrsten Sinne des Wortes das Leben gerettet. Es tut mir leid, dass ich so schroff zu dir war. Ich kann nur hoffen, dass ich wenigstens ein halb so guter Mann sein werde wie du, wenn ich einmal erwachsen bin. Ich weiß, du hättest nie erwartet, das je von mir zu hören, aber du bist wirklich mein Superheld."

Ben, Travis, Jason und Cade standen alle gleichzeitig auf und gingen zu ihrem Bruder. Alle fünf lagen sich in den Armen, während zweihundert Zuschauer Freudentränen über das Glück des Walsh-Klans vergossen.

AUF DEM Rückweg nach Austin brachen Ben und Travis in Gelächter aus, als Ben ihren letzten gemeinsamen Rückflug erwähnte.

„Versuchen wir das lieber zu vergessen", sagte Travis.

„Was damals geschehen ist, war ein weiterer Schritt auf unserem gemeinsamen Weg, also werde ich nichts davon je vergessen."

Ben verstummte und Travis nahm seine Hand.

„Kann ich dich was fragen?"

„Sicher", antwortete Ben.

„Was muss ich machen, wenn ich meinen Namen ändern will? Zu Walsh?"

„Wieso solltest du das tun wollen?"

„Pass auf, ich weiß ja, dass wir in Texas nicht heiraten können …" Travis machte eine Pause und gab Ben einen Wink, seinen Senf dazu zu geben.

„Willkommen in der Welt der Ungleichheit."

„Danke", sprach Travis weiter. „Aber wir sollten alle denselben Nachnamen haben. Ich heiße Atwood, weil mein Vater so hieß, und den hab' ich nicht einmal gemocht. Ihr seid jetzt meine Familie, ihr alle."

„Okay", nickte Ben. „Also, um deinen Namen rechtmäßig zu ändern, müsstest du beim Bezirksrichter ein Gesuch einreichen. Es kommt darauf an, wie das Gesuch geschrieben ist, das wird immer von Fall zu Fall entschieden. Wir leben im einzigen liberalen Bezirk in Texas, und ich könnte natürlich das Gesuch für dich aufsetzen. Also ich denke, das wäre kein Problem."

„Wäre dir das recht?"

Ben lächelte. „Ja. *Travis Walsh*. Mein Vater wäre stolz."

„Können wir das machen, sobald wir zu Hause sind?"

„Ich schreibe am Montag einen ersten Entwurf."

„Danke."

Ben blickte an Travis vorbei aus dem Fenster. „Hey, weißt du noch, als ich letzten Winter die Grippe hatte?"

„Also *das* werde ich nie vergessen."

„Weißt du noch, wie ich aufgewacht bin und Quentin von meinem Gespräch mit unserem Vater erzählt habe?"

„In etwa."

„Vermutlich habe ich das Ganze nur geträumt, aber damals kam es mir echt vor. Ich bin aufgestanden und in die Küche gegangen. Da war er und hat mir Migas gemacht. Mein Vater. Also habe ich mich hingesetzt, und wir haben geredet. Erst auf seinen Rat hin habe ich mich für das texanische Anwaltsexamen angemeldet. Er hat mir prophezeit, dass wir beide – du und ich – schwierige Zeiten vor uns hätten. Er hat mir auch gesagt, dass du die Lösung für mein Problem wärst. Und er hatte recht."

„Ich bin froh, dass du auf ihn gehört hast."

„Im Traum bin ich wieder ins Bett gegangen und dann hatte ich … ich weiß nicht … vermutlich könnte man es einen Traum im Traum nennen. Ein bisschen wie bei *Inception*. Es war so was wie eine Vision von diesem Moment, wo ich mit dir nach Hause fliege und deine Hand halte. Ich habe aus dem Fenster geschaut und den Horizont gesehen, wie man ihn vom Flugzeug aus sieht. Man kann die Erde nicht sehen, also gibt es eigentlich gar keinen Horizont mehr. Die Zukunft stand uns offen. Ich weiß noch, wie glücklich mich das gemacht hat."

Ben drückte den Knopf an seiner Armlehne und schob seinen Sitz zurück. Er schloss die Augen und spürte, wie Travis es ihm gleichtat. Bevor Ben einschlief, drehte er sich zu seinem Freund um und fragte mit ganz leiser Stimme: „Wirst du dieses Jahr die Weihnachtsbeleuchtung aufhängen?"

BRAD BONEY lebt in Austin, Texas, der siebtschwulsten Stadt Amerikas. Er erzählt gerne Geschichten über die Jungs in seiner Nachbarschaft, der Universität von Texas. Als Debütant im Bereich erotischer Romane für Männer hat er vor, seine Geschichten immer in Austin spielen zu lassen, um damit ein Botschafter seiner Stadt zu werden. Er ist im mittleren Westen aufgewachsen und hat an der NYU studiert. Er lebte in Washington, DC und Houston, bevor er sich in Austin niederließ. Seinen Schreibstil, den er „Dialog und Regieanweisungen" nennt, führt er auf seinen Hintergrund beim Theater zurück. Brad hält *50 First Dates* für den besten romantischen Comedyfilm aller Zeiten. Sein Lieblingsfilm über Homosexualität der letzten zehn Jahre ist *Strapped*. Er hat noch nie eine Boy Band kennengelernt, die er nicht mochte. Und ja, es ist wahr, Emilys Staffel von *The Bachelorette* hat seinen Glauben an die Liebe wieder hergestellt. Brad ist im Moment Single, und obwohl er für die Liebe offen ist, bezweifelt er, dass das auch für seinen Terminkalender gilt. Zu Weihnachten wünscht er sich 100 Follower bei Twitter.

Besuchen Sie ihn auf seiner Website unter www.bradboney.com oder werden Sie Teil seines Weihnachtsgeschenks unter www.twitter.com/BradBoney.

DIE RÜCKKEHR

BRAD BONEY

Buch 2 in der Serie – Die Austin-Trilogie

Musik. Topher Manning kann an nichts anderes denken. Er träumt davon, ein Rockstar zu werden. Dummerweise steht sein Job als Automechaniker seinen Ambitionen im Weg. Wenn er nicht eine Möglichkeit findet, die vielen Lieder in seinem Kopf endlich freizusetzen, wird seine Band bald in der Versenkung verschwinden.

Dann geschieht es. Ein Musikfestival und ein liegengebliebenes Auto bringen Stanton Porter, den bekannten Musikkritiker aus New York, in Tophers Leben. Stanton lädt ihn zu dem Konzert von Bruce Springsteen ein, wo ein schüchterner Kuss und das eingebildete Vibrieren von Tophers Handy in einer Liebesgeschichte münden, die alle Erwartungen zu übertreffen verspricht.

www.dreamspinner-de.com

Von BRAD BONEY

DIE AUSTIN-TRILOGIE
Ben und das Glück im Unglück
Die Rückkehr

Veröffentlicht von DREAMSPINNER PRESS
www.dreamspinner-de.com

Verfügbar von Dreamspinner Press

Aundrea Singer

BLACK HAWK

TATTOO

www.dreamspinner-de.com

Noch mehr Gay
Romanzen mit Stil
finden Sie unter....

www.dreamspinner-de.com

www.ingramcontent.com/pod-product-compliance
Lightning Source LLC
Chambersburg PA
CBHW022154240626
47153CB00007B/2649